Chamas do passado

Chamas do passado

série HOMENS MARCADOS
Nash

JAY CROWNOVER

TÍTULO ORIGINAL *Nash*
© 2014 Jennifer M. Voorhees
© 2016 Vergara & Riba Editoras S.A.

EDIÇÃO Paolla Oliver
EDITORA-ASSISTENTE Natália Chagas Máximo
TRADUÇÃO Cassandra Gutiérrez
PREPARAÇÃO Fabiana Camargo Pellegrini
REVISÃO Luciana Araujo
DIREÇÃO DE ARTE Ana Solt
DIAGRAMAÇÃO Pamella Destefi
CAPA [E PROJETO GRÁFICO] Pamella Destefi
IMAGEM DE CAPA Natalia Mindru / photomicona.ro

Dados Internacionais de Catalogação na Publicação (CIP)
(Câmara Brasileira do Livro, SP, Brasil)

Crownover, Jay
Chamas do passado / Jay Crownover; [tradução Cassandra
Gutiérrez]. – São Paulo: Vergara & Riba Editoras, 2016. –
(Série homens marcados; v. 4)

Título original: Nash.
ISBN 978-85-7683-981-1

1. Ficção erótica 2. Ficção norte-americana I. Título. II. Série.

16-01385 CDD-813

Índices para catálogo sistemático:
1. Ficção: Literatura norte-americana 813

Todos os direitos desta edição reservados à
VERGARA & RIBA EDITORAS S.A.
Rua Cel. Lisboa, 989 | Vila Mariana
CEP 04020-041 | São Paulo | SP
Tel.| Fax: (+55 11) 4612-2866
vreditoras.com.br | editoras@vreditoras.com.br

Este livro é dedicado a todos os que precisam de um toque para lembrar que são incríveis exatamente do jeito que são!!!

INTRODUÇÃO

CRESCI NUMA CIDADEZINHA NAS MONTANHAS do estado do Colorado, nos Estados Unidos. Era um lugar bonito, mas eu chamava muita atenção, o que às vezes não era fácil. Sempre tive um estilo próprio, fiz o que me dava na cabeça, estabeleci minhas próprias regras e trilhei meu próprio caminho. Acabei desenvolvendo bem cedo uma carapaça e uma forte noção de quem sou e qual é a minha. Tive que fazer isso, senão teria sucumbido, vítima da crença de que o que os outros falam ou pensam de mim tem algum valor. Isso faz muitos e muitos anos e, mesmo assim, aquela época, aqueles sentimentos, continuam dentro de mim.

Sei que isso não acontece com todo mundo, que tem gente que nunca foi julgada injustamente. Mas tem muitas pessoas que já foram, e essas pessoas sabem que palavras maldosas e atitudes cruéis causam muito mais danos agora, que o mundo inteiro está conectado por meio de um teclado e de um monitor de computador. Está cada vez mais difícil ignorar a negatividade e o pessimismo alheio.

Muitas meninas têm dificuldades para amar a si mesmas, saber qual é seu valor, e essa dificuldade pode acompanhá-las na vida adulta. Todos temos algo que nos diferencia das outras pessoas, que nos torna especiais, nos faz ser quem somos, e eu adoraria ver essas coisas valorizadas e celebradas por toda parte.

Penso que, na longa jornada para encontrar o amor que tanto ansiamos, que realmente merecemos, a primeira parada deve ser o amor por nós mesmos. Esse é um amor que nunca será perdido e só pode aumentar e se fortalecer quanto mais for acalentado e desenvolvido. Goste de quem você é. Ame o que a torna diferente. Conte sua própria história. Valorize o que te faz bonita por dentro e por fora e fique sabendo que, assim que fizer isso, ninguém mais vai poder ignorar essas características. Revele-se, com muito orgulho, nas peculiaridades que te fazem ser você mesma.

PRÓLOGO

Ensino Médio... Não foram os melhores anos da minha vida.

PARA QUALQUER PESSOA, chega uma hora, um determinado instante no tempo, que a vida altera seu curso, muda seu caminho para sempre. A noite da festa de aniversário da Ashley Maxwell, no último ano do Ensino Médio, foi um desses momentos decisivos.

Eu não era o tipo de adolescente que frequentava festas muito loucas. Não bebia, não usava drogas, não saía com todos os meninos. Por isso mesmo, não fazia muito sentido frequentá-las. Eu também era muito tímida, de dar dó; estava acima do peso e não me sentia à vontade na minha própria pele. Uma pele que tinha a tendência a ter espinhas horríveis e a ficar bem vermelha toda vez que alguém tentava puxar conversa comigo. Os corredores do colégio eram uma verdadeira tortura para alguém como eu. Passava por eles sofrendo, mas quase incólume, porque sabia quando baixar a cabeça e sabia que não devia almejar amigos e meninos que eram muita areia para o meu caminhãozinho. Pelo menos até o último ano, quando peguei o armário que ficava bem ao lado do Nash Donovan.

Nas primeiras semanas de aula, fiquei na minha e o ignorei, do mesmo jeito que fazia com todos os garotos populares e as pessoas bonitas. Se eu não tentasse me aproximar, ele não teria motivo para tirar sarro de mim ou, pior, me olhar com aqueles olhos cor de violeta espetaculares, que brilhavam naquele rosto lindo, com um certo ar de pena. Essa tática funcionou até o dia em que deixei cair um livro de matemática no pé dele, que o pegou e me devolveu. Nunca vou esquecer como me senti quando aqueles olhos se voltaram para mim. Meu coração parou por um segundo e depois começou a acelerar. Nunca tinha experimentado nada parecido.

O Nash sorriu para mim, fez uma brincadeirinha irônica e à toa, deixando meu pobre coraçãozinho solitário apertado. Ele piscou e foi embora... eu fiquei lá, com uma paixonite. Uma paixão avassaladora que me consumia e aumentava a cada dia. Até porque, depois daquele episódio, o Nash fazia de tudo para me dar "oi" quando estávamos perto dos nossos armários e sempre se afastava de mim com um sorriso ou acenando com a cabeça. Eu ficava cada vez mais encantada, cada vez mais apaixonada, e construí uma fantasia na qual estávamos destinados a ser mais do que meros conhecidos, sonhava algo romântico e grandioso.

Eu era uma menina inteligente, sabia que meus sentimentos não eram correspondidos. Mas o garoto parecia ser legal, era encantador, e meu coração se alegrava porque ele nunca me zoava ou me fazia sentir mal por causa do meu peso e da minha aparência, como tantos colegas costumavam fazer. Aquela simples interação fazia bem para minha autoestima, podia me sentir como o resto das adolescentes que o rondavam pelos corredores e se atiravam em cima dele e da sua turma de amigos rebeldes. Depois de mais ou menos um mês, até criei coragem para retribuir seus "ois" sem que eu ficasse vermelha de vergonha. Não gaguejava mais nem me fechava quando o Nash falava comigo. De vez em quando, até conseguia esboçar um sorriso. Estava muito orgulhosa de mim mesma. Por isso, quando ele me perguntou, numa sexta-feira, se eu estava pensando em ir na festa da Ashley Maxwell, fiquei ao mesmo tempo surpresa e maravilhada. Fui acometida por um arrepio de expectativa, não tive forças para resistir e não me jogar de cabeça no delírio de que isso era o começo de algo mais do que uma simples troca de gentilezas no corredor. Foi o que consegui fazer para não ficar pulando e batendo palmas de alegria como uma louca ensandecida.

NASH

Aquela pergunta era mais do que Nash costumava falar comigo, e foi tão amigável e simpático que respondi que ia tentar ir à festa. Não queria parecer muito animada. Quando ele sorriu pra mim e disse "que bacana!", que a gente se encontrava lá, não pude evitar o sentimento de que ir àquela festa improvisada, sem nenhum adulto por perto, era a coisa mais importante que ia fazer na minha breve vida.

Minha irmã mais velha, a Faith, era bonita e popular, e se encaixava como um peixe nas águas infestadas de tubarões que um círculo social de adolescentes costuma ser. Não parou de me questionar sobre meu desejo repentino de me enturmar com meus colegas, me advertiu que pessoas que costumam ser más e antipáticas podem se tornar cruéis e desagradáveis quando a situação envolve *status* e álcool. Mas resolvi não dar ouvidos a ela. Pensei que o pior que podia acontecer era eu aparecer na festa e não ver o Nash, ou ele não me ver. Podia dar meia-volta, ir para casa e ficar na cama lendo um livro, como na maioria dos fins de semana. Estava fechando os olhos para a verdade, mas meu desejo de ser vista de outra forma por aquele homem estava me consumindo, me fazendo ignorar o bom-senso e o senso de autopreservação que desenvolvi.

Deixei a Faith me arrumar por horas e horas. Ela brincou com o meu cabelo vermelho-fogo até ficar enrolado e penteado de um jeito lindo e feminino. Deixei minha irmã escolher uma roupa que me fez parecer uma líder de torcida *plus size*, mas que era bonita e estava na moda. Até a deixei passar um monte de melecas na minha cara que, tinha certeza, iam me dar mais espinhas. O resultado até que ficou bem legal. Fiquei mais arrumada do que costumava estar. Achei que ia passar despercebida na turma, e que ia ficar tudo bem, desde que aqueles olhos violeta impressionantes me notassem. Foi o dia que me senti mais confiante e segura em toda a minha vida.

Como a Faith me disse para chegar na festa só depois das onze da noite, fiquei esperando ansiosamente, mexendo no cabelo e criando um milhão de roteiros imaginários. Quem sabe até ia me convidar para dançar, me levar para o pátio, me dar meu primeiro beijo. Talvez o Nash dissesse que conseguia enxergar todas as coisas maravilhosas que estavam escondidas dentro de mim e que queria que eu fosse sua namorada. Pensando bem, era óbvio que nada disso ia acontecer e eu não *sabia* direito que tipo de garoto era o Nash. Mas, mesmo assim, paixonites agudas são paixonites agudas, e não demoram para fugir do controle.

Então apareci na superfesta da Ashley Maxwell, devidamente atrasada, armada com a minitransformação que a Faith tinha feito e com o coração acelerado de tanta expectativa.

Quando entrei na casa, fui atingida pela primeira explosão de música, e meu otimismo começou a se esvair. Um grupo de três caras que conhecia da aula de química passou por mim, a caminho do amontoado de gente que estava na sala. Não conseguia encontrar um lugar para fixar os olhos. Para onde quer que eu olhasse, tinha gente fazendo alguma coisa que me deixava vermelha. Me esforcei para não ficar de queixo caído, mas sentia o calor que ia denunciar meu embaraço subindo pelo meu pescoço enquanto tentava atravessar aquele mar de corpos. Era perturbador, e eu estava começando a achar que um penteado novo e um pouco de rímel não seriam suficientes para fazer eu me enturmar em um lugar como aquele.

Como a cozinha estava um pouco menos lotada, me dirigi até lá, atenta para ver se encontrava o Nash. Tinha certeza de que, se o achasse, aquela noite daria certo. Meu estômago se revirou de novo quando me imaginei cruzando o olhar com aquele par de olhos violeta inesquecíveis. Imaginei seus olhos brilhando e se espremendo, como acontecia quando sorria. Fantasiei que, de repente, ficava à vontade ao seu lado, e o resto do caos sumia. O Nash faria todo o meu incômodo desaparecer.

Quando virei num canto, alguém esbarrou em mim, derrubando um líquido vermelho pegajoso bem na frente da minha blusa tão cuidadosamente escolhida. Levei um susto, e o imbecil se afastou sem nem pedir desculpas. Eu estava tremendo e surtando por dentro. Ficou muito claro que meu lugar não era ali, por mais bonitinho que o Nash Donovan fosse. Minhas mãos começaram a tremer, e precisei usar cada gota do meu autocontrole para segurar as lágrimas.

NASH

No fim, a situação da cozinha estava tão ruim quanto a da entrada da festa. Pior até, porque era ali que ficavam as bebidas, e o pessoal estava mais embriagado do que o resto dos bêbados. Ir até a pia e tentar me limpar foi como andar num campo minado, cheio de comentários maldosos e olhares feios. Ouvi um som de tênis, percebi alguns olhares de canto de olho, e foi o que bastou. Eu decidi passar uma água na minha blusa e ir embora. Aquele lugar e aquelas pessoas não tinham nada a ver comigo. Eu já sabia.

– Quem foi que te convidou?

A pergunta foi feita por uma voz enrolada e, em seguida, senti uma mão pesando no meu ombro. A voz – e a mão – eram de ninguém menos do que a aniversariante, que estava bêbada. Muito bêbada e querendo sangue. Eu não era amiga da Ashley, mas ela nunca tinha dito ou feito nada muito ruim para mim em todos aqueles anos que frequentávamos a mesma escola... Achei que ia vomitar.

– Quê?

– Quem foi que te convidou? – perguntou de novo, com um sorriso maldoso nos lábios e os olhos grandes e castanhos embaçados. – Por que *você* está aqui?

Minha vontade era de dizer que o Nash tinha me convidado, que tinha dito que a gente ia ficar junto aquela noite, mas as palavras não saíram da minha boca... porque, bem nessa hora, ele apareceu.

Entrou na cozinha, seguido pelos gêmeos Archer e pelo Jet Keller. Não tinha erro: aqueles meninos eram a alma da festa. O Nash estava com seu visual desleixado de sempre: jeans rasgado, tênis de *skate* e camiseta de alguma banda. Também estava usando um boné enfiado na testa, que não ajudou a disfarçar sua cara vermelha nem seu olhar enevoado. Óbvio que já estava completamente bêbado, talvez até chapado. A decepção começou a apertar meu coração. Acompanhei seu olhar, que passou pela cozinha, parou em mim e seguiu em frente. Tive que segurar a respiração, de tanto que doeu, e morder minha bochecha – com força – para não começar a chorar de verdade.

Foi como se nem tivesse me visto. Não sorriu, não piscou, nem sequer inclinou a cabeça na minha direção. Era como se eu não existisse. Fiquei atordoada. Parecia que meu sangue tinha congelado, e tudo o que tenho no peito, parado de funcionar. Cerrei meus punhos, com as mãos trêmulas, e tentei loucamente pensar em um plano de fuga que pudesse me salvar de passar mais vergonha e ter mais dor.

A Ashley, pelo jeito, esqueceu que a minha gordura e a minha feiúra estavam estragando a sua festa e foi até os convidados que acabavam de chegar. Meu coração já estava repleto de sentimentos ruins por ter levado aquele fora ostensivo, mas praticamente arrebentou quando o Nash a abraçou e a deixou se grudar no seu pescoço enquanto apertava a bunda dela. Fui saindo da cozinha de costas, quase me arrastando, com medo de me engasgar na minha própria vergonha. Não conseguia mais pensar em autopreservação, só em fugir. Sentia uma necessidade frenética e desesperada de me afastar o máximo possível daquela festa. Do Nash, mais ainda.

Ainda bem que as lágrimas tiveram a piedade de só cair quando entrei no carro. Naquele momento, jogada no banco do motorista, com o rímel que tinha deixado a Faith passar em mim todo borrado, a verdade ficou bem clara: pessoas bonitas ficam juntas, e beleza interior não interessa. O Nash até podia ser legal comigo quando estávamos sozinhos, perto dos escaninhos. Mas era só estar num lugar cheio de gente, com uma menina magra e bonita disposta a agarrá-lo, que eu me tornava invisível. Fui tão idiota de acreditar em qualquer coisa além disso.

Então, eu segui meu instinto e ressuscitei o escudo protetor do meu coração. Daquele momento em diante, ignorei todas as vezes que o Nash tentou me dar "oi". Virava o rosto quando sorria pra mim. Evitava ir até o meu escaninho quando sabia que ele estaria lá. Tentei me concentrar na formatura, que já estava se aproximando e iria permitir que eu deixasse aquela cidadezinha nas montanhas para trás, junto com aquele babaca que tinha me magoado tão profundamente. Sabia que o Nash não fazia ideia de como eu me sentia, nem de que o achava diferente e especial, mas sua ignorância não fazia com que o meu constrangimento doesse menos.

NASH

No calor do início da primavera, já com a matrícula na faculdade encaminhada para começar no outono e com todas as minhas inseguranças compartimentalizadas com todo cuidado – a dor daquela paixão fracassada estava, finalmente, começando a passar – dei de cara com o Nash e os amigos dele fumando do lado de fora do colégio depois da aula... Meu coração apertou, mas ninguém me viu. Saí de fininho, na esperança de conseguir correr até meu carro e ignorá-lo, como vinha fazendo desde a festa. Só que sua voz grave invadiu meus ouvidos.

– Ela é um caco. Se quiser trepar com alguém, precisa se olhar no espelho e, quem sabe, fazer umas plásticas.

Um dos caras gargalhou com o comentário maldoso, e pensei que fosse evaporar, virar uma nuvem de fumaça horrorizada. Ele só podia estar falando de mim, e fiquei sem conseguir me mexer.

Enquanto tentava fugir sem ser notada, para ninguém ver que estava chorando, o Nash soltou um suspiro debochado. Nunca chorei tanto por alguém, e isso me fez odiá-lo um pouco – ou muito –, porque continuou falando.

– Tipo assim, não sou exigente, eu até comeria ela. Só que talvez colocasse tipo um saco na cabeça dela.

Com essa, todo mundo rolou de rir, o chão abaixo de mim se abriu, e me segurei para não soluçar. Como é que eu podia ter me enganado tanto a respeito de alguém? Toda esperança, toda minha crença de que o Nash podia ser diferente – de que qualquer menino bonito podia ser diferente – foram aniquiladas por aquelas palavras duras e maldosas. Palavras que mudaram para sempre a maneira como vejo o sexo oposto.

O Nash Donovan era uma chama bonita, perversa e ardente, que me queimava quando eu chegava perto. Foi apenas a primeira parada em uma jornada repleta de decepções. Mas, em algum momento ao longo do caminho, consegui firmar os pés no chão. Encontrei meu propósito na vida. Só não sabia que, assim que isso acontecesse, esse homem ia conseguir virar meu mundo de cabeça pra baixo de novo, e é preciso ser muito imbecil para se queimar com o mesmo fogo duas vezes.

CAPÍTULO 1

Nash

Dia de Ação de Graças... Oito anos depois.

Eu estava correndo pela noite gelada do Colorado, com meu carrão antigo todo restaurado, levantando poeira na estrada. O motor roncava raivoso, acelerado pelo ritmo do meu coração. Meus olhos não paravam de piscar. Como pequenos flocos de neve salpicavam o para-brisa, podia pôr a culpa nas péssimas condições da estrada e não na emoção que ameaçava tomar conta de mim. Não conseguia pensar em nada, muito menos no fato de que devia estar a quase duzentos quilômetros por hora, horrorizando as pessoas naquele trânsito de feriado, que tentavam sair da minha frente. Estava tão chocado, num estado de descrença tamanha, que me sentia anestesiado. Mal tinha consciência do que estava acontecendo à minha volta. Tinha acabado de encontrar meu tio Phil, a única figura paterna que tive na vida, deitado inconsciente no chão de sua cabana de caça. Ele estava gelado e parado. Parecia um esqueleto, com a pele esticada por cima dos ossos que pareciam agora tão frágeis. Estava seguindo o helicóptero de resgate que os guardas-florestais tinham chamado para levá-lo até o Pronto-Socorro, em Denver.

Só para aumentar o perigo da velocidade e da minha cabeça, que se concentrava em tudo menos na estrada, liguei para a Cora Lewis, minha colega de trabalho e grande amiga. Ela abraça qualquer bronca e ia reunir a tropa e passar a informação para todo mundo, sem que eu precisasse me preocupar com isso. Minha amiga me ajudaria a cuidar de mim mesmo. Sempre ajuda.

Cheguei no hospital em tempo recorde e entrei correndo no Pronto-Socorro, sentindo uma onda de medo e ansiedade. Conheço aquelas paredes institucionais e estéreis muito melhor do que gostaria. Não faz muito tempo que um dos meus melhores amigos, o Rome Archer, meu irmão postiço mais velho, se meteu em uma confusão envolvendo um bando de motoqueiros e uma porção de balas. Passei horas e horas andando pra lá e pra cá naqueles corredores, nervoso, esperando para saber se ele ia sobreviver. Só que, desta vez, parece que a visita vai definir como será minha vida daqui para a frente. O segurança me lançou um olhar preocupado. Estou acostumado com isso. Quando você tem chamas vermelhas, laranjas e amarelas tatuadas dos dois lados da cabeça e é coberto de desenhos do pescoço até os dois pulsos, os outros tendem a achar que você não é muito legal. O engraçado é que sou muito mais legal do que a maioria dos caras que amo como se fossem meus irmãos. Mas não estava assim naquele momento. Se a enfermeira sentada atrás do balcão não me falasse onde é que meu tio estava em um segundo, ia surtar de verdade, o que seria uma merda.

Eu já ia soltar fogo pelas ventas, um fogo ainda mais quente do que tenho tatuado pelo corpo todo, quando a vi caminhando na minha direção. Parecia um anjo, apesar de seu nome significar "santa". Combina com ela, a Saint Ford, que cura os doentes e odeia qualquer coisa que tenha a ver com o Nash Donovan. É linda, de tirar o fôlego, e me despreza completamente. Não faz a menor questão de esconder. Encontrei essa mulher várias vezes nas minhas idas e vindas mais frequentes do que eu gostaria ao Pronto-Socorro. Pelo jeito, ela trabalha lá direto, é uma das enfermeiras.

Estudamos juntos no Ensino Médio, anos atrás. Eu estava super a fim de um reencontro, mas ela não quer nem saber. Faz de tudo para me evitar ou faz questão de me olhar torto, nervosa, com cara de quem não confia em mim ou está sendo obrigada a suportar minha presença. Só que, naquele exato momento, me olhava com um misto de compaixão e seriedade nos seus olhos cinzentos. Não restava dúvida de que a situação do Phil, seja lá qual fosse, era muito, muito grave.

Quando pôs a mão no meu ombro, achei que ia me despedaçar inteiro só com aquele toque suave.

– Nash... – falou, baixinho, e eu ouvi o tom de más notícias. – Vem aqui comigo conversar, só um minutinho.

Eu não queria ir. Não queria ouvir as palavras horríveis que ela tinha para me dizer. Mas, como é tão linda e tem os olhos mais encantadores que já vi, simplesmente fiz o que me pediu, como um robô. As más notícias poderiam vir de gente pior.

Demos alguns passos para longe do posto de enfermagem, e a observei, sobressaltado. Ela é bem alta para uma mulher, então ficamos nos olhando nos olhos quando começou a falar comigo; sua voz era suave como uma pluma, mas dizia palavras duras como pedra.

– Você sabia que o Phil estava tão doente?

Parecia que estava me perguntando como amiga, como alguém que se importa de verdade com o que estava acontecendo, não como profissional da área médica. Lógico que eu sabia que ela estava só fazendo o seu trabalho, mas me fez bem fingir que não era isso.

Como não conseguia encontrar a palavra certa, só sacudi a cabeça.

– Reconheci o nome nos papéis da internação, e vocês dois são muito parecidos Achei que ia te encontrar aqui.

Engoli as batidas fortes do meu coração e balancei a cabeça.

– Ele é meu parente.

O que não era bem verdade, mas o Phil é a única família com quem realmente me importo.

A Saint soltou um suspiro e tentou não se encolher toda quando pôs a mão no meu rosto. Sei que não gosta de mim e, por algum motivo, o fato de ser tão atenciosa, tão carinhosa, fez cair a ficha: o que tinha para me revelar era ainda pior do que eu imaginava.

– Ele tem câncer no pulmão... os médicos acham que em estágio IV. Seu histórico médico é longo. Faz tempo que está em tratamento.

NASH

Nós estamos mantendo seu estado estabilizado e demos líquidos a ele. Pode estar com pneumonia, e seus níveis de oxigênio estão perigosamente baixos. Não temos cem por cento de certeza de que está reagindo, mas estamos tentando acordá-lo. O médico de plantão ligou para o oncologista do Phil. A situação é muito séria, Nash. Não acredito que ele não te contou que estava tão doente.

Soltei a cabeça, como se ela, de repente, tivesse ficado muito pesada para eu manter erguida, e a Saint passou seus dedos suavemente pelo meu rosto. Fiquei surpreso com o tanto que aquele toque era reconfortante.

– O Phil anda me evitando – falei, soando patético, até pra mim.

A Saint ia dizer alguma coisa, mas, bem na hora, uma fada pequena e grávida e um gigante enorme entraram na sala onde eu estava. Não reconheci o senhor que entrou com eles, mas tinha um olhar tão penetrante que quase dava medo. Deu uma olhada em volta da sala de espera vazia e girou nos calcanhares de um jeito que dava a entender que estava à caça de alguma informação ou de alguém que pudesse dar explicações. A cavalaria tinha chegado. A Saint tentou se afastar de mim, e segurei no seu pulso, como que por instinto. Eu precisava dos meus amigos, amo minha turma de rebeldes e desajustados, mas, naquele momento, precisava mais daquela mulher. Não conseguia explicar o porquê. Ela deu um sorrisinho sem graça pra mim e se soltou, puxando braço.

– Vou ver como ele está, se conseguiram acordá-lo, para você poder vê-lo. Nash... você devia pensar em parar de fumar.

A última palavra que a Saint disse se perdeu no ar, porque a fadinha *punk* me atropelou e quase me engoliu com um abraço, que era tudo o que eu precisava. Deixei a Cora lançar sua mágica em cima de mim e tentar me fazer sentir melhor. Também deixei a força silenciosa e o autocontrole inabalável do sujeito que considero meu irmão mais velho tentarem me acalmar. O Rome Archer é uma rocha, e eu precisava desse tipo de estabilidade, porque meu mundo estava ruindo.

Estava tentando me controlar, segurar as emoções que me queimavam por dentro, concentrar meus pensamentos no que ia fazer quando *eles* surgiram. Como se não bastasse minha mãe aparecer, ainda teve a coragem de trazer aquele sem-vergonha do marido, testando os limites do meu autocontrole prejudicado.

E tinha que me chamar de Nashville... Ninguém me chama de Nashville e sobrevive para contar a história... Quer dizer, ninguém além da Cora. Acho que ouvir meu nome verdadeiro saindo da boca da minha mãe fez todas as peças do quebra-cabeça se encaixarem. Estava no limite da calma e senti uma fúria volátil e ardente, pronta para inundar aquele Pronto-Socorro com uma enchente de ódio e ira.

Por que ela estava ali?

O Phil a registrou como parente mais próximo, como procuradora... Parecia que aquela mulher era mais importante para ele do que eu.

Por quê?

Ela não respondeu.

Será que sabia que o Phil estava doente? Há quanto tempo?

Ela sabia. O Phil não queria que eu ficasse preocupado.

Minha mãe tentou me convencer de que tudo aquilo tinha sido para o meu bem, e minha cabeça estava prestes a explodir com cada pergunta enraivecida que eu disparava. Foi aí que o Rule, meu melhor amigo, chegou com a Shaw, sua noiva. Eu tive um momento de clareza. Foi surpreendente enxergar através de uma nuvem de pavor, raiva, ressentimento e tudo o mais que fazia meu sangue ferver. E, então, a cabeça acobreada da Saint apareceu no corredor. As palavras dela tinham mudado completamente a minha vida aquela noite.

Eu não fazia ideia de que ela ainda tinha muito a dizer.

Ela inclinou a cabeça, piscou aqueles olhos cinzas para mim, como se não estivesse prestes a abalar as estruturas de tudo o que eu achava que sabia, e disse:

— O Phil acordou e pediu pra ver você.

— Foi?

— Sim, disse que quer falar com o filho... Só pode ser você, né? Os dois são idênticos.

NASH

Meu mundo caiu. Parei de respirar, parei de sentir, parei de viver. Criei raízes no chão, preso por um instante onde meu querido tio Phil tinha, de algum jeito, se metamorfoseado em meu pai. As mentiras, os segredos, o tempo perdido, o sentimento de vazio que sempre carreguei por ter sido indesejado, não só por uma mãe superficial e ausente, mas também por um pai sem rosto e sem nome, não paravam de girar dentro de mim. Fiquei tão tonto que achei que fosse desmaiar.

– Caralho!

Bem coisa do Rule. Meu amigo me trouxe de volta à realidade com um barulho estrondoso, e meu sangue todo começou a correr pelo meu rosto e esquentar minhas orelhas. Eu estava prestes a perder a cabeça. Só que, pelo jeito, a Cora adivinhou, porque, de repente, apareceu bem na minha frente, apelando para o meu bom-senso. Minha amiga sempre cuida dos seus meninos.

– Nash – falou, num tom sério, de quem não estava brincando. – Agora não é hora. Resolvemos esses detalhes depois. Nada disso tem importância. Você tem que agradecer pelo Phil ainda estar vivo e se concentrar no presente – disse, com aqueles olhos claros que iam e vinham do Rome para mim. – Além do mais, você não pode bater nela e sair impune. Eu posso – completou, inclinando a cabeça na direção da covarde da minha mãe, que estava se escondendo ao lado do marido.

Não duvido que minha amiga batesse mesmo nela. É por isso que amo tanto aquela garota.

A Cora foi para o lado, a Saint chegou perto de mim e tocou meu cotovelo, um gesto silencioso que deu a entender que era para segui-la.

– Estou do seu lado, Nash.

Seus olhos pareciam uma nuvem de tempestade, e eu queria ficar olhando para eles para sempre. Não ia achar nem um pouco ruim se aquela tempestade me atingisse.

– É mesmo? – falei, na esperança vã de que a Saint fosse a única a ouvir minha voz trêmula e de que a Cora fosse mandar a mentirosa da minha mãe para o chão daquela sala de espera do Pronto-Socorro.

– Mesmo – respondeu, quase sussurrando.

Me deu vontade de perguntar há quanto tempo a Saint estava do meu lado. Será que ia continuar do meu lado enquanto eu sofria e tinha que ver meu modelo de ser humano de outra forma, perder a única pessoa que me deu seu tempo, seu amor, que me transformou no homem que me orgulho de ser? E enquanto lido com o fato de que esse mesmo homem mentiu para mim durante minha vida inteira, porra? Não faço a menor ideia de quem seja esse Phil Donovan e, por causa disso, estava começando a achar que não faço a menor ideia de quem eu seja. Não dava para explicar, eu não conheço aquela mulher direito. Mal lembro de como ela era na época do colégio e não faço a menor ideia de que tipo de pessoa é por trás desse jeito profissional e pessoal de enfermeira, mas queria que ficasse do meu lado, sentia que precisava dela... Que pena que a Saint me odeia.

Até podia ser Dia de Ação de Graças, mas estava difícil de eu encontrar uma coisinha que fosse para dar graças.

CAPÍTULO 2

Uma semana depois...

FIQUEI BRIGANDO COMIGO MESMA durante todo o curto trajeto do hospital até a sua casa. Eu devia saber. Não faz muito tempo que sou enfermeira, só três anos, mas já estou inserida na área médica tempo suficiente para saber que é bobagem se envolver, levar os dramas dos pacientes para o lado pessoal. Não se deve ter envolvimento nem levar um caso mais a sério do que outro, muito menos tratar uma pessoa afetada pela doença de um integrante da família de forma diferente das demais... Mas nada nesse meu treinamento racional e profissional tinha importância, porque eu sentia necessidade de descobrir por que o Nash não tinha passado nem uma vez no hospital para ver o pai desde o dia de Ação de Graças.

Como o Phil Donovan foi transferido quase que imediatamente do Pronto-Socorro para o andar do hospital onde fica o centro de oncologia, não era mais meu paciente. Mas isso não me impediu de passar por lá no final do meu turno para ver como ele estava. O homem mais velho que era a imagem cuspida e escarrada do filho estava encarando o seu prognóstico com uma calma surpreendente, e sempre gostei da sua atitude tranquila. A situação não era nada boa, a cara dele não estava nada boa. Mas percebi que nunca ficava sozinho. Tinha sempre alguém no quarto quando eu passava por lá. Parecia que o Phil tinha um exército interminável de homens e mulheres tatuados e com *piercings* dispostos a passar por cima do incômodo de visitar alguém tão doente e lhe fazer companhia e dar seu apoio. Só que era óbvio que o sangue do seu sangue não integrava aquele pelotão. Eu não tinha direito de questionar por que seu próprio filho não apareceu nenhuma das vezes em que estive no quarto, e não teria feito nada tão sem propósito se o Phil não tivesse me falado do sumiço do Nash de um jeito tão chateado.

Não estava nem um pouco animada para encontrar aquele gatinho emburrado e tatuado. Mas aquela noite, quando fui espiar, a Cora estava discutindo com o Phil. Sabia que ela era bocuda e gritona desde a vez em que o seu namorado foi baleado e quase morreu no Pronto-Socorro. E a garota estava sendo bem direta ao falar do atual comportamento do Nash. O Phil dizia para ela deixá-lo em paz, que o menino ia processar as coisas no tempo dele e não culpava o filho por não ter aparecido desde o feriado. A Cora estava bem estressada, gritava que aquilo não estava certo, que o Nash estava bancando o criança e ia se arrepender por ter perdido esse tempo, já que o prognóstico do Phil não era nada bom. A menina podia até ser meio maluca, soar meio agressiva, mas tive que concordar com ela.

Fiquei me sentindo mal por ter ouvido a conversa e já ia sair de fininho do quarto e ir para casa, quando senti um arrepio de revolta na espinha por causa da próxima frase da Cora.

– O Nash não quer falar nem com o Rule. Não atende o telefone. Não foi trabalhar a semana inteira. O Rome foi até o apartamento dele e bateu na porta até uma vizinha aparecer e ameaçar chamar a polícia. Falei que ele devia simplesmente ter derrubado a porta. Acho que ficou tentado, porque o Nash nunca deu sinal de vida. Só de pensar no meu amigo naquele apartamento, sofrendo, tentando processar toda essa situação sozinho, fico com o coração partido, Phil. Não sei mais o que fazer.

O Phil murmurou uma resposta tão baixo que não consegui ouvir, e dei um pulo porque vi outra enfermeira se aproximando. Ela me olhou feio, porque aquele não era meu andar, e é muito raro eu sair do Pronto-Socorro. Para não ter que dar explicações, voltei para o meu andar, dei uma espiada no prontuário do Phil, onde o Nash está registrado como

NASH

contato de emergência, depois de uma mulher chamada Ruby Loften, e parti em uma missão que não sabia direito qual era. Não sabia por que estava tão ansiosa, tão interessada pelos homens da família Donovan, ainda mais considerando o gosto amargo que minha história com o Nash deixa na minha boca.

Amo meu trabalho. Sempre quis ser enfermeira. Sempre cuidei de todos os "dodóis" das minhas bonecas, e minha brincadeira preferida era cobrir minha irmã mais velha de curativos. Dei duro, ralei bastante para ser a melhor enfermeira e cuidadora possível. Aos 25 anos, sou enfermeira formada e estou pensando em voltar a estudar, fazer uma pós-graduação. Fui a melhor aluna da minha turma de Enfermagem na Universidade da Califórnia, em Los Angeles, e escolhi me especializar em atendimento de emergência por causa do desafio, do ritmo frenético, e porque queria ajudar as pessoas que mais precisam. É um ambiente diferente, são pacientes e problemas diferentes todos os dias. Sou muito habilidosa e completamente motivada. Dou meu melhor todos os dias. Por isso sei que, seja qual for a atração esquisita que esse caso e as pessoas envolvidas nele exercem sobre mim, não é algo que tenha experimentado com um paciente e seus entes queridos.

Devia ter me dado conta de que, no instante em que aqueles olhos cor de violeta encontraram os meus, tentando lembrar de onde me conheciam naquele quatro de julho, o Nash Donovan bagunçaria de novo meu mundo tão organizado. Mesmo depois de tanto tempo, e do ressentimento e da antipatia que ainda cultivo por ele – que, sejamos sinceros, só melhorou com a idade –, o gatinho ainda mexe comigo. Meu sangue ferve só de ele me olhar, e um desejo profundamente reprimido fica me martelando. Parece que vou ficar presa para sempre neste círculo de tesão e ódio pelo Nash. Não tenho ideia do quanto essas emoções são radicais e incontroláveis em mim. Em apenas algumas semanas, esses sentimentos e o homem que os provoca me fizeram ter uma atitude que não tem nada a ver comigo e vai contra não apenas as minhas regras profissionais, mas também o meu senso de autopreservação.

O trânsito no centro estava terrível. Ainda não tinha nevado, mas estava gelado, e Denver inteira estava na correria do Natal, causando um engarrafamento pesado. Isso sem falar que era sábado à noite, e os guerreiros de fim de semana saíam para aproveitar a liberdade, fazendo eu demorar quase meia hora para percorrer aquele trajeto de cinco quilômetros.

Encontrar alguém que fez parte do meu passado, que se lembra de como eu era antes, traz à tona todas as inseguranças que ainda luto para esquecer, mesmo que em um nível menor. Principalmente quando esse alguém é a versão adulta do adolescente que era muita areia para o meu caminhãozinho e por quem tive uma paixão intensa, dolorosa e secreta.

Nunca foi fácil ouvir os comentários maldosos e ser zoada pelos outros. Doía e acabava com o pouco de autoestima que eu tinha. Sabia que o Ensino Médio ia acabar e que, em alguns anos, nenhuma daquelas pessoas teria mais importância, que o Nash Donovan era apenas uma fase. Mas aprendi uma grande lição com o jeito que me senti quando ele me ignorou e, pior ainda, me magoou ao dizer aquelas coisas horríveis a meu respeito. Essa lição até hoje é importante para mim. As pessoas só podem te magoar e te decepcionar se você permitir. Só têm poder para te machucar se você achar que elas são especiais. Não deixo ninguém se aproximar muito de mim, não abro mais meu coração nem meus sentimentos para ninguém, não quero correr o risco de que isso aconteça de novo. Nunca mais! Acho que foi essa postura que me fez encarar e lidar de maneira mais fácil com as traições, tanto do meu namorado da faculdade como quando descobrir que meu pai é um galinha. Todos os homens da minha vida me decepcionaram, e o Nash foi apenas o primeiro de uma longa lista.

O que torna ainda mais difícil de entender essa necessidade, essa urgência de ver como meu inimigo mortal, meu pesadelo da adolescência, está. Mesmo assim, apesar de estar com o pé atrás e muito apreensiva, parei o carro na rua na frente do edifício Victorian, um marco da arquitetura de Denver, que foi convertido em prédio de apartamentos. Fiquei olhando para o edifício por alguns segundos, tentando me convencer a

NASH

cuidar da minha vida e ir para casa. Eu ainda estava de jaleco, com os sapatos horríveis que uso para trabalhar e com meu cabelo cor de fogo preso numa trança até o meio das costas. Depois de ter feito um plantão de dez horas, só restavam umas sobras de maquiagem no meu rosto, e eu não fazia ideia de por que o Nash ia abrir a porta para mim, se estava ignorando os amigos e as pessoas mais próximas.

Estava tremendo porque não tinha levado casaco e resolvi que ou ia para casa ou entrava. Vi seu carrão antigo estacionado na frente do prédio e soltei um suspiro. Lido com a morte e machucados horrorosos todos os dias. Com certeza consigo sobreviver a um encontro rápido com um fantasma do meu passado. Sou muito mais forte agora. Além disso, fiquei preocupada com os dois ao ver o quanto o Phil está doente e triste e o jeito traumático que o Nash reagiu às notícias que recebeu no dia de Ação de Graças. E sabia que essa preocupação não ia passar.

Entrei naquele lindo edifício antigo e procurei os números na porta. Pelo jeito, o térreo tinha dois apartamentos, e o do Nash era o da esquerda. Eu já ia bater quando a porta da frente se abriu, e uma garota pôs a cabeça para fora. Ela me olhou de cima a baixo e pousou os olhos na minha cara de surpresa.

– Você é namorada dele? – perguntou.

O tom da sua voz era simpático, até demais, e a menina parecia uma dessas modelos que saem na capa da revista *Sports Illustrated*. Não estou mais acima do peso, agora meu peso é normal, sou saudável, mas aquela garota tem uma barriga tanquinho de matar e peitos que mereciam um prêmio. Puxa! Se eu fosse ela, também ia andar de *top* de ginástica e *legging* em pleno inverno.

– Ãhn... Não – respondi.

– Acabei de me mudar. Na última semana, a cada cinco minutos alguém vem bater nesta porta. Estou ficando maluca. Já vi o rapaz que mora aí. É supergatinho. Fico esperando uma menina aparecer e dizer que é dona dele. Achei que podia ser você. Mudando de assunto, meu nome é Royal.

Eu balancei minha cabeça e, em seguida, a inclinei para o lado. Todos os homens solteiros do prédio deram sorte no quesito vizinha nova. Aposto que o Nash vai adorar essa garota... Bom, assim que sair desta deprê.

– Sou só uma amiga. Vim ver como ele está. Meu nome é Saint.

A garota deu uma risada e sacudiu a cabeça, e seu cabelo acobreado e comprido esvoaçou pelos seus ombros do mesmo jeito que acontece nos comerciais de xampu.

– Nossos pais com certeza fumaram a mesma coisa quando escolheram nosso nome – falou.

Aí inclinou a cabeça na direção da porta fechada, e seus olhos castanhos brilharam com uma expressão divertida.

Tive que me esforçar para fingir que aquela cena não estava me deixando completamente intimidada. É sempre mais difícil para mim agir de um jeito natural quando estou perto de meninas lindas de verdade como ela.

– Pelo jeito, este é o tema da semana: ver como o vizinho gostoso anda. Isso e homens supergatos. Juro que todos eles são incríveis. Pegaria todos. Até o grandão marrento que tem uma cicatriz. O gato é bem assustador, mas muito *sexy* – completou.

Comecei a me sentir incomodada. Me saio muito bem com pessoas desconhecidas, desde que estejam sangrando e precisando da minha ajuda. Mas esse tipo de interação estava fora da minha zona de conforto, apesar de eu concordar com a opinião da garota a respeito do nível de gostosura dos amigos do Nash.

O tal amigo que tem a cicatriz é o Rome Archer, que morava com o Nash. Sei porque foi meu paciente há pouco tempo. Outra noite, no hospital, conheci o Rule Archer, melhor amigo do Nash, que também é lindo e tem cara de barra-pesada, mas de um jeito todo especial. Na mesma noite, o Jet Keller apareceu com um loiro que parece que saiu direto dos anos 1950 e um outro ainda que é tão absolutamente lindo que você precisa olhar de novo, só pra se certificar de que não está alucinando. Os três são gatos e exalam sexo e confusão, cada um do seu jeito. Não conheço

NASH

essa mulher direito para ficar comentando isso com ela. E, mesmo que a conhecesse, não me sentiria à vontade para ter esse tipo de conversa.

Bati na porta, mais por desespero de me livrar da garota e do seu olhar curioso, do que para ver se o Nash abria.

É claro que não abriu, e fiquei me sentindo uma imbecil. Fiquei pulando de um pé para o outro, toda sem jeito, e bati de novo.

– Boa sorte. Ele não abriu a porta para ninguém.

O tom da tal Royal era de quem estava achando tanta graça que pensei que a garota estava rindo de mim. Me deu um certo enjoo, principalmente por ela ser tão bonita.

Eu já ia levantar a mão para bater pela terceira vez quando a porta abriu de sopetão e dei de cara com o peito nu do Nash Donovan, que estava gritando, furioso e obviamente bêbado. Aqueles olhos incríveis que têm uma cor entre o roxo e o azul piscaram para mim bem devagar, e deixei escapar um suspiro de surpresa quando aquele homem pegou na minha mão, que ainda estava no ar, e me puxou para perto dele.

– Você deve ter o toque de Midas, Saint. Que bom pra você.

Ouvi a voz risonha da vizinha já dentro do apartamento do Nash, que foi tropeçando meio de costas, e eu fui junto.

Ele bateu a porta e tentou se concentrar em mim, com os olhos vermelhos. Estava cheirando a bebida e cigarro, e não consegui deixar de enrugar o nariz, enojada. Sei controlar as reações do meu corpo. É uma habilidade necessária para quem trabalha no Pronto-Socorro. Mas, naquele momento, o Nash parecia meio louco, e tenho que admitir que a sua presença imponente e resmungona era um pouco intimidante.

Ele é mais alto do que a maioria dos homens, mas eu também sou mais alta do que a maioria das mulheres. Ou seja: não era tanto por ele ser grande que estava assustada, mas pelo seu jeito impulsivo, porque não o conhecia naquele estado descontrolado. Estaria mentindo se tentasse fingir que não notei que, mesmo naquele estado desgrenhado e bêbado, o Nash estava em boa forma. É óbvio que se cuida, apesar de castigar o fígado e do terrível hábito do cigarro. Sempre foi um garoto bonito de um jeito sombrio, com aquelas sombrancelhas dramáticas de um preto azulado rasgando seu rosto cheio de personalidade, dando um quê de alguma etnia misteriosa. Seus olhos violeta não são deste mundo, inesquecíveis. São mesmo lindos demais e delicados demais para um rosto tão masculino.

Acho que foi o fato de estar usando apenas uma cueca boxer preta, revelando que não tem nenhum centímetro daquela pele bronzeada à vista sem algum desenho tatuado que me deixou meio impressionada. Gosto de tatuagens, até tenho algumas, mas a dedicação do Nash em enfeitar o corpo é de um grau completamente diferente. Quer dizer, não fiquei surpresa com o tanto de artes que ele tem, levando em conta aquelas chamas brilhantes na sua cabeça e o *piercing* que tem no nariz. Tudo isso tem um sentido, transmite uma mensagem, a de mostrar que ele não segue as regras de ninguém, só as próprias. Por mim, tudo bem, acho que funciona para ele, mas foi muito pra assimilar, já que eu o considero um babaca perigoso.

Me recusei a admitir que estava reparando nele sem nem disfarçar. Não consegui evitar. O Nash estava praticamente sem roupa, era sarado e maravilhoso, mesmo coberto por quilômetros de tatuagem.

– Pedi uma pizza.

Olhei pra ele e perguntei, que nem uma imbecil:

– Quê?

– Pensei que era o entregador de pizza, mas era você.

O Nash deu mais uns passos cambaleantes para trás, se segurou nas costas do sofá e meio que só escorregou para baixo até sentar no chão, de frente para mim. Esticou as pernas compridas e esfregou os olhos lacrimejantes com os nós dos dedos. O que é que estava acontecendo? Parecia que ele tinha se encolhido todo diante dos meus olhos, desaparecido dentro de si mesmo.

– Você está bem, Nash? Está todo mundo preocupado com você.

Ele deu uma risada tão triste, tão ácida, que senti o som da sua voz raspando minha pele, dando arrepios.

NASH

– Não.

Não estava entendendo sua fala enrolada e confusa, talvez por estar distraída pelo seu peito nu. Já tinha visto rapazes bonitos só de cueca. Alguns no trabalho, outros não. Não lembrava de nenhum que chegasse aos pés do Nash. Alguém precisa avisá-lo que, de boxer preta, vira uma arma mortal para a sanidade das mulheres.

– Não o quê? – tive que me esforçar muito para acompanhar suas palavras soltas.

O Nash inclinou a cabeça para trás, para conseguir olhar pra mim. As chamas em cima das suas orelhas se ligavam a mais chamas tatuadas que se estendiam pelos seus ombros enormes e na frente de seu peito. Me deu vontade, e uma certa culpa, de ver se aquelas chamas se espalhavam pelas suas costas. Também tinha uma tatuagem que parecia um par de asas super detalhado que cobria as costelas, descia pela barriga tanquinho e ia até o umbigo, entrando pela cueca. Não consigo nem imaginar o quanto essa coisa deve ter doído para fazer, mas a *tattoo* era impressionante, de tão grande e detalhada. Assim como o corpinho musculoso que ela habitava.

– Não, não estou nada bem.

Soltei um suspiro e me abaixei no chão, para ficar mais perto dele. Seus olhos seguiram meus movimentos. As pessoas me falam o tempo todo que meus olhos são lindos, e isso me deixa envergonhada e me faz gaguejar. São legais, claros e cinzas, e meus pacientes os acham confortantes. Mas pensei, fixando-os firmemente nas profundezas do seu olhar triste, que era óbvio que nenhuma das pessoas que me disseram isso já tinham visto os olhos do Nash. Nunca vi uma cor tão diferente e impressionante como aquele azul meio violeta. Debaixo daquelas sobrancelhas pretas, seus olhos eram simplesmente hipnotizantes.

– Você precisa conversar com alguém da sua família ou com os seus amigos ou, quem sabe, com a sua namorada. Essa situação não é boa pra ninguém, e beber e fumar não vai torná-la melhor. Precisa ser forte para apoiar seu pai, mas também por você mesmo. Pelo jeito, tem um monte de gente querendo te ajudar, que foi lá no hospital todos os dias esta semana. Acredite em mim: não pode enfrentar essa situação sozinho.

O Nash jogou a cabeça para trás, batendo no couro escuro do sofá. Fechou os olhos com força. Puxou as pernas pra junto de si e cerrou os punhos em cima dos joelhos. Numa perna, tinha tatuagens que iam da cueca até o joelho; na outra, até o pé. Era coisa demais para conseguir distinguir entre os diferentes desenhos. Só consegui ver que era um conjunto ousado, dinâmico e colorido, feito por alguém muito habilidoso.

— Até uns dias atrás, achava que meu pai tinha me abandonado quando eu ainda era bebê. Minha mãe me falou que ele era um vagabundo, que não tinha o menor interesse em ser marido ou pai. É por isso que, toda vez que aquele bundão do Loften me falava um monte de merda, dizia que eu era um lixo, tentava mandar em mim, eu achava que tudo bem, porque minha mãe merecia coisas legais, merecia alguém que cuidasse dela, porque meu pai não valia nada. Só que o Loften é um canalha preconceituoso e superficial, que praticamente forçou minha mãe a escolher entre mim e ele. E ela o escolheu, apesar de o meu pai morar na mesma merda de estado que a gente e nunca ter abandonado ninguém – falou.

Em seguida, deu uma risada que doeu em mim. Não consegui me controlar e pus a mão em cima do seu punho cerrado. Dava para sentir a tensão e a confusão fervendo dentro dele.

— Acontece que o único adulto que admirei, que me mostrou que eu valia alguma coisa exatamente do jeito que eu sou, mentiu para mim a minha vida inteira, porra! O Phil me levou para morar com ele quando minha mãe me expulsou de casa. Ele me criou, me ensinou a tatuar, me deu um futuro e me mostrou como ser adulto. Entrei naquele quarto de hospital, olhei para ele e fiquei me perguntando como é que nunca enxerguei o que estava bem na frente do meu nariz.

O Nash resmungou algumas palavras e fechou os olhos de novo. Tentei acompanhar a história, mas fiquei meio perdida. Parecia que ele devia estar contando tudo aquilo para outra pessoa, mas, por algum motivo, foi comigo que resolveu se abrir (em todos os sentidos, uma vez que

NASH

também abriu a porta para mim). Será que descobriu que é filho do Phil naquela noite? Isso é uma revelação imensa e tão difícil de lidar quanto o fato de que seu ente querido é um doente terminal. Não é para menos que está destruído. Não dá para culpá-lo.

— Parece que vai morrer, está muito doente e me chamou de "filho". Por 25 anos chamei ele de "tio Phil" e, agora que ele não vai mais durar muito, teve a coragem de me chamar de filho. Cresci achando que não sou bom pra ninguém. Nem para minha mãe, nem para aquele merda com quem ela casou, nem para o meu pai, que nem se deu ao trabalho de ver que tipo de filho eu ia me tornar. O Phil foi o único que me fez sentir que eu valia alguma coisa, e agora nem sei o que fazer com essa merda toda. Por que não me contou nada? Sempre foi mais meu pai do que tio mesmo.

Soltei um suspiro porque ele ficava girando no chão e, quanto mais rápido ia, mais claro ficava que se sentia pior. Pus minha outra mão em cima da dele e inclinei o corpo para a frente.

— Não sei, Nash. O que eu sei é que a única pessoa que pode responder a essas perguntas está doente e sofrendo tanto quanto você. E sei que os dois precisam um do outro neste momento. Você nunca vai recuperar esse tempo perdido. Vejo isso todos os dias, e vai se arrepender se não deixar isso pra lá e for visitar o Phil.

O Nash estava bêbado, era óbvio que estava triste e não conseguia pensar direito. Apostei que não ia lembrar da nossa conversa quando ficasse sóbrio, mas alguma coisa me impulsionava a tentar deixar aquela situação tão dolorosa mais fácil. Achei que eu ainda o odiava, afinal ele era o responsável por despedaçar meus sonhos de amor e de romance quando eu era adolescente. Mas, naquele momento, só sentia pena dele. Apesar de ser grandalhão e forte, ou da sua aparência de barra-pesada, era uma droga não ter como lutar contra o câncer, ainda mais quando afetava alguém que ele amava. Sabia que aquilo o fazia se sentir impotente e inútil e, naquele momento, estava o deixando com tanto medo que ele acreditava que fugir da situação era uma alternativa viável.

De repente, o Nash segurou meu rosto com aquelas duas mãos grandes; e me surpreendi. Suas mãos eram ásperas, mas o toque era delicado, e seus olhos, de uma hora para outra, mudaram de violeta para um roxo escuro e intenso. Fechou as pálpebras, sua respiração descompassada se acalmou, fazendo aquelas chamas que dançavam ao redor dos seus ombros e no seu peito parecerem de verdade.

– Você é muito linda, Saint.

Espremi os olhos e segurei seus pulsos. Meus dedos não davam a volta toda, e eu não queria pensar no quanto aquilo era sensual. O comentário de que ele nem sempre pensou isso estava na ponta da minha língua. Na verdade, se não me falha a memória, ele disse que precisava de uma quantidade obscena de dinheiro e pôr um saco na minha cabeça para ter qualquer tipo de intimidade comigo. Ainda dói quando essa lembrança vem à tona.

– Só quero ajudar.

– Você está ajudando.

Não, não estava. Não deveria ter ido até lá. O Nash não era problema meu. As suas dificuldades e seja lá qual for a dinâmica familiar complicada que ele estava tentando resolver não tinham nada a ver comigo. Só que parecia que eu tinha dezessete anos de novo e não podia negar que alguma coisa nele me pegava de jeito, mexia com os músculos sensíveis do meu coração.

Respirei fundo e dei um sorrisinho.

– Não, não estou. Você precisa se abrir com as pessoas que te amam, que se preocupam com você, deixá-las te ajudarem. É um peso muito grande pra carregar sozinho. Ainda mais com toda essa situação com os seus pais. Vai dar tudo certo, Nash. Você vai ver só.

Seus olhos ficaram ainda mais escuros, parecia que eu estava vendo o cair da madrugada. Estava me equilibrando nos dedos do pé, e ele segurava meu rosto bem firme. Quando, de repente, me puxou para a frente, me pegou de surpresa, e acabei perdendo o equilíbrio. Soltei seus pulsos quando caí para me apoiar e encostei as palmas das mãos na maciez do

NASH

seu peito lisinho. Juro que só o calor da sua pele nua bastou para me fundir no Nash para sempre.

Eu ia perguntar que merda ele achava que estava fazendo. Ia falar que tinha ido lá mais pelo seu pai do que por ele. Ia gritar que ele era o último homem da face da Terra que ia pôr as mãos em mim depois do dano que aquele contentário cruel, que aquelas palavra impensadas me causaram, anos atrás. Não tive a oportunidade.

O Nash pegou minha trança comprida com uma mão e a enrolou nos dedos como se fosse uma corda. Baixou a outra mão até meu pescoço e me puxou para perto dele sem a menor cerimônia, até a gente ficar com o peito e a boca quase encostados. Acabei colada naquele seu corpinho sem roupa. Empurrei seus ombros, duros como uma rocha, sem o menor sucesso. Tentei me soltar, mas ele é muito forte e estava segurando meu cabelo com firmeza. E, sendo bem sincera, mesmo bêbado e confuso, ele beija muito bem. O esforço que fiz para me soltar deve ter sido, no máximo, pequeno.

Passei boa parte do meu último ano do Ensino Médio imaginando como seria beijar o Nash Donovan. Tudo bem que, na minha fantasia, isso era acompanhado de velas, música suave e com ele me falando que era loucamente apaixonado por mim, enquanto eu dava risada e dizia que não tinha a menor chance de ele ficar comigo. Não seria uma ironia muito cruel do destino o fato de, apesar de eu não sentir mais nada por ele, jamais ter pensado que poderia existir uma situação ou um conjunto de circunstâncias em que eu deixaria o Nash pôr as mãos em mim? Que, no exato momento em que essas minhas crenças fossem postas à prova, eu desmoronaria?

Seus lábios estavam meio secos; a pele, meio áspera, depois de vários dias sem fazer a barba. Quando mexeu a cabeça para passar a língua nos meus lábios, me recusei a abrir a boca e senti um leve toque de metal no meu lábio superior, do *piercing* que tem no nariz. Achei que ia ser esquisito, mas me fez tremer. O Nash puxou meu cabelo só o suficiente pra eu gemer de dor, conseguiu abrir a porta que queria, e na hora passei de indignada e irritada para alguma coisa melosa e estranha que fez meu coração bater mais rápido, e minha pulsação perder o ritmo.

Nossa, ele sabe mesmo beijar. Beija com vontade, como se o que estava acontecendo entre nossas bocas fosse a única coisa no mundo que tivesse importância naquele momento. Usou a língua, os dentes e, não sei como, me puxou ainda mais para perto, pra eu sentir o ritmo rápido do seu coração batendo contra a palma da minha mão, que estava sobre a pele quente do seu peito todo musculoso. Senti o gosto de todos os seus vícios quando a sua língua talentosa se esfregou na minha e roçou a curva sensível do meu lábio superior. Tinha um gosto amargo de tequila, uma ponta acre de fumaça de cigarro, uma gota de tristeza e um sabor residual inconfundível de mágoa, das feridas que causou em si mesmo por causa do próprio medo e da própria teimosia.

Não sei qual dos dois gemeu e qual soltou um suspiro profundo e, bem na hora em que eu ia esquecer de mim mesma, esquecer do motivo que tinha me feito ir até ali e o que aquele menino tatuado e inconsolável significava para mim, quando eu ia fazer uma coisa imbecil e imperdoável, alguém bateu à porta. A gente se separou com o susto. O olhar do Nash estava louco e enevoado, num misto de paixão e confusão. Fui para trás e levantei num pulo, como se o fogo tatuado no seu corpo fosse de verdade e pudesse me queimar.

Minha respiração estava pesada, parecia que tinha vontade de dar um chute nele ou, talvez, cair em cima dele e beijá-lo de novo. Bateram mais forte à porta. Limpei a garganta e joguei minha trança – que tinha ficado toda bagunçada – por cima do ombro.

– Sua pizza chegou – falei.

O Nash ficou só olhando para mim, como se eu fosse de outro planeta. Passou a língua na curva úmida do seu lábio inferior e levantou a sobrancelha. Parecia que estava me desafiando a dizer alguma coisa, saboreando o gosto que deixei na sua boca.

Olhei feio para ele, me virei e fui em direção à porta. Devia ter dado ouvidos ao meu instinto, que gritou tão alto quanto possível que eu devia simplesmente deixar isso pra lá. O passado deve ficar preso na minha caixa de Pandora, onde guardo minhas lembranças mais doloridas e as minhas mais loucas fantasias. Não existe lugar para o Nash no meu presente. Não interessa o quanto eu o ache maravilhoso, como beija bem nem o quanto minha libido me diga que preciso saber onde aquelas asas tatuadas nas suas costelas e na sua barriga vão parar... Sei que há mais coisas por baixo dessa superfície, e que não são nem um pouco bonitas.

– Você tem gosto de chão de bar, um chão que ficou um mês sem ser limpo.

Passei a mão em um pacote de maços de cigarro pela metade, que estava em cima da bancada americana que divide a cozinha da sala do seu apartamento, e atirei nele por trás do ombro.

– Já falei que precisa parar de fumar. Parar de bancar o moleque mimado. Sim, é uma droga ser enganado por alguém que ama, mas você é adulto, lide com essa situação como adulto. Você disse que seu tio te levou pra morar com ele, acreditou em você, te ensinou uma profissão que ama de verdade. Concentre suas energias no que ele fez e não no que deixou de fazer, porque você não sabe quanto tempo ainda tem com ele. Aja como homem, Nash. A maneira como lidamos com o que nos magoa é o que mais nos define.

Abri a porta bem na hora que o entregador de pizza ia bater de novo e passei por ele. Ouvi o som dos corpos se movimentando, vozes masculinas murmurando, e estava quase saindo pelo portão do prédio quando ouvi a voz provocante da vizinha vindo pelo corredor.

– Querido, se você vai ter esse grau de visitação todos os dias, é melhor investir numa campainha.

Fiquei parada só o tempo suficiente para olhar para trás. Tanto o Nash quanto o entregador estavam olhando para a beleza gloriosa e sarada dela. Revirei os olhos para aquela cena patética. O Nash olhou na minha direção, depois de volta para a miss.

– E quem é você? – perguntou.

Pela voz, parecia menos desconcertado, menos perdido.

– Sou sua nova vizinha.

Ainda ouvi o sujeito dando uma risadinha. Cerrei os dentes e empurrei a porta.

– Seja bem-vinda!

Eu não precisava estar olhando a cena para saber que o Nash estava dando um sorrisão pra ela, e que a garota devia estar encantada de ver aquela pele morena cheia de tatuagens quase toda à mostra, já que ele estava só de cueca.

Essa cena não deveria revirar meu estômago. Não deveria me dar vontade de arrancar todo aquele cabelo acobreado maravilhoso da menina e dar uma joelhada tão forte no saco do Nash que até seus futuros netos iam mancar. Mas foi isso que aconteceu, e eu não queria pensar nisso de jeito nenhum. Nem agora nem nunca mais.

CAPÍTULO 3

Nash

LEVEI MAIS UM DIA E MEIO PARA ORGANIZAR AS IDEIAS e parar de agir como maluco. Eu estava um lixo. Arrasado por ter beijado a Saint, principalmente porque não me arrependi nem por um segundo, mas também porque me conheço. Mesmo inebriado de tequila e mágoa, eu ainda consigo sentir seu gosto, seu corpo colado ao meu, e isso era a única coisa boa que me aconteceu nas últimas semanas.

Adoraria poder dizer que a visita surpresa da Saint foi um tapa na cara que me ajudou a ter a clareza de que eu tanto precisava, mas não era o caso. Depois que ela foi embora, talvez porque eu tenha sido o maior imbecil e a maltratei, acabei com a garrafa de tequila que vinha secando aos poucos, antes dela me interromper, e desmaiei no chão da sala. O dia seguinte foi mais ou menos igual, com a diferença de que, uma hora, consegui chegar ao sofá e tirei o cochilo usando a caixa da pizza de travesseiro. É... eu estava *mesmo* me comportando como um adulto responsável.

Mal consegui abrir os olhos quando, de repente, a porta do meu apartamento se abriu e comecei a ouvir passos pesados vindo na direção de onde estava me afogando, inconsolável, nas minhas escolhas de merda. O único que tem a chave da minha casa é o Rule. Óbvio que ficou de saco cheio da minha minha curtição de fossa e de eu ignorar suas ligações. Parecia que minha cabeça estava fora de órbita, e demorou mais de um minuto para minha visão enevoada firmar e enxergar seus olhos azuis e raivosos.

39

O Rule me conhece melhor do que ninguém. Nós somos melhores amigos. Não nos julgamos, não nos censuramos nem nos decepcionamos um com o outro. Somos parceiros para o que der e vier, e o papel que desempenhamos na vida um do outro é de apoio incondicional e, muitas vezes, um dá aquele chute na bunda do outro quando precisa. Claro que era isso que meu amigo estava pensando em fazer quando cruzou os braços e levantou a sobrancelha que tem um *piercing*.

– Você está um lixo.

– Bom, isso deve ser verdade, porque me sinto um lixo.

– Já faz uma semana. É o tempo máximo que vou aturar essas suas merdas. Vai tomar banho, escovar essa porra desses dentes, põe uma calça que a gente vai visitar o Phil, caralho! Chega, irmão. Sim, jogaram uma bomba bem grande em cima de você, mas isso não muda o fato de que todos nós devemos muito ao Phil, tanto que nunca vamos conseguir retribuir. Então, para de besteira e vamos embora.

Resmunguei alguma coisa para ele e tentei me soltar da caixa de papelão gordurenta. É, sou muito bom mesmo. Esfreguei as mãos no meu cabelo raspado e esperei a sala parar de girar. Não sabia o que dizer para o homem que me criou. Entrei no seu quarto de hospital aquela noite, olhei em seus olhos, que são exatamente da cor dos meus, ouvi ele me chamar de "filho" com a voz muito fraca, me virei e fui embora. Foi um gesto covarde, para não falar insensível e superficial. Mas agora minha cabeça estava girando, e eu mal conseguia me manter em pé. O Phil merece mais do que isso de mim, não interessa qual o seu papel na minha vida neste momento. Ele sempre esteve ao meu lado, me apoiando quando ninguém mais fez isso.

Levantei e, na mesma hora, caí de bunda. Rule pôs a mão que tem a cabeça de cobra e o nome dele tatuados no meu ombro e balançou a cabeça. É difícil levar seu olhar de reprovação a sério com aquele cabelo azul espetado.

– Me dá uns minutinhos.

Precisava desse tempo para tirar da minha boca aquele gosto amargo de bebida e do monte de cigarros que tinha fumado.

NASH

A Saint não mentiu: eu estava mesmo com gosto de chão de bar. E essa era uma outra confusão que precisava resolver. Sabia que ela só tinha ido na minha casa por uma espécie de obrigação profissional, porque é boa e gentil, e, óbvio, tem um coração enorme. Sei que não vai muito com a minha cara, mas passou por cima da sua antipatia para me confortar e dizer palavras ternas quando eu mais precisava. E, em troca, fui o maior idiota com ela. Preciso pedir desculpas e ver se consigo diminuir a dimensão do estrago. Quero que goste de mim, pense que sou um sujeito legal, não só porque a considero a mulher mais bonita que já vi. Vai muito além do seu cabelo incrível, do seu corpo gostoso e dos seus olhos cinzentos e doces. Quero que goste de mim porque ela tem um jeito especial, uma doçura tão delicada, onde quero me perder. Não fazia muito sentido, mas nada fazia muito sentido na minha vida naquele momento.

Tenho uma vaga lembrança de como a Saint era no Ensino Médio. Bonita, mas mais gordinha, e bem tímida. Era inteligente e cursava todos os programas avançados que a escola Brookside oferecia, por isso a gente quase nunca se cruzava. Tentei ficar amigo dela numa época, lembro que nossos armários ficavam lado a lado, cheguei até a sorrir e dizer "oi". Mas, fora isso, andávamos com turmas diferentes, e acho que ela não era a fim de se meter com tipos maloqueiros como eu. Ainda lembro do seu cabelo e daqueles olhos... Mesmo naquela época, o cinza claro era cheio de bondade e compreensão. A Saint não era o tipo de adolescente que eu tentava pegar, principalmente porque, no quesito intelectual, era muita areia para o meu caminhãozinho e irradiava uma classe que eu não compreendia. Eu e o Rule passamos a maior parte da adolescência trepando com qualquer coisa que se mexia e curtindo baladas de um jeito que nem conseguimos acreditar agora que somos adultos. Éramos dois tarados inescrupulosos, e meninas como a Saint Ford, naquela época e agora, não são do tipo que se envolvem com sujeitos como nós.

Só que, para surpresa de todo mundo, o Rule se aquietou, vai casar em algumas semanas com uma verdadeira princesa da alta sociedade. Ela é tão inteligente, classuda e bonita quanto a Saint, e ama o Rule com todas as forças. A Shaw Landon é a mulher dos sonhos de qualquer homem, e o Rule é o filho da puta sortudo que conseguiu conquistá-la. E agora vai fazer de tudo para ficar com essa mulher para sempre, de aliança e tudo, mudando o sobrenome dela para o dele.

Depois de um banho escaldante que deixou minha pele vermelha e me acordou o suficiente para eu conseguir ficar de pé, enfiei uma calça jeans e uma camiseta de manga longa com o logo do estúdio de tatuagem onde eu e o Rule trabalhamos. Quando me vi no espelho que tenho em cima da cômoda, me encolhi todo. A barba, que estava por fazer há uma semana, cobria meu rosto, e meus olhos, que normalmente são límpidos, estavam rajados de vermelho. Apesar da minha aparência, sou um garoto bem sossegado. Aprendi a pegar leve na vida e encarar as coisas à medida que aparecem. Com um parceiro de crime como o Rule, tive que ser a voz do bom-senso. Meu amigo tem tanta marra e vontade de jogar merda no ventilador que nunca precisei ser "aquele cara", instável e imprevisível. Eu estava com uma cara brava, confusa, de quem vai surtar por qualquer motivo e, ainda por cima, triste... muito, muito triste.

Respirei fundo e cobri minha cabeça raspada com um boné preto. Peguei um casaco de moletom com capuz e voltei para a sala, onde o Rule estava. Meu amigo tinha jogado fora as caixas vazias de pizza e de comida chinesa e posto as garrafas de tequila vazias que estavam espalhadas por todos os cantos na lata de lixo reciclável. Moramos juntos um tempão antes de ele comprar a casa onde vive com a Shaw. Sabia onde encontrar tudo e me olhou, como quem diz "fala sério", e só encolhi os ombros.

– Eu estava com sede.

– Óbvio. Acho que vou ter que comprar tequila no atacado para você e para a Ayden.

A Ayden é a melhor amiga da Shaw e mulher de outro amigo meu de infância. É tão bonita que devia ser modelo, tem pernas que fazem qualquer homem perder a cabeça, fala com um leve sotaque arrastado do sul dos Estados Unidos e bebe mais do que qualquer um de nós. O Jet Keller é outro dos meus amigos que encontrou a mulher dos seus sonhos e resolveu ficar com ela para sempre. Pelo jeito, isso tem acontecido com todo mundo ultimamente. Menos comigo.

Até o Rome, irmão mais velho do Rule, alguém que admiro por ser quem ele é, encontrou seu par perfeito. Não sei se alguém pode achar a Cora Lewis a garota dos seus sonhos. Ela é muito mandona, bocuda demais e bem cabeça-dura, tudo isso num frasco pequeno e bem colorido. Mas, pelo jeito, o Rome acha ela incrível. Os dois são bem diferentes um do outro, só que se dão bem. Tanto que a Cora está esperando um bebê, que deve nascer em março. Todo mundo que eu gosto está apaixonado, namorando. Fico feliz, mas também fico nervoso. Sei o que acontece quando alguém resolve mudar a vida por conta de uma relação. Sou um filho que foi abandonado pela mãe em nome do amor.

Saímos do apartamento, e olhei para trás. A porta do outro lado do corredor se abriu, e a deusa que mora lá veio rebolando com uma sacola de ginástica na mão. Ela é muito, muito bonita, de um jeito até exagerado. Se eu não estivesse com tanta coisa na cabeça, me sentindo um filho da puta por ter tratado a Saint daquele jeito na noite anterior, é bem provável que teria feito de tudo para dar as boas-vindas pra gata, de um jeito muito mais pessoal e íntimo. Mas, no estado em que estava, só consegui dar uma balançadinha na cabeça, e ela ficou olhando o Rule de cima a baixo, da ponta do cabelo maluco do meu amigo até seus coturnos pretos detonados.

— Legal — disse, num tom simpático, de azaração, com os olhos pretos brilhando, uma expressão bem-humorada.

— O corretor devia pôr no anúncio que o apartamento tem vista para o outro lado do corredor, não para as montanhas. Poderia cobrar mais cem dólares de aluguel por mês.

O Rule levantou a sobrancelha que tem os *piercings* de argola e me olhou de canto de olho. Dei de ombros e andei em direção à saída de frente do prédio. Segurei a porta para a garota, que passou na nossa frente.

— Aliás, me chamo Royal Hastings.

Apertei a mão dela, e o Rule também. Vi que ela reparou na tatuagem com o nome da Shaw que meu amigo tem nos nós dos dedos da outra mão. É mais efetiva do que qualquer aliança. Um anel sai; uma tatuagem, nunca.

– Sou o Nash, e esse é o Rule. Desculpa pelo barulho e pela confusão da semana passada. Normalmente, o prédio é bem sossegado, e a gente fica de boa.

Ela deu risada e cobriu o cabelo vermelho com o capuz da leve jaqueta que estava usando. Sério, a garota era realmente uma gata, e eu devia estar caindo em cima dela. Só que não rolava, e entendi o porquê da falta de desejo quando ela recomeçou a falar:

– Com certeza foi bem interessante. Você tem uma turma bem peculiar, vizinho. A menina que apareceu ontem à noite é a minha favorita. A loira toda tatuada é bocuda, a morena não parece ser muito simpática, e a outra loira até que é legal, mas agiu como se eu não tivesse nenhum direito de perguntar o que estava acontecendo. A ruiva foi supersimpática, meio tímida. Mas, mesmo assim, é minha preferida. Se todas essas meninas estão comprometidas com a fila de homens gatos que tem aparecido no corredor, preciso dizer que são muito sortudas.

Paramos na calçada. Revirei os olhos, e o Rule deu risada.

– A loira impaciente é minha mulher. Está organizando um casamento e é superprotetora com os amigos, por isso está meio atacada neste momento. A morena, para falar a verdade, é uma das pessoas mais legais que você vai conhecer na vida, só estava preocupada com esse imbecil, que sumiu a semana toda. É casada com o sujeito da calça jeans justa.

A vizinha gata balançou a cabeça e continuou dando risada.

– Sei.

– A loira grávida e tatuada é mulher do meu irmão, o sujeito grandalhão com jeito de quem consegue arrancar uma porta com a mão. O loiro, que parece o Johnny Bravo, e o outro loiro que é mais bonito do que você estão solteiros. – Aí voltou aqueles olhos cor de gelo pra mim e completou: – Não sei quem é a ruiva.

Aquela não era uma conversa que eu queria ter na calçada, na frente de uma desconhecida. Em lugar algum, para ser sincero. Mas, como os dois estavam me encarando, resmunguei qualquer coisa e enfiei as mãos nos bolsos do meu moletom.

– É a Saint, a enfermeia do Pronto-Socorro, que deu uma passadinha para ver como eu estava. Estava bem zoado, bêbado e todo descompensado. Basicamente, me falou a mesma coisa que todos vocês ficaram tentando me dizer a semana toda. Que eu preciso parar de fazer merda e fazer as pazes com o Phil antes que seja tarde demais.

A vizinha deu de ombros e se virou para uma SUVque parecia novinha em folha, estacionada na frente do meu carro.

– Muito legal da parte dela. Enfermeiras costumam ser impessoais e técnicas. Que fofo ela ter te procurado. Bom dia pra vocês, meninos.

Ficamos observando a garota ir embora, e o Rule virou para mim com ar de interrogação. Fechei a cara e fiquei batendo nos bolsos, à procura de um maço de cigarro. Soltei um palavrão quando lembrei que a Saint tinha levado todos embora.

– Que foi?

– Vizinha nova.

– E?

– E o quê?

Fui até o lado do passageiro da picape gigante do meu amigo e esperei ele abrir o trinco para poder entrar. Sentei, me esparramei no banco, encostei a cabeça no vidro gelado e fechei os olhos. Sabia que tinha que ir para o hospital, mas não estava nem um pouco a fim. O que é que eu ia dizer para o Phil?

Algo do tipo *"Ah, então você é o meu pai desaparecido... Bom saber. Ah, aliás, obrigado por me contar isso justamente agora que você está morrendo de câncer"*...?

Simplesmente não existem palavras que façam sentido nesse caso.

– E que, há uma semana, não teria a menor chance de entrar no seu apartamento e encontra-lo sozinho. Aquela vizinha ia estar com você, e os dois estariam pelados.

Soltei uma gargalhada e abri um olho.

– Andei muito zoado. Fiquei tão bêbado semana passada que não ia conseguir levantar meu pau de jeito nenhum. Muito menos transar.

Mas isso não era cem por cento verdade. Quando puxei a Saint para perto de mim, quando ela finalmente abriu a boca e me deixou entrar naquele espaço quente e úmido, meu pau ficou duro como uma pedra, e o rio de tequila que corria pelo meu sangue perdeu o efeito. Parecia que o Rule estava lendo os meus pensamentos, porque perguntou:

– E aí? O que está rolando com a enfermeira?

– Estudamos com ela. A garota era superinteligente, tímida, ficava quase sempre na dela. Não saía nem ia às festas, por isso acho que você não deve se lembrar. Eu a reconheci naquela noite que fui buscar o Rome no Pronto-Socorro, quando ele tomou uma garrafada na cabeça. No último ano do colégio, meu ármario era ao lado do dela. Ela está um pouco diferente agora, perdeu peso, eu acho, e seu cabelo está mais comprido. A Saint não ia muito com a minha cara, mas foi sensacional naquela noite em que o Phil foi parar no hospital e foi legal ter aparecido ontem pra ver como eu estava.

– Mas por que ela faria isso se não gosta de você?

– Não sei. Porque é uma boa pessoa, acho eu.

O Rule respirou fundo e disse:

– Ela é gata.

Balancei a cabeça e concordei:

– É mesmo.

– Que bosta que não vai com a tua cara.

Soltei um suspiro.

– É, eu acho. Mas também não estou atrás de namorada.

– Por que não, caramba?

Essa discussão era recorrente. Desde que resolveu ficar com a Shaw para sempre, o Rule não para de tentar me convencer a arrumar alguém, a encontrar uma mulher que me faça acreditar que o amor existe e que a monogamia vale a pena. Fico feliz por ele, por todos os meus amigos que encontraram "o par perfeito", mas acho que essa não é a minha.

NASH

Quando minha mãe resolveu me abandonar para ficar com aquele imbecil do marido dela, usando a desculpa do amor, tive certeza, mesmo sendo tão novo, de que nunca ia fazer isso: amar tanto alguém ao ponto de querer sacrificar minha vida por essa pessoa. Gosto de ser solteiro, de poder conhecer várias mulheres, viver coisas diferentes com pessoas diferentes sempre que me dá vontade. Não preciso ter namorada para me sentir realizado. Nem quero.

– Amigão, acabei de descobrir que meu tio, na verdade, é meu pai e está com câncer. E meu melhor amigo vai se casar em menos de um mês... Caralho! Isso sem falar que meu irmão postiço mais velho vai ser pai. Me fala onde, no meio disso tudo, vou arrumar tempo ou cabeça para ser namorado de alguém.

Meu amigo resmungou alguma coisa e parou a picape no estacionamento do hospital. Senti meu coração acelerar, e gotas de suor frio começaram a descer pela minha nuca. Saímos do carro e nos encontramos na frente dele. O Rule me deu um empurrão e gemeu quando dei o troco com uma cotovelada nas suas costelas.

– Aí é que está, Nash. Você não vai ser namorado de uma garota, mas namorado *da* garota. E quando é *a* mulher certa, você encontra tempo e cabeça rapidinho porque ficar sem ela é a pior coisa que pode imaginar.

Depois dessa, fiquei sem saber o que responder, então fiquei de bico calado e fui atrás do meu amigo, que entrou pelas portas de vidro do hospital e foi até o elevador. Inconscientemente, meus olhos ficaram percorrendo aqueles longos corredores brancos, procurando aquele cabelo vermelho-fogo. Não a vi e não consegui saber se aquilo tinha me deixado aliviado ou irritado.

Chegamos ao último andar do hospital, onde fica o centro de oncologia, e tive que seguir os passos do Rule, porque não sabia em que quarto o Phil estava. Sou um babaca mesmo, e precisava tanto de um cigarro que minha pele doía. A porta estava só com uma frestinha aberta, e o Rule deu um passo para o lado.

– Entra aí e fica um tempo com o senhor que te criou. Ele até pode ter te chamado de "sobrinho", Nash, mas sempre te tratou – você e a todos nós! – como filho. Vou te dar uns minutos antes de entrar.

Balancei a cabeça como idiota.

Respirei fundo e abri a porta. As cortinas estavam levemente abertas, e a luminosidade do inverno projetava sombras um tanto assustadoras no corpo frágil do Phil. Ele sempre foi um sujeito grande, corpulento e, agora que sei que é meu pai, consigo ver todas as nossas semelhanças. São tantas, muito mais do que a nossa cor dos olhos incomum. O Phil abriu as pálpebras e olhou para mim. Me deu vontade de mexer os pés e limpar a garganta, mas não fiz isso. Fui até o pé da cama, assim a gente podia olhar um para o outro. Ele estava tão magro, e sua pele estava com uma cor horrível.

Passei o dedão no meu maxilar e tentei dar um sorriso.

– Você me deu um puta susto, velho.

Ele disse qualquer coisa e levantou a mão que tinha uma espécie de monitor preso a milhões de fios e tubos que saíam do seu corpo.

– Estava cheio de ficarem me espetando e me cutucando. Não ia passar o dia de Ação de Graças numa droga de hospital. Só precisava fugir. Não sabia que estava tão doente, achei que fosse só uma tosse.

– Só uma tosse? – não consegui evitar o tom de amargura na minha voz. – Achei que você tinha morrido quando te encontrei jogado no chão da cabana. Você tem ideia do que eu passei?

– Desculpa, Nash. Por tudo. Eu tomei algumas decisões ruins na minha vida, fiz coisas das quais me arrependo. Mas, você, meu filho... Você nunca foi uma delas.

Pronto. "Filho". É uma coisa que sempre quis ser e nunca pensei que seria. Passei a mão na nuca e falei:

– Nem sei o que pensar disso, Phil. Nem sei mais como te chamar.

– Como sempre. Continuo sendo só o Phil, Nash. O que aconteceu entre mim e a sua mãe faz muito tempo e não tem nada a ver contigo. Você deve se orgulhar do homem que se tornou... Um homem do qual eu me orgulho, como pai, tio, patrão e como tudo o mais. Achei que estava

NASH

te protegendo, que ter ficado doente talvez fosse um sinal. Achei que tudo isso ia passar, para ser bem sincero.

– Câncer? Você achou que um câncer ia desaparecer num passe de mágica e que ia poder se esconder disso para sempre? Esconder isso da gente?

– Pelo jeito, isso é de família. Você levou uma semana para mexer essa bunda e vir até aqui, não foi?

O Phil tinha razão. Me encostei na beirada da cama. Segurei na grade de proteção e o encarei. Ele estava doente, isso era óbvio, mas também parecia haver nele uma leveza que nunca antes tivera. Fiquei imaginando como deve ter sido difícil para ele fingir esse tempo todo, ficar me ouvindo xingar meu pai imaginário e falando da culpa que eu atribuía a ele quando tudo deu errado com a minha mãe e o marido dela. Quem sabe isso era verdade, e a verdade realmente é libertadora.

– Eu tive que processar muitas coisas. Precisava fazer isso sozinho.

Sabia que devia perguntar por que o Phil não revelou antes que era meu pai, por que escondeu segredos de mim a minha vida inteira, mas acho que estava morrendo de medo das respostas. Minha mãe nunca me fez sentir digno de ser sangue do seu sangue. Acho que não ia aguentar se o Phil tivesse um motivo desses para as suas atitudes.

– E como você está agora? – perguntou, com a voz hesitante.

Eu me senti um imbecil por fazê-lo duvidar do valor que ele tem para mim.

– Não sei, mas você nunca me decepcionou, e eu não ia me perdoar se alguma coisa acontecesse a você, e as coisas continuassem do jeito que estavam. Devo tudo o que tenho e tudo o que sou a você. Não vou te deixar encarar essa sozinho.

O Phil se encolheu de leve e virou para o outro lado. O cavanhaque que ele tem em volta da boca se enrugou numa expressão de tristeza, e senti um aperto no estômago.

– A luta acabou, Nash. O câncer oficialmente tomou conta do meu corpo. Formou metástase, chegou nos meus nódulos linfáticos. Não dá pra fazer muita coisa, só esperar.

Engoli em seco e senti as lágrimas começando a queimar meus olhos. Puxei a aba do boné para baixo e fiquei piscando sem parar para tentar controlar minhas emoções.

– E a quimioterapia, radioterapia? E se você fizesse um culto vudu? Não tem nenhuma alternativa?

O Phil sacudiu a cabeça. Se, por um lado, ele estava dando a pior notícia do mundo para mim, por outro parecia que tinha tido tempo de sobra para se entender com seu destino e a falta de respostas satisfatórias.

– Sei que isso é novidade pra você, que ainda não teve tempo de digerir essa história toda. Mas faz tempo que estou doente, essa não é minha primeira vez. O tempo que passei com você e com o resto da turma foi uma bênção.

Senti uma pontada de raiva no estômago e tive que me concentrar na minha respiração para não explodir.

– Você já esteve doente antes?

O Phil fez um barulho de afirmação e esticou a mão trêmula para pegar um copo d'água. Dei uma volta na cama para entregar o copo pra ele. Nossos olhares se cruzaram, e tive que engolir todos os sentimentos negativos que aquela conversa estava despertando.

– Sim. Tive a mesma coisa. Pouco antes de comprar o estúdio. Foi um tumor no pulmão, passei por uma cirurgia para retirá-lo e o tratamento durou por um ano. Foi um dos motivos por eu querer tanto ensinar o que sei pra você e para o Rule. Tem muita tatuagem lixo aqui no Colorado, as pessoas não levam a arte, o trabalho do tatuador, a sério. Sabia que, se ensinasse para vocês dois o jeito certo de fazer as coisas, ensinasse a respeitarem essa habilidade e essa arte, meu legado estaria em boas mãos se alguma coisa acontecesse comigo. Como venci a doença aquela vez, achei que conseguiria de novo.

– Por que você não parou de fumar?

– Porque largar o cigarro é muito difícil. Porque achei que eu fosse invencível. Não sei, Nash. Não tenho um bom motivo pra te dar. Queria ter parado, espero que você pare. Não tem motivo para brincar com o destino.

NASH

Abri a boca para dizer alguma coisa, mas fui interrompido pelo Rule, que abriu a porta e entrou no quarto.

– Tudo certo por aqui?

– Tudo indo, rapaz. Vem aqui rapidinho, quero conversar com os dois.

O Rule fechou a porta e foi para o outro lado da cama. O Phil abriu a boca mas, antes de conseguir dizer qualquer palavra, teve um ataque horrível de tosse. Doeu ver como aquela tosse seca sacudia seu corpo frágil. Levou alguns minutos para ele recuperar o fôlego, e eu e o Rule trocamos um olhar preocupado.

– Poxa, isso doeu. – Aí limpou a garganta e ficou olhando para mim e para o Rule. – Vou deixar o estúdio para vocês. Sou dono do lugar, então a escritura vai ficar no nome do Nash. Vocês dois formam uma dupla invencível desde que começaram a me dar cabelos brancos e são os melhores tatuadores dessa cidade. Fizeram o Homens Marcados bombar, deram o estilo que ele tem, e uma reputação que eu jamais conseguiria alcançar sozinho. Deixaram o lugar com a cara de vocês e acho que, como sócios, têm muito a oferecer pra essa cidade.

Eu e o Rule nos olhamos, surpresos, aí olhamos para o Phil como se ele estivesse falando grego. A gente sabe tatuar, sabe lidar com os clientes, mas nenhum dos dois faz a menor ideia de como administrar um negócio.

– Eu estava procurando um lugar novo para abrir uma segunda unidade no Ba-Tro. Queria expandir os negócios, levar nosso nome e nosso trabalho para uma nova clientela. Encontrei o ponto perfeito. Assinei um contrato de aluguel de cinco anos, mas agora... Bom, agora vocês é que vão ter que pôr o lugar pra funcionar.

Ba-Tro é o baixo centro de Denver. É cheio de bares, restaurantes, e alugar um ponto comercial lá deve custar uma fortuna. Foi o Rule que perguntou primeiro:

– Ãhn... Você sabe que a gente não tem a mínima noção de como administrar um estúdio, né?

O Phil revirou os olhos e bufou.

– Óbvio que sei disso. Já conversei com a Cora. Ela vai ser administradora. Por acaso acham que, quando aquele bebê nascer, a menina vai querer ficar atendendo telefone e cuidando da agenda de vocês o dia todo, seus imbecis? De jeito nenhum. Aquele foguetinho nasceu para cuidar de alguém, vai querer passar todo o tempo possível com o bebê. Arrumem um escritório pra Cora no estúdio novo, que ela vai cuidar de todos os aspectos técnicos para vocês. E, se ela quiser continuar fazendo *piercings*, pode marcar na hora que for melhor para ela. Só precisam encontrar um gerente de loja para o novo estúdio e contratar novos tatuadores. Boto fé em vocês, meninos. Vão me deixar orgulhoso.

– Você planejou isso tudo sem nem se dar ao trabalho de perguntar o que a gente achava? – perguntei.

Não estava conseguindo controlar a raiva que fervia dentro de mim.

– Nash... – respondeu o Phil, com a voz ainda mais baixa. – Eu não tenho tempo para discutir. Quero que a minha família fique encaminhada, que o que eu dei tão duro para construir continue de pé. Esse é o jeito de alcançar esses dois objetivos. Confia em mim.

Até pouco tempo, eu confiava no Phil sem nem questionar. Mas, com os últimos acontecimentos, isso ficou um pouco mais difícil.

– Onde é que vamos encontrar um gerente de loja novo? E como é que a gente vai fazer pra descobrir um monte de tatuadores novos? Eu e o Rule não sabemos nem por onde começar.

Até eu sabia que estava sendo um pouco petulante.

– Vocês vão dar um jeito. Vou dar uns telefonemas, tenho uns contatos que fiz ao longo desses anos todos. Não vou deixá-los na mão.

Nós dois tínhamos um milhão de perguntas para fazer, mas o Phill teve outro ataque de tosse, que pareceu interminável. Óbvio que estava mal, sentindo muita dor. O Rule foi chamar uma enfermeira, que deu um remédio que logo o fez fechar os olhos e seu peito subir e descer num ritmo constante. Ele apagou, e o Rule fez sinal com a cabeça em direção à porta. Saí pelo corredor atrás do meu amigo.

– Puta merda.

NASH

– É, merda mesmo – falei. Tirei o boné da cabeça e pus de volta em seguida. – O que é que a gente vai fazer, caralho?

– Descobrir como se faz, eu acho. É o que sempre fazemos.

– Isso é loucura, essa coisa toda.

– Com certeza, mas a gente vai ter que dar um passo por vez. Estamos contigo, Nash. Lembra disso a próxima vez que inventar de bancar o avestruz e passar uma semana com a cabeça enterrada numa garrafa de tequila.

E eu sabia disso.

– Valeu Rule. Me dá só um minutinho. Quero ver se consigo encontrar a Saint e pedir desculpas pra ela.

– Desculpas pelo quê?

– A essa altura, acho que preciso pedir desculpas a ela por existir. Obrigado por ter me arrancado da minha pasmaceira.

– Estamos aí. Te encontro no carro. Preciso ligar pra Shaw. Ela ainda não contou para os pais que vamos nos casar. Não ligo se eles vão aparecer ou não, mas conheço bem minha Gasparzinho para saber que vai se sentir culpada se não der pelo menos uma chance de provarem que não são tão horríveis assim, mesmo sabendo que eles são horríveis mesmo.

Respirei fundo porque o Rule não estava brincando e porque ainda me dava vontade de rir quando meu amigo chama a Shaw por esse apelido, por causa do cabelo superloiro, quase branco, dela. Suas palavras foram um lembrete duro de engolir: não sou o único a ter uma dinâmica familiar toda fodida. Os pilares que me sustentavam até então, que me faziam ser quem eu sou, estavam sofrendo abalos e sendo colocados em outros lugares. Não temo mudanças, é só olhar para o meu corpo para perceber isso... Mas morro de medo de olhar para trás e descobrir que minha mãe ter desistido de mim, me mandado embora, não tinha nada a ver com um coração partido por um pai pé-rapado, mas tinha tudo a ver comigo, por eu não ser quem ela queria que eu fosse. Tinha que ter a ver com o fato de eu simplesmente não ser bom o suficiente. Apesar de ter ficado em paz há tempo com a ideia de que nunca vou corresponder às suas expectativas, isso deixou uma cicatriz em mim.

· 53

CAPÍTULO 4

O MENININHO QUE EU ESTAVA ATENDENDO ERA FOFO DEMAIS. Devia ter só cinco ou seis anos, e o corte que tinha na testa era bem feio, mas parecia que estava lidando muito bem com aquilo. A mãe estava histérica, como todas as mães ficam quando seus filhos se machucam. Mas, depois de alguns pontos, de passar a indicação de um remédio para dor e dizer que a criança tem de usar capacete quando andar de bicicleta, eles estavam prontos para ir embora. É claro que tive que arranjar um pirulito para dar ao meu jovem paciente. Não podia suportar vê-lo ir embora sem um sorriso. Atender crianças pequenas é difícil, mas sempre fico feliz quando consigo socorrê-las e mandá-las para casa sem lágrimas nos olhos.

Tirei as luvas cirúrgicas e balancei a cabeça para o médico de plantão, que foi atender o paciente que estava na sala ao lado. Como era época de gripe, as coisas estavam bem agitadas, isso sem falar que o frio trazia os moradores de rua, que entravam e saíam do hospital com diversos problemas e machucados decorrentes das baixas temperaturas. Tinha que estar sempre alerta, nunca sabia o que ia acontecer, e isso fazia meus dias passarem rápido e mantinha meu trabalho desafiador e interessante. Mas, quando virei numa esquina e vi uma figura conhecida, de cabelo raspado, apoiada na recepção, tive que dar um tempo para resolver se ia virar para o outro lado e fugir antes que ele me visse. O Nash não era o tipo de desafio que eu estava a fim de enfrentar naquele dia.

NASH

Estava irritada com esse garoto, por ter uma atitude tão egoísta quando alguém tão próximo estava sofrendo. Mas, mais do que isso, estava furiosa comigo mesma por ter cedido e me envolvido com ele quando sabia muito bem no que isso ia dar. Também estava aborrecida porque, apesar de ter me despertado vários sentimentos negativos, o beijo que o Nash me roubou ainda fazia eu me revirar na cama à noite. E, se eu me concentrasse bem, ainda conseguia sentir o gosto que deixou na minha boca. Droga! Por que ele tinha que ser tão inesquecível?

Fixei os olhos, endireitei os ombros e fui caminhando na direção dele. A enfermeira atrás do balcão estava olhando para ele com uma cara que só consigo descrever como "maravilhada". Deve ser uns dez anos mais velha do que eu, tem quatro filhos e é casada com um policial, mas nada disso a impediu de ser envolvida pelo feitiço que o Nash exala tão naturalmente sobre o sexo oposto.

– O que está fazendo aqui embaixo? O quarto do seu pai fica no último andar.

Percebi que ele estremeceu todo quando falei a palavra "pai", mas me recusei a me sentir mal por causa disso. Me confundo com as palavras, e é difícil para mim dizer às pessoas o que realmente penso. Mas, por algum motivo, nada disso é problema quando falo com o Nash.

Entreguei a papelada que estava segurando para a enfermeira que cuida das internações e cruzei os braços quando o Nash virou e ficou de frente para mim. O boné que usava fazia sombra na parte de cima do seu rosto, mas dava para ver suas olheiras fundas e as rugas de tensão ao redor de sua boca. No fim das contas, estava bem melhor do que a última vez que o tinha visto. Bom, melhor com exceção do fato de estar vestido. Por mais que não queira, ainda consigo lembrar do seu corpo seminu nos mínimos detalhes. Quero muito saber onde aquela tatuagem enorme vai parar.

– Você tem um minutinho? – falou, com a voz meio ríspida.

Mas a pergunta se tornou mais simpática quando deu um sorrisinho que fez meu coração parar de bater.

– Na verdade, não. As coisas estão bem corridas por aqui. Esse clima faz as pessoas enlouquecerem, e o Pronto-Socorro está mais lotado do que o normal.

O Nash respirou fundo, colocando as mãos nos bolsos do casaco de moletom. Pelo canto do olho, notei as outras enfermeiras meio que circulando pelo balcão da recepção, nos observando, curiosas, na maior cara dura.

– É só um segundo. Por favor, Saint.

Não sabia que rapazes grandões, durões e tatuados empregavam expressões como "por favor", mas nem por isso ele ia me conquistar. Esse homem provoca um efeito indesejável em mim, e tenho certeza que é melhor ficar longe dele. Bem quando eu ia dizer que não, a enfermeira que estava atrás do balcão, a que tinha ficado obviamente apaixonada pelo rostinho lindo do Nash, se ofereceu:

– Eu atendo o paciente que acabou de chegar. Pode tirar uns minutinhos de descanso.

Eu tive vontade de olhar feio para ela, mas a coitada só estava tentando ajudar. Mordi o lábio e fiz sinal com a cabeça na direção da sala de espera. Tem lugares mais reservados no hospital, poderia ter levado o Nash para alguns deles, mas ficar sozinha com esse homem me deixava nervosa e ansiosa.

– Vem comigo até ali.

Ele balançou a cabeça e fez o que pedi. Senti seu olhar queimando minhas costas e precisei respirar fundo várias vezes para me acalmar e colocar minha máscara de imperturbável antes de virar para ele de novo. O Nash suspirou e se apoiou com o ombro na máquina de café. Parei ali por perto. Nos encaramos por um tempão. Eu estava prestes a jogar as mãos para cima e ir embora por causa da ansiedade que o silêncio e seu olhar intenso me causavam, mas aí suas palavras em voz baixa me surpreenderam:

– O Phil está mesmo muito mal. Contou que os médicos não podem fazer mais nada. Ele vai morrer, mas parece encarar isso numa boa, não sei como. Eu devia ter ido falar com ele antes.

NASH

Sua voz tinha um tom sombrio, e seus olhos, debaixo da sombra daquele boné, tinham ficado lilases. Dava para ver que estavam cheios de lágrimas, que estava tentando engolir um monte de emoções, e precisei usar cada gota do meu autocontrole para não esticar a mão e tocá-lo, tentar consolá-lo. O Nash não era um animal selvagem que precisava ser domado, mesmo que emanasse essa *vibe*.

– Sinto muito. O estágio IV é o mais avançado da doença, e o prognóstico não é nada bom, não importa o tipo de câncer.

Ele balançou a cabeça, depois a jogou para trás, e ficou olhando para mim por baixo da aba do boné.

– Desculpa por aquela noite. Eu estava muito bêbado, completamente transtornado, e juro que não sou esse tipo de cara. Foi muito legal você ter passado lá em casa para ver como eu estava, e fui o maior imbecil. Só queria pedir desculpas e te agradecer.

Fiquei chocada. Não esperava isso do Nash, fiquei só olhando para ele que nem uma idiota. Pelo jeito, ele entendeu meu silêncio como uma condenação, porque tirou o boné e ficou passando as mãos, nervoso, pela cabeça raspada. Suas sobrancelhas pretas estavam baixas sobre aqueles olhos fabulosos, e suas narinas estavam um pouco abertas. Com aquele *piercing* no nariz, parecia um touro raivoso.

– Me dá um desconto, Saint. Minha vida virou de cabeça pra baixo e não está fácil lidar com isso tudo. Sei que não gosta de mim, por isso foi tão legal ter passado lá em casa. Só não sei *por que* você não gosta de mim.

Joguei o corpo para trás e fiquei ainda mais na defensiva. Tudo bem, tenho meus motivos para ter pé atrás e não querer me aproximar do Nash, mas nunca quis que meu incômodo fosse assim tão perceptível, muito menos para ele. A última coisa que eu queria era reviver aquele momento. Nenhum dos dois, aliás. Não ia contar para ele que ele ter me ignorado, que suas palavras duras tinham me mudado para sempre, mudado a maneira como enxergo o sexo oposto. De jeito nenhum. Foi humilhante, e era óbvio que tudo tinha ficado só na minha memória. Se o Nash não se recordava de nada, eu é que não ia fazer o favor de lembrá-lo. Ele sacudiu a cabeça e pôs o boné de volta. Desencostou da máquina de café, encolheu aqueles ombros largos e falou:

– Tudo bem, então. Vou tentar ficar longe do Pronto-Socorro porque é óbvio que minha presença te incomoda. Só queria que soubesse que agradeço muito você ter ido falar comigo, mesmo sabendo que preferia estar fazendo outra coisa. Você é uma menina muito legal, Saint. Sempre achei isso.

O Nash pôs o capuz do moletom por cima do boné, se virou e foi embora. Quando sumiu de vista, tive que pôr a mão no meu coração acelerado e me concentrar para não entrar em pânico. Ele sempre me achou legal? Então como pôde me provocar, me tirar da minha zona de conforto e depois agir como se eu não existisse? Como pôde beijar outra menina bem na minha frente quando achei que tinha ido na festa por minha causa? Como pôde falar aquelas palavras horríveis, que fazem eu me sentir feia e sem graça até hoje? Os meninos bonitos não deviam tentar magoar as meninas legais. Pelo menos não no mundo ideal.

Não tive tempo de me afundar nesses pensamentos porque uma das enfermeiras veio correndo na minha direção, ela estava desesperada atrás de mim.

– Acidente na interestadual. Quatro veículos envolvidos. Ferimentos múltiplos dando entrada. Precisam de pelo menos quatro salas preparadas, se não mais. As ambulâncias estão paradas lá fora há três minutos, então... mãos à obra.

Não tinha mais tempo de me preocupar com o Nash, com o passado nem com como fico desestruturada toda vez que dou de cara com ele. Deixei tudo para lá e assumi com firmeza o papel no qual me sinto mais à vontade. Aqui no hospital não tenho nenhuma pergunta, nenhuma dúvida, não sou tímida nem hesitante e faço o que sei fazer melhor: ajudar os outros.

NASH

Foi um plantão longo e extenuante. Precisei ficar até mais tarde para atender as vítimas do acidente, ocorreu um incêndio, outro acidente e chegaram não um, mas dois feridos à bala. Foi corrido e caótico, e fiquei feliz porque meu plantão me deu a oportunidade de deixar de lado todas as emoções despertadas pelos meus encontros recentes com o Nash e de categorizá-las como triviais e passageiras.

Estava indo embora me arrastando, soltando o coque que tinha feito no alto da cabeça, quando dei de cara com a única moradora de Denver que considero minha amiga, além da minha irmã. A Sunshine Parker é a vice-diretora de enfermaria, minha chefe e, provavelmente, a pessoa mais sincera e direta que já conheci. É pequenininha, descendente de filipinos, com um cabelo bem preto e um sorriso interminável. Foi ela que tornou minha transição para aquele Pronto-Socorro suportável, considerando todas as minhas esquisitices sociais que, normalmente, tornam a minha adaptação a um novo ambiente um desafio. É alguns anos mais velha do que eu, completamente dedicada à carreira e a ajudar quem precisa. Quero muito seguir seu exemplo. Ela é igualzinha a mim, só que não tem problema em conversar com os outros nem em interagir como uma pessoa normal. Também não fica quieta que nem uma imbecil por causa de uma conversa qualquer.

– Ei, senhorita. Teve um dia difícil?

Eu estava esfregando os dedos com força no couro cabeludo, onde meu cabelo estava preso, e tive que admitir que estava exausta. Naquele dia, tinha visto uma quantidade absurda de sangue e vísceras, mesmo para um P.S., e meu papo rápido com o Nash tinha sugado toda a minha energia. Me sentia péssima por ele, por causa do que estava enfrentando, mas também me dava nos nervos o fato de me importar com o garoto. Queria ser imune a ele. Só que, pelo jeito, meus hormônios não iam me dar essa opção.

– Já tive melhores. Foi uma correria.

A Sunshine jogou aquele cabelão sedoso para trás do ombro, inclinou a cabeça e disse:

– Você é uma enfermeira incrível, Saint.

Eu consigo lidar com esse tipo de elogio. Sorri para ela e peguei meu celular, que estava tocando. O rosto da minha irmã apareceu na tela, rejeitei a chamada e enfiei o aparelho no bolso. Eu adoro a Faith, muito. Só que, nos últimos tempos, ela só me liga para falar dos nossos pais, mais especificamente da nossa mãe, e esse dramalhão pode ficar para depois.

– Obrigada, Sunny. É sempre bom ouvir isso. Vindo de você significa muito.

Ela deu um sorriso e pôs a mão no meu ombro, o que deve ter sido uma cena hilária, porque minha chefe é muito mais baixa do que eu.

– Certo. Então, acredite em mim quando te digo que você precisa arranjar outras coisas para fazer da vida fora deste Pronto-Socorro. Ou de qualquer outro. Isso aqui é um trabalho, uma carreira e, sim, é um trabalho importante, que exige dedicação e sacrifícios, mas não que abdique de sua vida pessoal. Você é uma mulher incrível e brilhante, que tem um grande futuro pela frente. Vejo muitas semelhanças entre nós. Nada disso fará muito sentido se não cultivar outras coisas na vida.

Fiz uma cara de confusão e me equilibrei na outra perna, para a mão dela cair do meu ombro.

– Por que você está falando isso, Sunny?

Minha chefe deu uma risadinha, balançou o cabelão de novo e respondeu:

– Um passarinho me contou que o doutor Bennet te convidou para beber outro dia e você deu o maior fora nele. Por que fez isso? Ele é lindo, e vocês têm o trabalho em comum, sei que teriam sobre o que conversar. Por que não deu uma chance para ele? Fico preocupada com você. Já faz quase dois anos que trabalha aqui e nunca sai com a gente, nunca se abre. Gosto de você. Quero que tenha a melhor vida possível.

O doutor Bennet é o partidão do hospital. Tem 28 anos, corpo atlético, cabelo preto ondulado e olhos verdes e sonhadores que fazem todas as enfermeiras e mulheres que cruzam o seu caminho babar. Ele é sedutor, mas parece ser legal e faz seis meses que me dá indiretas de

NASH

que gostaria de me conhecer melhor fora do trabalho. Não costumo dar importância a esse tipo de atenção. Não faço o tipo que os médicos gostam de namorar e não ia dar só uma ficadinha com um colega, de jeito nenhum. Já não sei lidar com as conversas normais... Só que o tal doutor me convidou para sair no dia de Ação de Graças. Em vez de responder ou tentar, pelo menos, gaguejar uma desculpa esfarrapada, saí correndo na hora em que a papelada do helicóptero de resgate com o nome do Phil Donovan chegou. Já tinha visto as informações no prontuário e senti uma necessidade incontrolável de encontrar o Nash para ver o que estava acontecendo com ele. Eu não tinha exatamente dado o fora no médico, mas, seja lá qual for a influência que o Nash ainda exerce sobre mim, é mais poderosa do que a vontade de conhecer melhor o Bennet.

— Fala sério, Sunny. Acho que não faço o tipo dele e não saio mais porque não tenho tempo. Eu trabalho, e você sabe a loucura que está acontecendo com a minha mãe. Minha vida é boa, sim.

— Uma vida boa não é a mesma coisa do que uma vida plena, realizada, Saint. Se o homem te chamou para sair, acho que você faz o tipo dele, sim. Precisa comprar um espelho novo, um que mostre quem você é realmente, como as outras pessoas te enxergam. Não acredito que não consegue ver que faz o tipo de qualquer homem.

Minha vontade era dizer que a Sunshine estava enganada. Enxergo o que os outros veem, sim. Mas nem meus peitos espetaculares, meu corpinho violão e meu cabelo bonito são capazes de neutralizar o fato que tenho dificuldade em me conectar com as pessoas, que confiar em alguém o suficiente para me abrir e me entregar é praticamente impossível para mim. Nem o fato de que falar amenidades e agir como uma garota normal é uma tarefa quase hercúlea para mim. Sempre fico preocupada, achando que vou falar ou fazer alguma coisa de errado. Fui salva de ter que dar mais desculpas e justificativas para a Sunny porque meu celular tocou de novo. Dava quase para sentir a cara de frustração da minha irmã do outro lado da linha.

— Preciso atender essa ligação, Sunny. Mas, sério, obrigada por se preocupar comigo.

– Não tem de quê, amiga. Alguém precisa fazer isso... Você está tão ocupada cuidando dos outros que não tem tempo de cuidar de si mesma.

Até parece que minha irmã queria provar que a Sunny estava certa. Porque, assim que eu passei pelas portas de vidro do hospital, ela berrou na minha orelha:

– Você por acaso está ignorando as minhas ligações?

Eu e a Faith nos damos superbem. Só temos um ano de diferença, e estudamos juntas até ela se formar no Ensino Médio. Sair de casa para fazer faculdade na Costa Oeste dos Estados Unidos foi necessário, mas foi muito difícil me separar dela. Agora minha irmã é casada com o namorado da adolescência. Os dois têm quatro filhos com menos de sete anos e estão esperando o quinto. Foi por causa dela que voltei para Denver, apesar de adorar a praia e morrer de saudade do pessoal do hospital onde trabalhei logo depois de me formar. Era bem difícil para mim morar de novo na cidade que todos os dias me fazia lembrar de como eu era na adolescência.

– Não, tive que ficar até mais tarde e, quando saí, minha chefe me pegou para conversar. E aí, tudo bem?

Ouvi ela soltar um suspiro e uma das crianças gritando.

– Você falou com a mamãe esta semana? – perguntou.

Levando em consideração a loucura que foi minha semana, que passei ou me castigando ou me culpando por causa do Nash, não. Minha mãe não estava na minha lista de prioridades.

– Não. Estava muito ocupada. Por quê? Aconteceu alguma coisa com ela?

Meus pais foram casados por mais de trinta anos, a maior parte deles muito felizes. Em algum momento, enquanto eu morava fora e a Faith formou a família dela, meu pai resolveu que ficar em casa sozinho com a minha mãe tinha perdido a graça. Sem a gente saber, começou a sair com uma assistente muito mais nova, que trabalha no consultório de dentista dele. Os dois continuaram casados, mal casados, até que minha mãe não conseguiu mais aguentar a traição e o desaforo. Resultado: entrou com um processo de divórcio litigioso muito sofrido há dois anos. É uma situação difícil, cheia de ódio e discórdia, e meus pais não só se voltaram um contra o outro, mas acabaram virando dois desconhecidos para mim e para a minha irmã. E esse é outro motivo para eu ter voltado para casa: quero minha mãe de volta.

Ela não quer que a gente chegue nem perto do meu pai. Está com raiva, agindo de forma irracional, e voltou todas as suas energias para a Faith e os filhos dela. Está deixando minha irmã louca. Depois de receber muitos telefonemas chorosos e desesperados, me candidatei a uma vaga no Centro Médico de Denver e vim para tentar minimizar o estrago. Minha mãe estava à beira de um colapso nervoso. Eu conseguia ver que isso ia acontecer, mas não podia fazer nada. Ela estava se automedicando, tomando remédios e enchendo a cara de vinho para tentar lidar com a dor. Era uma merda para todas nós porque, apesar de as atitudes do meu pai terem magoado a nós três, era impossível cortá-lo completamente de nossas vidas, e isso deixava a minha mãe maluca.

– Sim, aconteceu. Um dos vizinhos me ligou para avisar que o Corpo de Bombeiros estava na casa dela. Ao que parece, a mamãe foi até o quintal e resolveu queimar todas as fotos de família na churrasqueira.

Soltei um gemido e fui até o estacionamento pegar meu carro.

– Sério?

A Fait também suspirou, e deu para sentir o quanto estava cansada.

– Sério. O fogo fugiu do controle devido ao vento e da quantidade de fluido de isqueiro que ela usou. Pegou fogo numa parte do quintal. Acho que não teria sido grande coisa se a mamãe tivesse reagido, tivesse tentado jogar água ou algo parecido, mas o vizinho disse que ela ficou lá plantada, olhando e dando risada que nem maluca, até os bombeiros chegarem. Podia ter posto fogo no bairro inteiro. A associação dos moradores não gostou nem um pouco.

Minha irmã gritou alguma coisa para um dos filhos e resmungou outra para o marido enquanto eu entrava no carro e ligava o motor.

– Ela está se afundando, Saint. E não sei o que fazer para ela parar. A mamãe vai acabar no hospício ou indo presa se a gente não pensar em uma solução. Não é mais só uma incomodação, ficou perigosa. E se ela tentar se matar?

Quando dei partida no carro, tive que desligar o rádio, porque começou a tocar um rock da Band of Skulls a todo volume. Liguei o ar quente e fiquei tamborilando os dedos no volante.

– Estou de folga na quinta. Vou lá falar com ela.

– Ah, Saint. Não faz isso. Vocês duas vão ficar chateadas. Eu só precisava desabafar com alguém. Estou tão cansada desses dois.

– Isso é tão triste, Faith. Alguém precisa conversar com ela, fazê-la pôr a cabeça no lugar. E daí que levou um pé na bunda? Não é o fim do mundo. Sei que a mamãe ficou mal com a traição do papai, e que está fazendo da vida da namorada dele um inferno, mas ela precisa parar com isso e seguir em frente. A gente fez isso.

Acho que foi mais fácil para mim porque nunca tive expectativas de que um homem pode ser fiel a uma mulher.

Ouvi a Faith resmugar, e, em seguida, um ruído de sinal ruim quando ela, provavelmente, mudou o celular de um ombro para o outro.

– Falou a menina que deixou um único garoto malvado ferir seu coração durante os últimos oito anos. Encare a verdade, Saint: as mulheres da nossa família não sabem lidar bem com as dores de amor.

Devo ter murmurado alguma coisa, porque minha irmã me perguntou com uma voz interessada:

– Você o viu de novo?

Soltei o ar entredentes, fechei os olhos e repousei a cabeça no encosto do banco. Nunca deveria ter contado para a minha irmã que encontrei o Nash quando ele foi buscar o Rome depois daquela briga de bar, meses atrás. Eu só queria ir para casa, tomar um banho quente, deixar aquele dia escorrer pelo ralo.

– Um parente dele está internado no centro de oncologia, aqui no hospital. Dei de frente com ele algumas vezes.

Minha irmã rosnou, e dei risada do seu gesto protetor.

– Você mandou o sujeitinho ir para o inferno?

NASH

Faz tempo que a Faiht acha que eu tenho que mandar o Nash à merda, falar o quanto suas palavras foram horríveis e cruéis, deixar o estrago que ele me causou na porta da casa dele. Ela acha que ele é uma pedra no meu sapato que tenho que me livrar sem dó.

— Não. Eu praticamente me transformo numa ótima mímica perto dele. Fiquei só de boca aberta, toda sem jeito, olhando para o garoto até ele se sentir mal e ir embora.

A Faith deu risada, e ouvi o marido dela perguntar alguma coisa.

— Que pena que esse garoto não engordou um monte nem pegou alguma doença devoradora de carne que o deixasse horroroso.

Desenhei um coração no para-brisa embaçado com o dedo indicador.

— Não. Ele ainda é bem bonito, mais ainda do que no Ensino Médio, só que tem muito mais tatuagens... E está, sabe assim, sarado?

O Nash é ridiculamente bonito, e aqueles olhos... meu Deus, aqueles olhos são capazes de fazer qualquer garota abrir as pernas.

— Que merda. Você não devia prestar atenção em nada disso. Devia mandar ele se foder e ir para o inferno. Fica longe dele, Saint. Para o seu próprio bem. Olha, tenho de ir. O Justin precisa que eu fique de olho nas crianças para conseguir terminar de fazer o jantar.

— Te ligo depois que eu conversar com a mamãe.

— Ai, está bem. Ainda acho que isso vai acabar em desastre.

A certeza da minha irmã era impressionante, mas eu precisava me certificar que minha mãe não tinha ido longe demais na sua dor.

— Provavelmente, mas preciso fazer isso. Dá um beijo nas crianças por mim.

— Dou, sim. É sério, Saint. Fica longe desse Nash Donovan. Acho que o seu coração ainda não ficou cem por cento desde a primeira vez que esse babaca o esmigalhou.

Dei "tchau" e joguei o celular no banco do passageiro.

Minha irmã tinha razão. Meu coração nunca mais foi o mesmo depois de tudo o que o Nash me fez passar. Mesmo que não soubesse que eu gostava dele, mesmo que pareça um sujeito legal depois de alguns encontros fortuitos, o jeito com o qual destruiu sem querer tudo isso é imperdoável. Mesmo agora.

Quando saí de casa para estudar e fui morar sozinha, tudo mudou para mim. O estilo de vida saudável da Califórnia mudou minha aparência. Como ninguém sabia quem eu era, ninguém fazia ideia de que eu era uma *nerd* sem amigos, ficou mais fácil conversar com as pessoas. Não posso dizer que ficou fácil ser paquerada pelos homens, mas, pelo menos, se tornou suportável, e comecei a sair com alguns. Gostei mais de alguns do que de outros, com alguns me soltei ao ponto de deixar passar a mão nos meus peitos. Mas foi só quando consegui meu primeiro emprego no hospital em Los Angeles e conheci um enfermeiro chamado Derek que me senti à vontade e confiei em alguém o suficiente para transar.

Namoramos por três meses. Ele era legal, tinha a mesma paixão pela área da saúde e por ajudar os outros que eu, e era bem bonitinho mesmo. Ele parecia gostar de mim. Não parava de me dizer que eu era divertida, inteligente, bonita, que gostava de ficar comigo e nunca me pressionava. As coisas foram progredindo naturalmente... Uma coisa levou a outra, e acabamos transando. E foi por isso que o único relacionamento que tentei ter na vida desmoronou. Só de pensar em ficar nua, exposta e indefesa na frente de alguém, eu já ficava apavorada. A ideia de ser julgada e considerada pouco me dava coceira, me fazia suar frio. Não há nada de romântico em uma mulher que tem dificuldades na hora do sexo, chora em cima do namorado e sai correndo assim que tudo acaba.

Só que o Derek parecia ser um homem maravilhoso e queria ficar comigo, resolver essa questão, e acabou me convencendo a dar mais uma chance para o nosso relacionamento. Só que a parte do sexo nunca funcionou do jeito que eu queria, nem do jeito que ele queria, e não demorou muito para eu pegá-lo nos braços de outra enfermeira do nosso turno. É claro que a garota não estava chorando nem tendo dificuldade para transar quando peguei os dois na cama, no apartamento do Derek. A traição doeu e acabou reforçando minha crença de que não posso confiar em nenhum rapaz, que os homens sempre escolhem uma mulher fácil e não aquela que é cheia de problemas e inseguranças. O Derek sempre gostou mais de mim do que eu dele e, para ser sincera, ter uma razão para terminar o relacionamento, já que ele era tão legal e carinhoso, foi um alívio. Era exaustivo ficar me forçando, fingindo que a nossa relação sexual estava melhorando, que eu gostava de transar com ele... Não o culpei por querer ficar com uma garota que se comportava normalmente na cama.

Depois disso, me interessei por um ou dois rapazes o suficiente para tentar de novo, achando que, se fosse só uma transadinha, a pressão seria menor. Achava que, se o garoto não me conhecesse, não soubesse como eu funcionava, talvez conseguisse controlar meu medo irracional de ser rejeitada e humilhada. Nunca deu certo. Sempre me sentia enjoada e queria que tudo acabasse logo. Quando me chamaram de frígida pela segunda vez, desisti. Parei de pensar que as coisas que acontecem normalmente entre homens e mulheres iam acontecer comigo.

Não culpava o Nash e o que ele fez comigo por todos os meus problemas. Muitos eram fruto de eu ser quem sou. Sempre fui a esquisita, a que não se encaixa em lugar nenhum. A Faith é tão alta quanto eu, também é ruiva, mas o cabelo dela é fácil de domar, e acho que minha irmã nunca teve uma espinha na vida. Sempre foi alegre e popular, jogava vôlei e participava de todas as comissões e clubes de estudo do colégio. Era a mistura perfeita do meu pai e da minha mãe e, de algum jeito, ainda conseguia ser uma garota simpática e adorável. Ninguém sabia o que fazer comigo, nem em casa, onde – acho eu – me amavam incondicionalmente. Mesmo assim, tentando me ajudar, meus pais me punham em todo tipo de dieta, me arrastavam de dermatologista em dermatologista, o que sempre resultava em um grande desperdício de dinheiro. Sabia que eles tinham boas intenções, queriam que eu saísse da minha concha e levasse uma vida normal, mas só conseguiram fazer eu me sentir inferior e esquisita.

É claro que não ajudou a melhorar nenhuma dessas minhas questões mal-resolvidas quando, na mesma época em que o Derek me provou que não dá para confiar nos homens, meu pai resolveu que estava cheio da minha mãe e quis trocá-la por um modelo mais novo. Não levou em consideração o fato de que éramos uma família unida, amorosa e sólida, que nos ajudávamos e apoiávamos. Não. Só se importou com um par de peitos durinhos e um sorriso aberto que o faziam se sentir dez anos mais jovem. Não pensou duas vezes antes de destruir nossa família, e fiquei com a certeza absoluta de que os homens sempre escolhem a mulher mais fácil. Se você colocar uma menina bonita, chamativa e atingível na frente deles, vão escolher com o pênis, e isso é uma merda.

Mesmo sabendo que o garoto era muito para mim, construí uma fantasia extravagante em torno do Nash, de quem eu achava que ele era naquela época. Achava legal ele curtir arte, que fazer grafite e gostar de tatuagem lhe davam uma aura de perigoso e descolado. A maioria das adolescentes também achava. Eu acreditava que ele era diferente: o jeito que interagia comigo perto dos nossos armários não era nem um pouco parecido com o modo que o restante dos adolescentes típicos do colégio me tratava. Quando descobri o quanto estava enganada, fiquei em frangalhos, e minha autoestima e confiança, que já não eram lá grande coisa, foram parar no fundo do poço. Precisei virar enfermeira, encontrar um objetivo maior na vida, para conseguir recuperar todos aqueles cacos de mim mesma. Ainda não estou inteira, mas estou muito melhor do que na adolescência.

A Faith tem razão. As mulheres da família Ford não sabem lidar com as dores de amor, e me recuso a admitir que um beijo bêbado do Nash mexeu mais comigo, me excitou muito mais, do que as gentilezas que o Derek fez durante três meses para tentar me conquistar. Sou esperta e sei que isso não é nada bom. Preciso ouvir o conselho duro da minha irmã e ficar longe dele. O Nash Donovan não faz bem para a minha autoestima nem vai me ajudar a manter minha vida em ordem, seguindo em frente, como me custou tanto para conseguir.

CAPÍTULO 5

Nash

EU ESTAVA POR UM FIO, com o pavio cada vez mais curto. Em vez de trabalhar do meio-dia às sete da noite, tinha que ir para o estúdio às nove da manhã e ficar até as oito ou mais, para atender as pessoas que deixei na mão durante meu surto da semana anterior. Estou sempre com agenda lotada, e tentar remarcar uma semana inteira de trabalho atrasado não era um pesadelo só para mim: a Cora já estava querendo me esganar.

Também procurava visitar o Phil todos os dias na hora do almoço, ou seja: não tinha um minutinho de folga. Ele não está nada bem. Tem água nos pulmões, e um dos remédios para dor está fazendo mal para o seu estômago, causando vômitos. É difícil vê-lo desse jeito, definhando diante dos meus olhos. Vê-lo desaparecer aos poucos traz mil perguntas, que não param de martelar na minha cabeça. Tenho muita vontade de colocá-lo contra a parede para que conte tudo. O choque meio que passou, e agora quero explicações. Não tenho mais medo das suas respostas. De forma alguma Phil se sente envergonhado nem infeliz por eu ser sangue do seu sangue.

Eu poderia ficar no pé da minha mãe até ela me revelar todos os detalhes, mas lidar com ela é sempre um pesadelo, e não sei se ela se daria ao trabalho de me dizer a verdade. A Cora disse que acha que o seu pai sabe da história toda, e que a arrancaria dele numa boa se eu quisesse. Há muitos anos, o pai da minha amiga e o Phil serviram a Marinha juntos e mantiveram uma amizade bem próxima depois disso.

Falei para Cora dar um tempo, porque preciso dar uma chance para as pessoas envolvidas, que me deixaram viver uma mentira por tanto tempo, se explicarem. Mas, se o Phil não parar de me enrolar logo, vou aceitar a proposta dela e não vou sentir nem um pingo de culpa.

Estava sozinho no estúdio. Tinha que terminar uma tatuagem de Hello Kitty zumbi na perna de uma menina. Estou de saco cheio de zumbis. Todos os dias tenho de fazer um Elvis Presley zumbi, uma Marilyn Monroe zumbi, um Harry Potter zumbi. É zumbi o tempo todo. Tipo, sempre me dediquei e dei cem por cento de atenção a toda e qualquer tatuagem que faço. É o mínimo que posso fazer, já que os clientes vão ficar com minha arte em sua pele para sempre. Mas, na real, fico pensando se o pessoal mais novinho que senta na minha cadeira para pra pensar que essas modinhas passam. Em cinco anos, ter um Elvis zumbi vai ser muito menos descolado do que é agora. É por isso que preciso garantir que a tatuagem seja incrível, por mais que o tema não tenha a menor relevância.

Eu estava quase terminando. Olhava para o relógio que fica perto do balcão da recepção para ver se dava tempo de correr até o hospital. Fiquei surpreso quando a porta se abriu, e o Rowdy entrou. O Rowdy St. James parece um James Dean dos dias de hoje. Tem um estilo retrô superdescolado e único, um dos sujeitos mais divertidos que conheço. Ele dá uma levantada no astral do estúdio, já que o Rule sabe ser bem imbecil às vezes, e a Cora gosta de fazer um drama e se mete na vida de todo mundo. Levantei a sobrancelha para o meu amigo e terminei de passar filme plástico na tatuagem de zumbi da menina.

– E aí, irmão?

Minha cliente pagou e me falou que estava delirando de felicidade com a Hello Kitty zumbi. Acompanhei a menina até a saída e tranquei a porta.

– Você tem feito uns horários muito loucos, cara.

O que o Rowdy estava dizendo era óbvio, mas reforcei seu argumento soltando um bocejo e estalando o pescoço.

– Tudo culpa minha. Não devia ter sido tão imbecil semana passada.

– Você teve que lidar com umas merdas pesadas.

– É, mas sou adulto. Banquei o bebezão.

– Ninguém está aqui para te julgar.

Verdade, mas é isso que meus amigos deviam fazer. Precisou a Saint aparecer e me mandar parar de ser idiota para eu enxergar além dos meus sentimentos turbulentos, e o Rule me arrancar de casa para me obrigar a fazer a coisa certa.

– O que você está fazendo aqui tão tarde? – perguntei, enquanto arrumava minha estação de trabalho.

– Estava te procurando. Passei no hospital pra ver o Phil, e ele comentou do estúdio novo. Que legal.

– É. Só que não tenho a menor ideia do que fazer a respeito disso.

Meu amigo deu risada e se encostou no balcão da recepção, enquanto fiquei passando antisséptico no meu material.

– Bom, não entendo porra nenhuma de contratar gente nova, e acho que encontrar alguém para substituir a Cora é um sonho inalcançável. Deus não só quebrou a fôrma quando fez nossa amiga, mas estilhaçou em milhões de pedacinhos. O mundo não daria conta de ter duas dela.

Dei risada porque o Rowdy tinha razão, e levantei para estalar as costas. Fez tanto barulho que parecia que eu ia quebrar ao meio.

– É verdade.

– Conheço um sujeito que faz reformas e coisas desse tipo. É uma pessoa legal, um dos meus clientes, pra falar a verdade. Só queria te contar que tenho alguém para indicar quando você for montar o estúdio novo.

– Quem é o sujeito?

– O Zeb Fuller.

Já ouvi esse nome. O Zeb também curte carros antigos. Frequenta o mesmo mecânico que eu quando meu carrão dá defeito e não consigo consertar sozinho.

– Legal. Vou lembrar dele, sim. Não consegui nem resolver os lances daqui ainda. Entre fazer meus trabalhos atrasados e visitar o Phil, não consigo dar conta de nada.

Isso sem falar que eu ainda procuro a Saint em segredo, toda vez que entro pela porta do hospital, mesmo sabendo que a garota quer que eu fique longe dela. Até então não dei sorte, mas isso não me impede de procurá-la.

– É, percebi. O Rule anda total na *vibe* noivo. Ah, como as coisas mudaram por aqui esses últimos tempos. Lembro da época em que a gente só queria saber de se divertir e beber cerveja.

– Ei! Eu ainda estou super a fim de me divertir – falei, sem ser muito sincero. – Só que ando cansado demais para isso agora.

O Rowdy deu risada e revirou aqueles olhos da cor do mar.

– Não mesmo, Nash. Todo mundo na nossa turma está se casando ou tendo filho. A gente está virando adulto, ficando sossegado.

O Rowdy é o garoto mais novo da turma, era engraçado ouvir isso vindo dele. Apaguei as luzes do estúdio e cobri minha cabeça raspada com uma touca preta.

– Isso ia acontecer mesmo alguma hora, eu acho. Mas casar e ter filhos... – fiz uma careta e completei: – ...não é pra mim.

– Isso a gente vai ver, irmão. Vamos ver. Pra ser sincero, não foi para falar de nada disso que eu estava te procurando. Queria te contar uma ideia que eu tive para o estúdio novo.

O Rowdy é um sujeito muito interessante. É divertido, o mais palhaço da turma, mas também muito profundo. Acho que é por isso que ele e o Jet são tão unidos, o Rowdy tem muito mais a oferecer do que aparenta. Leva muito mais a sério o lado artístico da nossa profissão do que qualquer um de nós. Acho que, por trás daquele cabelo gigante, daquelas costeletas cuidadosamente aparadas, e da personalidade alto-astral, se esconde a alma de um verdadeiro artista. Gosto disso – e dele – então, se meu camarada teve uma ideia, sou super a favor de ouvi-la. Além do mais, deve ser muito importante para ele vir falar comigo depois de todo mundo ter ido embora.

– Diga.

Fiquei surpreso quando percebi que o Rowdy estava meio nervoso. O pecoço dele, que tem uma âncora gigante tatuada, estava levemente vermelho.

NASH

– A Cora falou que tem uma área vazia no andar de cima, com umas salas e tal. Acho que você devia transformar o lugar em uma loja. Deixar o lance da tatuagem e do *piercing* no andar de baixo, mas vender coisas no andar de cima... tipo assim, sua própria marca. Mais do que camisetas e essas outras coisas que a gente vende agora. Acho que pode dar uma grana expor os desenhos originais dos tatuadores. Como aquela vez em que o Rule fez um mural no apê daqueles ricaços e aquele grafite que você fez naquele restaurante da Broadway. O povo vai comprar e, naquele ponto, vocês podem cobrar os olhos da cara.

Fiquei só olhando para o meu amigo, em estado de choque. O Rowdy deve ter me intrepretado mal porque encolheu os ombros, passou a mão tatuada na nuca e falou:

– Ou não. Foi só uma ideia.

Pisquei e dei um empurrão nele com a mão espalmada bem no meio do seu peito.

– Uma ideia brilhante! Caralho, irmão! O Phil devia ter posto você no comando do projeto do estúdio novo. Não sabia que tinha tanto faro para os negócios.

Saímos pela porta, enfrentando o ar gelado do Colorado. O frio esvaziou meus pulmões e me fez tremer debaixo do moletom.

– É que eu fiquei olhando o que o Rome e o Asa fizeram com aquele bar e achei que a gente também devia tentar dar uma investida, expandir os negócios. Adoro esse lugar, adoro o que fazemos. Por que não dar um passo à frente?

– Ou seja: a pessoa que nós fomos contratar para cuidar desse estúdio no lugar da Cora precisa ser perfeita. Você por acaso não conhece ninguém que se encaixe no perfil, né?

Eu fiquei revirando o bolso sem pensar, procurando o cigarro, e quase surtei quando não encontrei nada. Parar de fumar é um saco, e eu sou um fraco para tentar parar de fumar, mas estava me esforçando muito. E, toda vez que via o Phil deitado naquela cama de hospital, ficava um pouco mais fácil.

73

O Rowdy sacudiu a cabeça loira e levantou o colarinho da camisa de flanela.

– Não. Mas você vai achar alguém. Seu instinto para as pessoas é ótimo, e o Rule mais parece o porteiro do inferno, isso sem falar que, seja lá quem for a pessoa que contratar, vai ter que passar pela Cora. Precisa acreditar mais em si mesmo, Nash. Essa é a vida do Phil, o legado dele... Óbvio que você é a única pessoa em que confiaria esse negócio. Somos uma família, o velho quer que mantenha viva a tradição e continue fazendo desse lugar um lar. Você consegue, amigão. Tenha fé.

Eu só rosnei e fui até o carro. Leves flocos de neve começavam a cobrir o chão. Olhei para o Rowdy, que perguntou:

– Ei! Eu fiquei sabendo que a sua vizinha nova é gostosa, nota dez com louvor. E aí?

Dei de ombros. E aí que o cabelo dela é do tom errado de vermelho, e seus olhos são pretos e não de um tom reconfortante de cinza.

– Estou muito ferrado, muito preocupado com o Phil... Sei lá. Passa lá em casa pra tomar uma cerveja e se apresenta para ela.

Meu amigo não respondeu, só me deu uma olhada. Uma olhada que deu a entender muito claramente que se eu não estava a fim de pegar a gata da minha vizinha, alguma outra coisa estava rolando comigo. Por sorte, o tempo estava gelado, e nenhum de nós queria ficar de papo na calçada. Consegui escapar sem precisar arranjar uma desculpa esfarrapada para não cair matando em cima da gostosa do corredor.

Quando cheguei ao hospital, já eram quase nove horas da noite. Tentei parar o carro perto da porta, para não ter de andar muito e não congelar, mas a sorte não estava a meu favor. Precisei andar cinco minutos da lateral do complexo até a entrada principal depois de, finalmente, encontrar um lugar para estacionar. Fiquei resmugando que precisava de um cigarro e esfregando as mãos uma na outra para esquentá-las quando parei de repente, depois de chegar ao prédio principal.

A Saint estava na calçada, andando pra lá e pra cá. As luzes do prédio a iluminavam de um jeito etéreo e cintilante. Parecia que seu brilho vinha do céu, e cada floco de neve preso em seu cabelo reluzia. Compreendi porque seu nome significava "santa"... Parecia que uma força superior estava tentando me fazer vê-la de um outro jeito. Seu cabelo, que normalmente está preso, estava todo solto e espalhado, emoldurando seu rosto de pele branquinha com tons de cobre e de fogo. Os flocos de neve estavam se acumulando nos fios soltos mas, pelo jeito, ela não estava percebendo. Estava usando o jaleco, sem casaco nem luvas. E parecia que o frio não tinha nenhum efeito sobre ela, que não parava de ir e vir. A Saint estava se mexendo freneticamente, com os braços cruzados com tanta força que parecia que queria se dar um abraço de urso.

Sabia que não queria nada comigo, que preferia fingir que não existo, mas não podia passar reto por ela sem perguntar o que estava acontecendo, sem ver se estava bem. Não sou esse tipo de pessoa e, mais do que isso, fiquei preocupado de verdade, queria saber por que ela estava lá fora, obviamente chateada, e por que não estava usando casaco já que estava tão frio.

– Saint?

Chamei seu nome baixinho e cheguei mais perto. Quando se virou para mim, vi os rastros congelados de lágrimas no seu rosto e dava quase para sentir a tensão acumulada no seu corpo. Fiquei surpreso de ver que, por causa de todo aquele calor e energia que ela emanava, a neve que caía no seu rosto e ficava parada nos seus cílios não derretia logo.

– Você está bem?

A Saint piscou os olhos como se não me reconhecesse, e achei que tinha sido por causa da touca, que cobria meu rosto. Abriu a boca e, em seguida, fechou de novo, como se as palavras não quisessem sair. Aí soltou os braços ao longo do corpo e ficou me encarando, sem falar nada nem se mexer por um tempão. Bem na hora que eu ia pedir desculpas por incomodá-la, mais uma vez, ela veio na minha direção... e me atacou de um jeito, como se o mundo fosse acabar. Não fazia ideia do que ela estava fazendo, mas sua expressão era inabalável e penetrante. Me preparei para levar um tapa no rosto ou um chute no saco. Com essa garota, a gente nunca sabe o que pode acontecer.

Só não estava preparado para ela se jogar contra o meu peito. Fiquei tão abismado que tive que dar um passo pra trás e a abracei na altura da cintura. A Saint pôs as mãos em volta dos meus ombros, pôs os dedos gelados embaixo da gola do meu moletom, encostando-os na minha nuca. Amassou seus peitos contra o meu, e seu cabelo comprido se enrolou nos meus dedos, que estavam no final das suas costas. Os fios eram sedosos e gelados, parecia que eu estava tocando na geada acumulada em um para-brisa. Fiquei chocado, tentando entender o que essa mulher estava fazendo. Foi aí que ela tascou um beijo em mim. Ainda bem que a Saint é alta e não precisou levantar muito porque, se eu tivesse que segurá-la, a chance de eu derrubá-la no chão, de tanta surpresa, era grande.

Sua boca estava quente, frenética, selvagem e desesperada. Tinha gosto de inverno e de algo bem cítrico. Sei disso porque ela não hesitou em rolar a língua dentro da minha boca perplexa. Já fui beijado por um monte de garotas, provavelmente garotas demais, esses anos todos. Mas nenhuma me fez passar de "à vontade" para "estou usando uma cueca dez tamanhos a menos" em uma fração de segundo, como a Saint. Nem foi um beijo incrível. É que tinha algo a mais, algo diferente, mais significativo do que qualquer beijo que eu conseguia lembrar. O jeito que seus lábios macios apertavam os meus com força, o jeito que ela me mordia na medida certa, o jeito que enfiou as unhas nos dois lados do meu pescoço me virou do avesso.

Se eu não estivesse parado no frio, no meio da rua, com neve caindo em cima de mim, teria grudado a menina na parede... Sério, teria encontrado um lugarzinho no chão e deixado a Saint processar o que a estava incomodando do jeito mais sensual e sacana possível. Se aquela mulher estava precisando liberar as emoções de um jeito físico, ofereço meu tempo e meu corpo com o maior prazer. Tenho fortes suspeitas de que, se eu tiver a sorte de tirar roupa dela um dia, nunca mais vou deixá-la se vestir de novo.

Aí ela escorregou as mãos para o meu rosto e segurou minhas bochechas. Começou a tremer e, quando se afastou, fiquei preso na tempestade do seu olhar. Levei uma das mãos ao seu rosto e enxuguei uma única lágrima cristalina que estava presa nos seus cílios. Ela soltou um suspiro, trêmula, fechou os olhos e disse:

— Desculpa. Não queria te atacar com a boca.

Sua voz tinha um tom de vergonha e de tristeza.

Caí na risada e dei um passo pra trás. Ela soltou as mãos de mim. Deve ter recuperado um pouco da consciência, porque começou a tremer muito. Soltei um suspiro, abri o zíper do meu moletom e lhe entreguei o casaco. A Saint ficou me olhando em silêncio por um instante, depois aceitou.

— Saint, você pode me atacar com qualquer parte do seu corpo, a qualquer hora do dia. Não vou reclamar. Jamais.

Ela deu uma risadinha sem graça e respondeu:

— Valeu.

— Você quer conversar sobre o que te fez sair na neve e ficar andando pra lá e pra cá?

Foi uma manobra ousada. Parecia que a Saint nunca queria falar comigo, mas ela estava com uma expressão tão perturbada que tive de perguntar.

Ela sacudiu a cabeça e enfiou as mãos no cabelo. Alguns fios ruivos flutuavam sobre a sua cabeça como uma auréola.

— Foi a maior correria a semana toda. Por causa do tempo, o P.S. fica uma loucura, e estamos na temporada da gripe. Costumo dar conta de tudo o que passa por essa porta. Às vezes, é meio devastador e parte meu coração, mas faço meu trabalho e, normalmente, consigo esperar até chegar em casa para digerir o dia ou desmoronar.

Não consigo nem imaginar as coisas com as quais a Saint tem de lidar no dia a dia. O Remy, irmão gêmeo do Rule, foi trazido para este exato Pronto-Socorro quando teve aquele acidente de carro horrível na interestadual. Ele não sobreviveu. Aí me dei conta de que mortes como aquela devem fazer parte da rotina dessa garota.

— Hoje chegou uma adolescente. Os pais a encontraram no banheiro, tendo uma overdose. Era só uma criança! Tinha a vida toda pela frente! Mas tomou uma caixa inteira de remédios porque os colegas da escola estavam implicando com ela, fazendo *bullying*. Foram muito cruéis, chamaram-na de coisas horríveis na internet, e ela não aguentou.

Percebi que seu lábio inferior estava tremendo e, logo em seguida, a Saint o mordeu. Levantou os olhos para mim, e o cinza tinha virado chumbo. Fiquei imaginando se ela estava vendo a si mesma adolescente naquela paciente e senti uma pontada de remorso por não ter prestado mais atenção na Saint na época do colégio.

— Vejo mortes e tragédias o tempo todo, mas nada é pior quando são totalmente sem sentido. Se tivesse sido tratada com um pouco de gentileza, um pouco de bondade, coisa básica do ser humano, essa menina não estaria a caminho do necrotério agora, e seus pais não estariam arrasados. É de partir o coração e não faz o menor sentido.

Aí pôs as mãos nos meus braços, olhou para mim e disse:

— E, amanhã, preciso ir ter uma conversa com a minha mãe, o que é o equivalente a fazer cem tratamentos de canal ao mesmo tempo. Esse dia foi péssimo, e meio que perdi o controle por um momento.

Foi a minha vez de tremer.

— Sinto muito, Saint. Tudo isso parece horrível.

Ela espremeu os olhos e fez sinal com a cabeça em direção à entrada principal.

— E como é que você pode saber? Por acaso alguém já zoou você, te chamou de coisas horríveis, já sentiu que não merece viver só porque não é igual a todo mundo?

Me intimidei com seu tom áspero e tentei entender como ela podia mudar de gentil para hostil tão rapidamente. Seus pensamentos correm como um coelho assustado.

Estiquei o braço e segurei no seu cotovelo, virando-a de frente para mim e falei:

— Olha, não sei o que foi que eu fiz ou disse que te faz pensar que sou um monstro. Mas sei exatamente como é se sentir assim, Saint. Morei com o Phil a maior parte da minha infância porque minha própria mãe não gostava de mim, não achava que eu era bom o bastante para ficar comigo.

NASH

Não me quis porque não era igual a ela ou ao seu marido. Casou com um sujeito que me odiava antes mesmo de eu ter idade para saber por quê. Ouvi xingamentos, fui ridicularizado e hostilizado todos os dias da minha infância só por estar vivo. Por isso sei muito bem. OK, não sofri *bullying* dos meus colegas, mas será que isso faz alguma diferença? Ser tratado com ódio é uma merda, não importa por quem.

Seu rosto esboçou uma reação, e notei que, como toda ruiva verdadeira, a garota tinha umas sardas minúsculas salpicadas na ponte do nariz. Depois franziu o narizinho sardento e foi comigo até o elevador. Quase dava para vê-la tentando interpretar minhas palavras enquanto a gente caminhava.

— O horário de visita acabou, mas dou um jeito, já que fui eu que fiz você se atrasar.

— Valeu. E qual é a da sua mãe? Por que visitá-la é tão ruim quanto ir ao dentista?

A Saint fez um ruído com a garganta e se encostou no elevador, longe de mim. Me deu vontade de apertar o botão de emergência e nos prender ali por uma ou duas horas, para ver se eu conseguia fazê-la grudar a sua boca na minha de novo.

— Minha mãe sempre foi uma mulher meio difícil, mesmo quando está bem, mas agora que está se separando do meu pai, está impossível, e acho que ainda vou ter dias bem difíceis por causa dela.

A garota nunca tinha me falado tanto da sua vida.

— Por quantos anos seus pais foram casados?

— Muitos, o suficiente para se darem conta de que não gostavam mais um do outro.

— Que droga! Mas você não acha que todos os casamentos terminam desse jeito?

A Saint levantou a sobrancelha e respondeu:

— Sua mãe ainda é casada. E o Rule? Não pediu a namorada em casamento aqui no hospital? E o Jet Keller também se casou, não foi?

— Minha mãe é obcecada pelo Grant. Ficaria arrasada se esse relacionamento não desse certo. Isso, para mim, não é um casamento de verdade. O Rule e a Shaw foram feitos um para o outro, e o Jet se casou com a mulher certa. Consigo ver essas uniões durando para sempre, mas nunca se sabe. As pessoas mudam, e as coisas que você achava que gostava em alguém podem te irritar muito de uma hora para a outra ao longo de vinte anos.

Provavelmente, nunca tinha sido tão sincero com uma mulher por quem me senti atraído sobre esses assuntos de casamento e felizes-para-sempre. Costumo ficar com garotas que não são a fim de falar sobre relacionamentos a longo prazo ou que sabem que, se falarem, eu caio fora.

– Então você acha que nunca vai se casar nem ter filhos?

O seu tom de voz era de curiosidade e algo mais.

Encolhi os ombros, tirei a touca da cabeça, enfiei no bolso da calça e respondi:

– Acho que não.

Ela resmungou alguma coisa que não entendi e foi comigo até o posto de enfermagem. Falou com a enfermeira responsável pelo turno da noite, assinou um papel e voltou esgueirando-se pelos cantos, até onde eu estava.

– Tudo resolvido. Você só pode ficar meia hora, mas é melhor do que nada.

– Não tenho nem como agradecer.

A Saint inclinou a cabeça para o lado e piscou aqueles olhos enevoados para mim, com cara de quem estava tentando encontrar algo pra me dizer. Acho que ela fica ainda mais gata quando fica assim, toda insegura.

Aí deu um sorriso bem triste, tirou meu casaco e me devolveu. Me deu vontade de cheirá-lo, para ver se, agora, estava com aroma de laranja em vez de fedor de cigarro.

– É devastador quando alguém que você acha que pode amar acaba te decepcionando. Entendo o que está passando. Obrigada por, bom, por tudo, acho. Fiquei feliz de ter te encontrado.

E aí foi se afastando. Nunca consigo entender essa menina direito, muito menos saber por que quero entendê-la. Pode ter sido porque a gente estava conversando sobre casamento ou talvez porque eu queria beijá-la e muito mais. Mas não consegui me controlar e disparei:

– Vem no casamento do Rule comigo.

A Saint parou, ficou imóvel como uma estátua. Olhou para mim por cima do ombro, e deu para perceber que estava tentando dizer "não" sem pronunciar essa palavra. Levantei a sobrancelha, dei um sorriso e insisti:

– É na véspera de Natal, daqui a uma semana. Não recuse meu convite ainda, pense nele. – Encostei o dedão na porta do quarto do Phil e completei: – Passe aqui se você quiser me dar uma chance. Vai ser divertido... Bom, tão divertido quanto um casamento onde a noiva ainda não contou para os pais que vai se casar e o noivo é alguém imprevisível como o Rule. Só pensa no assunto.

Antes que ela pudesse me dar o fora, fui entrando de fininho no quarto escuro do Phil e fechei a porta. Fiquei surpreso quando vi que ele ainda estava acordado. Mas aqueles olhos tão iguais aos meus estavam bem abertos, me observando com uma expressão óbvia de bom humor.

– Era a enfermeira ruiva?

Resmunguei e sentei ao lado da cama.

– Era.

– Ela é muito linda, uma boneca mesmo. Passou por aqui para ver como eu estava há alguns dias. Falei que estava morrendo de tédio, e ela apareceu com isso. Quase lhe dei um beijo – contou, apontando para uma pilha de revistas ao lado da cama, com fotos de motos e mulheres em trajes mínimos na capa.

Nossa, essa garota é mesmo muito legal. Não precisava ter feito isso pelo Phil.

– Com certeza, ela não é deste mundo. Nunca conheci uma menina que mude tanto de humor. A gente estudou no mesmo colégio.

O Phil arqueou as sobrancelhas, mexeu as pernas por baixo das cobertas e continuou:

– Acha que pode ter a ver com o fato de você ter sido um pé no saco quando era adolescente? Falava tudo o que passava pela sua cabeça, sem pensar, e tinha uma tendência a ser um merdinha. Você e o Rule. Vai ver, está pagando pelos pecados daquela época.

Fiquei pensando nisso, inclinei o queixo na direção dele e comentei:

– Você parece um pouco melhor.

– Melhor é relativo. Já estou quase curado da pneumonia, e falaram que posso sair daqui até o final da semana. Mas vou ter que procurar uma enfermeira para ficar comigo em casa, porque o pior ainda está por vir. Não quero ficar num hospital, cercado de máquinas, esperando a morte chegar.

Franzi o cenho, juntei as mãos e apoiei os cotovelos nos joelhos.

– Como é que você consegue falar que está morrendo como se isso não fosse nada? Fico todo despedaçado, droga, e você fala como se a gente estivesse escolhendo o que vai comer no jantar – desabafei.

– Tive mais tempo do que você para me acostumar com a ideia, filho. Desculpa não ter encontrado antes as palavras certas para te contar. Da primeira vez, você era só uma criança, e achei que eu fosse invencível. Desta vez, sei que as coisas não são bem assim.

Isso não fez eu me sentir melhor, mas acho que nada pode me fazer me sentir melhor.

– Quando é que ia me contar tudo isso? Por que ninguém pensou que eu precisava saber a verdade sobre o que aconteceu entre você e a minha mãe?

O Phil soltou um suspiro, dando início a um acesso de tosse que fez seu corpo inteiro se contorcer. Queria me sentir mal por ter feito essas perguntas, mas preciso saber a verdade.

– Essa é uma longa história que fica para outro dia, em outro lugar. Para ser sincero, acho que você deveria perguntar isso para a sua mãe.

Joguei meu corpo grande contra a cadeira e olhei feio para ele.

– Quero saber da verdade e duvido que ela saiba o que isso significa.

O Phil fez um barulho com a língua e se mexeu na cama de novo. Parecia tão frágil, tão distante do homem em que sempre me espelhei. Era de dar medo.

NASH

— Nós dois somos responsáveis por não ter te contado nada antes. Ela tomou algumas decisões erradas, resolveu que seu futuro seria de um jeito, sem se importar com o que estivesse no seu caminho: eu, você e tudo o mais. Sou grato pelo tempo que pude passar com você e com os rapazes. Pensa que eu não queria que soubesse antes que é meu filho? Queria, sim. Mas também entendo por que sua mãe quis guardar isso em segredo por tanto tempo. Eu também tomei algumas decisões erradas, Nash.

— Por que deixou minha mãe fazer isso com a gente? Comigo? Minha infância foi um pesadelo até você aparecer.

Aí me olhou de um jeito que conheço muito bem. Já vi esse olhar no Rule. No Jet e no Rome também. Já vi meus amigos olharem daquele jeito para as mulheres que conquistaram seu coração para sempre, então respondi pelo Phil:

— Você a amava.

Ele fechou os olhos e se ajeitou na pilha de travesseiros.

— Com o amor, a gente não negocia, Nash. Quando acontece, toma conta de tudo.

— Ah, pode acreditar que sei muito bem disso. Perdi para o amor a vida inteira.

— Você não pode basear seu conceito de amor na experiência que teve na infância. Amar alguém com quem você quer ficar é um sentimento completamente diferente, tem um poder diferente do amor que se sente pela família. É outra coisa, e as correntes que te prendem a ele podem ser impossíveis de quebrar.

Aí sua voz falhou, e seus olhos fecharam de vez.

O Phil estava apagando. Levantei e cheguei perto da cama, para pôr a mão no seu ombro. Tive que usar toda a minha força de vontade pra não me encolher quando senti o quanto estava frágil por baixo do suéter preto que vestia.

— Pode ser. Só não sei como se pode amar alguém que foi rejeitado pela própria mãe. Isso para mim não faz sentido. Se minha mãe não conseguiu me amar, como é que outra pessoa vai conseguir?

O Phil até podia ter uma explicação que teria feito eu me sentir melhor, mas pegou no sono antes de poder falar.

Nunca pensei em ficar com alguém para sempre. Acho que isso não é pra mim. Mas, quando lembro do jeito que os olhos da Saint mudam de cinza para cor de estanho, de como me senti quando ela apertou seu corpo contra o meu, para nosso desespero, comecei a pensar se não era hora de mudar de ideia sobre esse assunto.

NASH

CAPÍTULO 6

O TEMPO PASSOU DE RUIM PARA ASSUSTADOR enquanto eu estava na estrada montanhosa que leva a Brookside, o subúrbio rico onde meu pai e minha mãe moram. Minha mãe ficou com a casa enorme no condomínio fechado. Meu pai se mudou para um apartamento descolado perto do centro, com a namorada. Os dois moram a quilômetros de distância, mas, se perguntarem para a minha mãe, a distância que separa Denver até a Lua não é suficiente para mantê-la afastada do meu pai e da traição que ele cometeu. Me sinto mal de verdade por ela, mas a mamãe precisa superar isso em algum momento, se não vai perder muito mais do que o casamento e a sanidade mental. A Faith está se segurando, e eu... Eu amo a minha mãe, mas pra mim chega. Homens são decepcionantes, e a vida é assim.

Não fiquei feliz com as escolhas do meu pai. Não consigo entender como pôde abandonar minha mãe e deixar sua família na mão, mas não acho que ele seja o único culpado. Posso odiá-lo para sempre por ter se apaixonado por outra pessoa, tirá-lo da minha vida por um tempão, afinal suas escolhas fizeram minha mãe agir como uma maluca. Mas, para mim, é mais importante manter a família unida. Simplesmente aceitei o fato de meu pai ter suas falhas. Eu e a Faith nunca vamos receber a namorada nova dele de braços abertos, mas me forço a tolerá-la e tento interagir sem ressentimentos com o meu pai toda vez que a gente se encontra. Acho que, bem lá no fundo, não esperava outra coisa dele, porque ele é homem, e acredito que todos os homens acabam escolhendo as mulheres mais bonitas, vistosas e, no seu caso, mais novas, porque eles pensam com o que têm no meio das pernas.

Tinha que dirigir devagar e me concentrar muito, e isso era mais difícil do que o normal, porque eu estava emocionalmente exausta. Não conseguia tirar da cabeça aquela menina, aquela perda terrível do dia anterior. Também não conseguia parar de repassar na minha cabeça, toda vez que fechava os olhos, a cena de eu me jogando em cima do Nash, e acabei não dormindo nada. Já nos beijamos duas vezes no meio de uma tempestade emocional. Não quero dar um nome pra isso. Só que não posso negar que beijar o Nash recarregou minhas baterias e colocou meus pés de volta no chão. O fato de ele não ter me rejeitado, não ter feito mil perguntas, me obrigou a questionar todas as lembranças que não param de me fazer pensar que ele é um imbecil sem coração.

Estava quase aceitando seu convite para ir ao casamento, apesar de ficar em pânico só de pensar em sair com ele, com os seus amigos e um monte de gente que não conheço. Graças a Deus o Nash pediu para eu pensar a respeito. Uma correnteza nos arrasta a sentimentos nos quais não confio e dos quais não gosto muito, mas é forte, e nadar contra ela está me exaurindo. Pra ser sincera, eu *quero* ficar com ele.

Quando o Nash me contou aquelas coisas sobre sua mãe, o jeito como falou "Eu sei como é, Saint...", mudou toda a minha percepção de quem eu achava que ele era e quem deve ser de verdade. Ouvir que você é gorda e feia, que ninguém gosta de você e que nunca vai ter amigos nem namorado é uma droga quando quem fala isso são garotos da sua idade. Mas adolescentes são mesmo cruéis e, uma hora, a gente supera. Mas quando seu pai ou sua mãe fazem você se sentir indesejado e sem valor, deve ser devastador e quase impossível de superar. Não consigo nem imaginar como isso deve ser. Não quero examinar com muita atenção os motivos pelos quais isso me dá uma dor no coração nem por que o fato de o Nash ser contra o casamento e contra passar o resto da vida com alguém me deixa enjoada.

NASH

A viagem demorou uma hora além do normal e, quando parei na frente da casa da minha mãe, estava chegando uma tempestade de neve vinda das montanhas. Corri até a porta e toquei a campainha. Não pude deixar de reparar quando minha mãe abriu a porta. Já era uma da tarde, mas ela ainda estava de pijama, segurando um copo de vinho pela metade. Se desequilibrou de leve e olhou feio para mim. Não acreditei nem por um segundo que aquele era seu primeiro copo do dia, e meu estômago se revirou.

– O que você está fazendo aqui, Saint?

O seu tom dava a entender que eu não era bem-vinda. Desviei dela e entrei na casa. Antes da separação, minha mãe teria me puxado e me abraçado com toda a força, por mais que eu não estivesse precisando. Perguntaria como estavam as coisas no meu trabalho, se eu estava saindo com alguém. Agora, parecia irritada por eu ter interrompido sua orgia de autocompaixão.

– A Faith me ligou. Contou do incêndio, e achei que devia vir aqui ver como está. Estamos preocupadas com você, mãe.

Tive que me controlar para não arrancar o copo da mão dela e jogar o conteúdo fora.

Minha mãe deu uma risadinha debochada e bateu a porta. Derrubou vinho na própria mão, e me encolhi toda.

– Você devia estar preocupada consigo mesma, Saint.

A gente até podia não ser aquele tipo de mãe e filha que são su-peramigas, mas minha mãe nunca tinha descontado sua raiva em mim. Peguei o copo de vinho da sua mão e fui até a cozinha pisando forte, mordida e irritada pelo seu tom e por sua atitude.

– E você não deveria beber tomando tantos remédios. Isso é ridí-culo, mãe. Quer me afastar sendo desagradável de propósito e tentando forçar a Faith a escolher entre você e o papai. Está tornando essa situação ainda mais difícil para todo mundo. E aquele showzinho do incêndio? – perguntei, sacudindo a cabeça em reprovação. E continuei falando: – Foi um jeito desesperado de chamar atenção? Quem você acha que iria correr para te salvar se fosse presa por incêndio criminoso? O papai? Bom, odeio te dar essa notícia, mas ele está em outra, e é isso que você deveria fazer. Eu e a Faith te amamos, mãe. Isso devia bastar.

Minha mãe cerrou os dentes e me olhou feio. Seus olhos estavam embaçados, e ela estava tendo mais dificuldade para se equilibrar do que eu imaginava. Não era legal vê-la daquele jeito, e isso acabou reforçando minha crença de que, quando a gente abre o coração, sempre acaba se magoando.

— E por acaso você entende alguma coisa, Saint? Nunca roubaram o amor da sua vida, nunca nem teve um namorado. Sinto um grande vazio por dentro.

Respirei fundo e tentei pensar que minha mãe disse aquilo porque estava bêbada e chapada de remédios, mas estava passando dos limites do que eu estava disposta a tolerar. Já ia falar com todas as letras para ela parar com aquilo, mas de repente, a mamãe desabou a chorar e tropeçou no balcão enorme que tem no meio da cozinha. Agarrou uma pilha de papéis, que eu não tinha reparado que estavam ali, e ficou sacudindo na minha cara. Seus olhos perturbados estavam cheios de lágrimas.

— Recebi os papéis definitivos do divórcio pelo correio no fim de semana passado. E, ainda por cima, sua irmã deixou as crianças passarem o fim de semana com ele e... aquela mulher. Como é que ela pôde fazer isso comigo? A Faith sabe que não gosto que a namorada nova do seu pai tenha contato com a minha família. Eu simplesmente perdi a cabeça. Fiquei meio maluca.

Ela estava com a respiração pesada e parecia tão bêbada e perturbada que tive que chegar mais perto e passar o braço pelos seus ombros magros demais. Senti mais uma pontada de susto. Minha mãe estava tremendo muito, e parecia que era possível tocar sua tristeza. É isso que acontece quando se ama alguém incondicionalmente. Não quero isso pra mim de jeito nenhum.

— Isso deve ser muito difícil, mãe. E entendo que está sofrendo. Mas pôr fogo na casa não vai adiantar nada. Você precisa encontrar um jeito mais saudável de lidar com o que está sentindo, porque acho que alegar insanidade temporária não vai livrar a sua cara por muito tempo.

Aí me olhou por entre os dedos, e me assustei quando vi seu rosto, normalmente tão bonito, todo borrado de maquiagem. Minha mãe parecia um palhaço louco e bêbado. Queria minha mãe de volta, queria que minha família voltasse a ser o que era. Infelizmente, isso não era mais possível.

— E o que você espera que eu faça, Saint? Finja que seu pai não existe, apesar de ele morar na mesma cidade que eu e ficar o tempo todo exibindo a namorada, mais nova e mais bonita, jogando a garota na minha cara toda vez que tem oportunidade? Me fala, já que está dando uma de espertinha, o que eu devo fazer que é mais saudável do que estou fazendo agora?

Soltei seus ombros e voltei para o outro lado do balcão. Precisava ficar a uma certa distância, se não ia esganar minha mãe. Odiava ela ser tão má com tanta facilidade.

— Não sei mesmo como responder a sua pergunta, mãe. Talvez você precise ficar longe de tudo isso, ficar longe deles por um tempo.

Ela bufou, jogou a cabeça para trás e limpou o rosto com as costas da mão. Mas só conseguiu ficar ainda mais borrada. Parecia ridícula e miserável.

— Você fugiu quando isso te aconteceu, Saint. Não vinha nos feriados nem pra fazer uma visita nem nada. Só porque queria ficar longe de um rapaz e da sua mágoa. Quando terminou a faculdade, aceitou o primeiro emprego que apareceu por lá, mesmo sabendo que toda sua família estava aqui. Não voltou nem quando a Faith teve filhos. Fala Saint, fala pra mim como se lida com as coisas de um jeito saudável. Fala mais.

Respirei fundo e cerrei os punhos em cima do tampo de mármore do balcão. Isso foi golpe baixo. Minha mãe estava surtando e não tinha como fazê-la me escutar. Se eu continuasse tentando conversar com ela naquele estado, o estrago ao nosso relacionamento seria irreversível, de tão irritada que eu estava com seu comportamento infantil. E não queria que isso acontecesse. Uma das razões pra eu ter voltado para o Colorado era me aproximar da minha mãe, não me afastar ainda mais dela.

– Mãe, o Natal está chegando. Tenta pôr a cabeça no lugar, senão ninguém da família vai querer passar com você. Sei que tudo isso é difícil, que o papai te decepcionou e partiu seu coração, mas a vida continua. Já faz dois anos. Alguma coisa tem que mudar.

Estou acostumada a enxergar minha família como uma zona de conforto, não uma zona de guerra. E essa mudança era horrível.

Ela resmungou e me olhou feio, com os olhos cheios d'água. Nos dois últimos anos, passamos a véspera de Natal com o meu pai, e o dia 25 com ela. Parecia estar dando certo, apesar de ninguém se sentir muito à vontade com a namorada nova dele e da minha mãe passar o dia seguinte inteiro nos detonando por termos ficado com *eles*. Eu não estava nem um pouco a fim de repetir a dose e duvido que a Faith estivesse. Mas uma agradável reunião de família estava fora de questão.

– Se esforce para lembrar que este ano o foco deve ser a família e as crianças. Olha, as estradas estão em péssimas condições. Só queria ver como você estava. Estou preocupada de verdade, mãe. Aquele incêndio deveria tê-la feito acordar para vida. Você precisa reavaliar o que está fazendo consigo mesma e as consequências disso para o resto da família. Não quero ter que buscar você na cadeia ou alguma coisa ainda pior.

Dei um último abraço na minha mãe e fui em direção à porta. Só podia esperar que minhas palavras tivessem causado algum efeito, que eu e a Faith a amarmos loucamente compensasse o fato de o meu pai não a amar mais. Quem sabe, em vez de falar para ela se distanciar um pouco, eu poderia dar um jeito nisso. Tinha muitos dias de férias pra tirar. Poderia tentar arrastá-la para alguma cidade com termas num final de semana prolongado ou algo do tipo. Sentia que ela precisava de um mínimo de clareza para voltar a ser quem era antes de ter sido arrasada pelo meu pai. Voltei para o meu carro, que, àquela altura, estava coberto por uma camada grossa de neve, dei partida e esperei o motor aquecer. Enquanto isso, encontrei um rockzinho *indie* do Pixies que eu gosto no meu iPod e liguei para a minha irmã.

A Faith demorou um pouco para atender e, quando atendeu, parecia atormentada e sem fôlego.

NASH

– Como é que ela estava?

Eu estava esfregando as mãos para aquecê-las e só dei um grunhido.

– Tão mal assim?

Soltei um suspiro profundo e liguei os limpadores de para-brisa para dispersar aquele cobertor branco e fofo que estava sobre o vidro.

– A mamãe está chapada de remédios e de vinho. Agindo de um jeito desagradável e cruel. Me falou que não sei de nada porque sou covarde e fui embora depois de terminar o Ensino Médio e não voltei para cá logo depois de me formar – contei. Com a minha irmã, posso usar um sarcasmo tão pesado quanto a nevasca que caía. – Ela perdeu a cabeça. Só que os papéis definitivos do divórcio chegaram, então tudo acabou, oficialmente. Foi por isso que fez a fogueira. Sinceramente, estou preocupada com a mamãe, Faith, mas não sei direito o que fazer.

– Que merda.

– Exatamente. O Natal este ano vai ser bem divertido.

Minha irmã ficou um tempão em silêncio, e franzi o cenho de preocupação.

– Que foi, Faith?

Ela resmungou alguma coisa, soltou um longo suspiro e falou:

– Estou cansada, Saint. Estou grávida, e meus filhos merecem um Natal incrível pelo menos uma vez, isso sem contar o meu marido, que tem sido paciente e chegou ao limite do que pode aguentar do meu drama familiar. Eu e o Justin vamos levar as crianças para Aspen no Natal. Pode fugir com a gente, se quiser, mas alugamos uma cabana bem pequena, e você vai ter que levar um saco de dormir e dormir no chão com o Owen.

Agarrei o volante e tentei me acalmar. Não podia dizer que estava surpresa com a notícia. Mas, ainda assim, fiquei chateada. A Faith é a única pessoa com quem sempre posso contar, que sempre fica ao meu lado mesmo quando eu morava do outro lado do país. Merecia um Natal em família em paz, longe de todo aquele absurdo, mas isso significava que eu ia passar as festas sozinha... Por que nada neste mundo vai me fazer lidar com os meus pais e todo o seu ressentimento e loucura sozinha. De jeito nenhum.

– Não, tudo bem. Têm mais é que se divertir. Passo aí no fim de semana e deixo os presentes das crianças, para levarem na viagem.

– Tem certeza? Parece chateada. Sabe que iríamos adorar se você fosse com a gente.

Esfreguei os dedos na testa e dei uma gargalhada sem o menor vestígio de bom-humor.

– Acho que isso só prova que já passou da hora de eu ter minha própria vida.

– Ah, Saint. Não fala isso.

– É sério, Faith. Tenho 25 anos, você é minha única amiga, o resto da família é um bando de maluco. Deus me livre se algum homem falar comigo ou, pior, mostrar que está interessado em mim. Eu fico muda. Preciso resolver minha vida, igualzinho ao papai e à mamãe.

– Para com isso. Você está sendo muito cruel consigo mesma.

– Pode ser. Te vejo no fim de semana, OK?

– Tem certeza de que está bem?

Não estava, mas isso não era problema da minha irmã. De repente, a ideia de passar o Natal sozinha, de ficar sentada no meu apartamento, triste e deprimida, falou mais alto do que minha hesitação e meu senso de autopreservação costumeiros. Eu estava voltando para Denver com um plano e não ia dar pra trás. Só precisava chegar lá inteira. As condições na estrada estavam terríveis e com aqueles pensamentos que não paravam de fazer minha cabeça girar, tirando minha concentração do volante.

O trânsito andava em um ritmo lento, mesmo com as máquinas limpando a neve da estrada, e parecia ter um acidente a cada quilômetro. Levei quase três horas e meia para chegar, mais meia hora para ir até o hospital, porque já era hora do *rush*, e estava tudo parado. Quando cheguei ao edifício enorme no centro, estacionei e corri para dentro. Estava me sentindo meio sem fôlego, meio descontrolada e preciso dizer que era entusiasmante.

Rezei para ninguém perceber que eu estava lá no meu dia de folga nem que eu estava agindo movida por um misto de pânico e adrenalina.

NASH

É claro que não dei sorte. A Sunny estava passando bem do outro lado da entrada do Pronto-Socorro e parou de repente quando me viu.

– Você não está de folga hoje?

Encolhi os ombros e me remexi toda, incomodada. Tinha uma missão a cumprir e estava sem tempo de bater papo. Tinha medo de que, se eu esperasse, minha energia nervosa se evaporaria, e eu ia dar um jeito de racionalizar aquilo tudo e dar pra trás.

– Estou.

– O que você está fazendo aqui? Não acabei de te falar pra fazer alguma coisa da vida fora desse lugar? Vai acabar caindo dura no chão, Saint. Sei que aquele caso de ontem te deixou mal, mas você precisa separar as coisas e aprender a não levar o trabalho para casa.

Dei um sorriso meio sem graça e pus os cabelos atrás das orelhas. Quando ficam soltos, os cachos vão para todos os lados, incontroláveis, e não presto muita atenção neles.

– Na verdade, estou procurando uma pessoa.

A Sunny fez cara de curiosa e mexeu nos papéis que estava segurando.

– Por acaso é o doutor Bennet? Ele ficou falando de você de novo esta semana.

Eu já ia abrir a boca para dizer que não, quando a pessoa que eu estava procurando veio cruzando a porta. Estava com aquela touca preta de lã e um casacão verde-escuro por cima do moletom de sempre. Cruzamos os olhos, e ele deu um sorriso. Não sei por quê, mas o Nash é hipnótico. Toda vez que o encontro, parece que só consigo prestar atenção nele, e não só porque ele é grandão, um colírio para os olhos... É uma energia que vem de dentro dele.

– Oi.

A Sunny fez "hãn, hãn" e olhou para nós com os olhos arregalados. Não o cumprimentei, não o apresentei para a Sunny. Só disparei:

– Sim, eu vou com você.

Bem rápido, como se quisesse me livrar logo daquelas palavras.

Fiquei parecendo uma idiota, e senti o calor subindo pelo meu pescoço e queimando meu rosto. O Nash levantou as sobrancelhas pretas, mas não disse nada nem fez nenhuma pergunta que poderia me deixar ainda mais envergonhada. Só tirou a carteira do bolso de trás da calça e me entregou um cartão de visita. Trazia um desses grafites bem coloridos que tem nos trens e nos prédios de Denver. Foi o cartão mais interessante e cativante que já vi na vida. Tinha seu nome e o nome de um estúdio de tatuagem na frente. É claro que ele era tatuador. Que outra profissão um garoto com chamas laranjas e amarelas tatuadas na cabeça poderia ter? Combinava com ele.

– O número de cima é do estúdio, meu celular é o de baixo. Me liga que a gente combina. O casamento vai acontecer na torre do relógio, na rua Araphoe. Fico muito feliz por você ter resolvido aceitar meu convite.

O Nash não ficou falando, não me obrigou a arranjar uma explicação furada nem perguntou por que falei que nem uma maluca com ele. Só deu uma piscadinha e foi até o elevador. Fiquei observando ele se afastar e segurei aquele cartão com todas as minhas forças.

A Sunny arregalou os olhos, inclinou a cabeça para o lado e disse:

– Então a senhorita tem um médico bonito e bem-sucedido interessado em você e recusa seus convites para sair, mas é só passar um sujeito que parece um criminoso que praticamente pula em cima dele? Você pode me explicar isso, Saint?

Não podia. A vontade de não passar o Natal sozinha era mais forte do que as ressalvas que podia ter de sair com o Nash. Além do mais, a Sunny é minha chefe, não acho apropriado contar para ela que ter beijado o Nash transformou meu cérebro em geleia e que, só de estar perto desse homem, todas as barreiras que tenho para interagir com o sexo oposto derretem.

– Ele é tatuador, não é criminoso. Estudamos juntos no Ensino Médio. Além disso, ele não me deixa nervosa que nem o doutor Bennet.

Não mesmo. O Nash me deixa nervosa e ansiosa de um jeito bem diferente: todas as partes do meu corpo ficam gritando, lembrando que sou mulher, e ele é homem.

A Sunny estalou a língua e continuou:

– Acho que tem mais a ver com o tipo de homem que você acha que pode conseguir. Aquela história de achar que não faz o tipo do Bennet.

NASH

Bom, você faz, muito mais do que imagina. Não precisa se contentar em ficar com um garoto que usa brinco no nariz.

Minha vontade era de dizer que o brinco no nariz do Nash deixava o seu rostinho lindo mais masculino, mas a Sunny não ficou quieta.

– Promete para mim, Saint. Promete que, se o doutor Bennet te convidar para sair, você vai aceitar e parar de duvidar de si mesma. Por favor, estou te pedindo como amiga.

Não tive coragem nem encontrei as palavras certas para explicar para a Sunny que o Nash era um obstáculo muito maior para eu conseguir ter confiança e acreditar no meu valor do que qualquer médico bonitão e bem-sucedido. Mas, porque a admiro e queria agradá-la, só balancei a cabeça e falei:

– Tudo bem, Sunny. Prometo.

Ela deu um gritinho e me abraçou.

– Ótimo. Aquele rapaz tem cara de confusão.

Sacudi a cabeça e enfiei o cartão que o Nash tinha me dado no bolso da frente da minha calça jeans. Só preciso passar o fim de semana e o começo da próxima sem me convencer a desistir.

– Você não faz ideia.

O Nash tem cara de confusão mesmo, mas também é interessante e lindo, e eu ainda quero saber como é aquela tatuagem que cobre quase todo o seu corpo. Estava dando "tchau" para a Sunny, desejando sorte com o resto do plantão, porque as estradas estavam péssimas e cheias de carros, quando o doutor Bennet apareceu. Os olhos da minha amiga se acenderam, e me deu vontade de bater em mim mesma por não ter ido embora cinco segundos antes. Ele chegou perto da gente, todo lindo e confiante, e senti uma pontada de horror na boca do estômago. Se me convidasse para sair na frente da Sunny, eu não teria como recusar. Tinha prometido para minha chefe.

O doutor Bennet é bonito mesmo. Poderia ser um daqueles médicos gatos dos seriados de TV. Mas acho que o fato de ele saber que é bonito e agir como se isso lhe conferisse certo direito sobre as coisas e as mulheres acaba com o seu charme.

– Bom, olá, senhoritas. Sunny, preciso de você na sala 313B. Saint, você está de saída?

Abri a boca, mas a fechei em seguida. Fiquei piscando para o doutor que nem uma coruja por um tempão, até que a Sunny interveio:

– Ela está de folga. Vivo falando que a Saint precisa dar um tempo daqui. Você não acha?

Ele deu uma risadinha grave e agradável, mas eu estremeci. Qual era o meu problema? Limpei a garganta e respondi:

– Eu tinha algumas coisas para resolver, e aqui era minha última parada. Prazer em vê-lo, doutor Bennet.

Sensacional. Foi uma resposta bem normal e socialmente aceitável. Ele riu de novo e mostrou aqueles dentes super-retinhos e superbrancos para mim. Tudo nele é tão absolutamente perfeito... Por que meu coração não bate mais forte, do mesmo jeito que faz quando o Nash pousa aqueles olhos de cor estranha em mim?

– Andrew. Por favor, me chame de Andrew. Adoraria te fazer companhia na sua próxima folga, Saint. Quando será?

Me deu vontade de gritar e encontrar uma maca ou um balcão para me esconder embaixo. A Sunny não deixou eu usar minha desculpa de sempre, que não paro de trabalhar. Foi uma injustiça, porque ela é quem faz minha escala, então podia responder com toda a certeza:

– Ela está de folga no Ano Novo, porque vai trabalhar no Natal. Não é, Saint?

Sei que minha chefe só estava tentando ajudar, mas me deu vontade de estrangulá-la.

– Estou, sim. Mas, se você já tem planos, nós podemos combinar outro dia.

Congelei quando ele pôs a mão no meu ombro. Quase me esquivei, mal consegui me conter. Não queria aquele homem pondo as mãos em mim. Qual era o meu problema?

– Adoraria sair com você na noite de Ano Novo. Uns amigos vão dar uma festa, e adoraria que fosse comigo.

NASH

Eu ia ter uma embolia pulmonar. Não me sinto segura suficiente para passar uma noite com o Nash e os amigos dele. Imagine ir para uma festa chique com um médico, então... Ia ter um colapso nervoso. Queria recusar, dizer que não estava interessada, mas a Sunny estava me olhando sem disfarçar a alegria. Enfiei os dedos no cabelo e balancei a cabeça, relutante.

– Claro, doutor... Quer dizer, Andrew. Vai ser ótimo.

Só que, em vez de "ótimo", eu queria dizer "um pesadelo torturante".

Ele sorriu mais ainda, se inclinou e me deu um beijo no rosto. Dessa vez, não consegui me segurar e me recolhi. Se o doutor notou, não falou nada. Só me entregou seu cartão de visitas, quase do mesmo jeito que o Nash, e disse para eu ligar. Quando foi embora, não me deu vontade de acompanhá-lo com os olhos. Estava com um gosto amargo na boca. A Sunny me abraçou de novo, com aquele corpinho pequeno, e soltei um "ufa".

– Estou tãããããããããããão feliz por você. Você vai se divertir muito com ele. Tenho certeza.

Olhei para aquele cartãozinho branco. Tinha o logo do hospital, o nome do Bennet e seus contatos. Era sem-graça. Básico. O contrário do cartão que o Nash tinha me dado há alguns minutos, e que eu guardei com todo o cuidado no bolso. Conseguia senti-lo ali, como se me chamasse. Tive vontade de jogar o outro no lixo. Mesmo que a Sunny nunca mais me perdoasse.

– Veremos.

Não tinha grandes expectativas em relação a nenhuma das duas aventuras, mas ia me obrigar a cumprir ambos os compromissos. Um, por medo de passar o Natal sozinha e por algo mais em que não quero pensar muito; o outro, só para deixar minha chefe feliz. Nenhum dos dois era um bom motivo para sair com um garoto. Mas, sendo eu, estava bom demais.

CAPÍTULO 7

Nash

ACHO QUE EU ESTAVA MAIS NERVOSO do que o Rule. Alguém tinha levado uma garrafinha de uísque para ajudá-lo a se acalmar, mas meu amigo não aceitou nenhum gole. Como o Rome também não estava mais bebendo muito, sobramos eu, Asa, Rowdy e Jet para dar conta do recado. Eu e o Rome éramos os padrinhos. O grandão ia andar até o altar com a Cora, óbvio, então fiquei de par com a Ayden. Fiquei zoando o Jet sem dó porque já tinha visto a mulher dele com o vestido azul-claro lindo que a Shaw escolheu, e ela estava gata demais. Foi engraçado, mas deixei a bola quicando, e o Jet jogou na minha cara que eu tinha ido ao casamento com a Saint. Não sou do tipo que aparece com uma mulher a tiracolo num evento como aquele. Levando em consideração que a festa tinha, no máximo, cinquenta convidados, não teria como despistar nem escapar dos olhares curiosos vindos de todos os lados.

O lugar era dramático e especial. Bem no alto da cidade, dava para ver o horizonte ao fundo, as luzes de Natal e as Montanhas Rochosas cobertas de neve se esparramando por quilômetros e mais quilômetros. A Shaw quis que tudo fosse em tons frios e pastéis. Disse que queria ter a sensação de estar no meio de uma tempestade de neve. Todo mundo que conhece os noivos sabe que a noiva é louca pelos olhos cor de gelo superclaros do Rule. E, é claro, que esse foi o tema da decoração do casamento. Eu e o Rome estávamos usando a mesma roupa: calça preta, camisa branca e gravatas da cor do vestido idêntico da Cora e da Ayden. O Rule também, só que tinha um *blazer* preto risca de giz por cima. Estávamos no maior estilo rebelde, muito mais legal do que os trajes típicos de casamento, e não acreditei no quanto meu amigo estava tranquilo. Nunca imaginei que ele fosse se casar, e agora parecia que era isso que mais queria da vida. Fiquei com um pouco de inveja, o que me deixou chocado.

– E a tal enfermeira? – perguntou Jet, me dando uma olhada e passando a garrafinha para mim.

Resmunguei e tomei um gole do líquido ardente cor de âmbar.

– Não gosta muito de mim. Estou tentando fazê-la mudar de ideia.

O Rome não parava de mexer na gravata e de mandar torpedos para Cora. Quanto mais a data do parto se aproxima, mais ele fica paranoico com o bem-estar da minha amiga. Acho que se aquele foguetinho loiro deixasse, ele a teria colado no próprio corpo ou a amarrado na cama.

– Ela veio com você. Não pode te odiar tanto assim.

Verdade, veio. Mas parecia que ia vomitar ou que tinha chupado um limão o caminho inteiro. Não que não ficasse maravilhosa mesmo com a expressão de incômodo naquele rostinho lindo. Era a primeira vez que eu a via sem a roupa do trabalho e, nossa, a garota ficou muito bem de vestidinho preto e saltos altíssimos. Era uma roupa simples, nada espalhafatosa, mas com aquele cabelo espetacular e aquela pele perfeita, parecia uma rainha. Tinha uma elegância que poucas meninas de hoje têm. A Saint tem uma beleza clássica. Tipo assim, que nem o meu carro. Tenho o pressentimento de que, se ela me deixasse dar um passeio, a viagem seria igualmente incrível.

A Saint não me deixou ir buscá-la, fez questão de me encontrar na minha casa. Quase tive que, literalmente, torcer o braço dela para concordar em ir no meu carro até o centro. Depois de eu ter vencido essa discussão, falou umas cinco palavras até a gente chegar na festa. Deixei a Saint com o Phil, que só me deu uma olhada com cara de "sei, sei" e sorriu pra ela. Ele está segurando bem as pontas, considerando a situação, e não ia perder o dia do Rule dizer "sim" de jeito nenhum.

O Rule e a Shaw optaram por um casamento bem informal. Não fizeram discursos melosos, não teve primeira dança dos noivos, só uma cerimônia rápida e um jantar com todo mundo que amam. Depois, o Rule vai levar a mulher para Nova Orleans, para os dois passarem o ano juntos se divertindo na famosa Bourbon Street, que é cheia de bares. Quer dizer, se conseguirem sair do quarto do hotel. Conhecendo bem o meu amigo, não sei, não. Fiquei contente por eles não enrolarem. Não precisam de pompa e circunstância para tornar o amor entre eles oficial.

– Veio comigo a contragosto – respondi, sorrindo para o Jet. – Não entendo essa mulher.

O Asa soltou uma risadinha e tirou aquele cabelo dourado dos olhos.

– Mas você está a fim? De entender a menina, quero dizer.

Resmunguei de novo e falei:

– Você olhou pra ela? É claro que eu quero, mas a Saint está me mandando uns sinais negativos bem fortes. Não quero abusar da sorte.

Isso não era cem por cento verdade. Quero abusar muito da sorte, mas acho que isso não vai me levar a lugar nenhum. Vou deixando as coisas continuarem um mistério. Essa mulher sempre me deixa na dúvida.

Tenho certeza de que a conversa poderia ter continuado, mas o pai do Rule apareceu na sala onde a gente estava, sorriu para o filho e disse:

– As meninas estão prontas para começar o show. Estou muito orgulhoso de vocês.

O Rule assentiu, vi seu peito inchar e desinchar. Os meninos deram um tapinha nas costas dele e saíram. Só nós três ficamos para trás.

– Você está bem? – perguntou o Rome, batendo no ombro do irmão.

– Estou bem pra caralho!

Nós demos risada e nos cumprimentamos com um soquinho.

– Você está bem pra caralho, e ela também. Isso vai ser demais.

O noivo levantou a sobrancelha com *piercing*, e sorri para ele. Não é por acaso que a gente é tão amigo.

– Vamos lá. Está na hora de você casar – falei, surpreso com o tom emocionado da minha voz.

O Rome mexeu na gravata de novo. Acho que, quando se tem um pescoço de jogador de futebol americano, incomoda um pouco usar gravata.

Aí olhou para o irmão e perguntou:

– A mãe da Shaw apareceu?

Meu amigo sacudiu a cabeça e respondeu:

– Ãhn, ãhn. Liguei para a mãe dela e falei tudo o que penso dessa situação e logo mandei ela ir para o inferno. Acho que a Shaw está levando numa boa. O pai veio, com aquela menina que parece ter, no máximo, dezoito anos. Ele queria levar a Gasparzinho até o altar, mas falei que não. Meu pai é que vai acompanhá-la.

Isso fazia sentido pra mim. Os Archer sempre foram a família de verdade da Shaw. Como bem disse o Rome quando o Rule contou que queria pedi-la em casamento, ela assinar o sobrenome deles era uma mera formalidade.

Esperamos no fundo da sala, enquanto o Rule dava o braço para a sua mãe e caminhou até onde estava o celebrante. Só para completar, o Brite Walker, mentor do Rome e ex-marinheiro, tinha licença para realizar casamentos. Ele parecia integrante de uma gangue de motoqueiros, mas era uma das pessoas mais centradas e atenciosas que a gente já conheceu. Foi um dos grandes responsáveis por trazer o Rome de volta à vida, e nem o Rule nem a Shaw conseguiram pensar em alguém mais adequado para celebrar seu casamento. Assim como representou um recomeço na vida do Rome, o Brite era a pessoa mais indicada para representar um recomeço na vida daqueles dois, como marido e mulher.

As meninas saíram do elevador, e tanto eu quanto o Rome ficamos sem ar. A Cora parecia uma princesa, uma fada de um desenho da Disney – com o braço inteiro tatuado e uma barriga de grávida. O Rome se abaixou e a beijou tanto que ficamos sem jeito. A Ayden é uma gata, mesmo quando não está em seus melhores dias. O azul do vestido destacou seu cabelo preto, e seu sorriso bobo me deu vontade de sorrir pra ela com a mesma cara de pateta.

– O Jet está morrendo de inveja de mim – falei.

A mulher do meu amigo deu uma tossidinha debochada, pôs a mão no meu cotovelo e retrucou:

– É bom mesmo. Passou a semana toda fora. Isso quer dizer que não vai conseguir resistir a mim mais tarde.

– E quando é que o Jet consegue resistir a você? Por que, se é isso que acontece, vou ter que falar para o meu amigo que ele não sabe o que significa estar casado.

A Ayden fez cara feia e enfiou as unhas no meu braço. Me deu vontade de rir. Sei que os dois não conseguem se desgrudar quando estão juntos, só estava zoando.

A Shaw saiu do quarto da noiva e, quando pousei os olhos nela, me surpreendi com a emoção que senti. Ela estava linda. Parecia saída de um sonho, a noiva perfeita. Estava com o cabelo loiro quase branco com mechas pretas preso em um penteado, usando um vestido todo bufante, parecia uma bailarina, com uma faixa azul-claro. Estava de braço com o pai dos irmãos Archer, o Dale, que estava com a cara de pai mais orgulhoso do mundo. O Rome desviou dele e deu um beijo no rosto da linda noiva. Era um dia maravilhoso para toda a família Archer... e para todos nós.

– Você está perfeita – falei para a Shaw, com toda a sinceridade.

Ela ficou vermelha e olhou para o Rome.

Ele franziu a testa cheia de cicatrizes e disse, sem papas na língua:

– Digo o mesmo. O Rule com certeza é um filho da puta de muita sorte.

A Shaw só deu uma risadinha, parecendo impaciente.

– Vamos lá.

Ficamos de frente para os convidados, o relógio ficou atrás do Rule e do Brite, mostrando a bela paisagem de Denver, tornando aquela noite de Natal a mais memorável de todas. A banda do Jet começou a tocar "Silver Mountain", da banda de country rock Deadstring Brothers. Acho que, quando a música terminou, todo mundo estava com os olhos cheios de lágrimas. O Jet canta numa banda de *heavy metal*, sabe gritar como ninguém, mas usou aquelas cordas vocais para cantar de verdade. Foi mágico, quem estava ali para ouvir deu sorte.

NASH

Fomos andando em direção ao altar. A Ayden se virou e olhou para o Jet. Meu amigo mandou um beijinho para a mulher, que soltou um suspiro. Olhei em volta até encontrar aqueles olhos cor de tempestade. A Saint estava me observando. Mordia o lábio inferior inteirinho e estava com as mãos cruzadas em cima do colo. Seus olhos estavam claros e brilhantes, e suas bochechas, vermelhas. No seu rosto tão branquinho, mesmo de tão longe, dava para ver a veia do seu pescoço pulsando. Se eu a conhecesse melhor, diria que estava olhando pra mim do jeito que a Cora olhava para o Rome, e a Ayden, para o Jet. Não consigo entender essa situação, essa mulher, mas puxa... como eu quero entender. A Saint é fascinante. Fiquei só imaginando se algum dia vou descobrir o que passa por aquela linda cabecinha ruiva.

Precisei parar de pensar porque chegamos ao altar. Dei um beijo no rosto da Ayden, outro no da Cora, e o Rome olhou feio para mim. Eu e o Rule demos uma risadinha, e me posicionei ao lado dos irmãos Archer. Era um lugar de destaque, e fiquei orgulhoso.

A banda do Jet começou a tocar "Everybody Needs Love", na versão da banda de country alternativo Drive-By Truckers, a preferida da Shaw, que fala que todo mundo precisa de amor. Ela e o Dale apareceram no fundo do lugar, que tinha sido decorado com elegância. Ouvi alguns suspiros, vi alguns queixos caírem e, de canto de olho, vi o Rule balançar.

– Meu Deus!

Quase não deu para ouvir o que ele disse e, antes que eu ou o Rome pudéssemos esboçar qualquer reação, o Rule foi descendo do altar na direção da noiva e do pai, que pararam de andar. Eu e o Rome trocamos um olhar malicioso e só encolhemos os ombros quando as meninas nos lançaram um olhar de interrogação.

O Rule segurou o rosto da Shaw com as duas mãos e a beijou como se a cerimônia já tivesse terminado. O Dale saiu da frente, e a Margot, matriarca da família Archer, falou o nome do filho com um tom de reprovação. Aquilo tudo era típico do Rule. Meu amigo é impulsivo, meio rebelde, mas nada neste mundo é capaz de afastá-lo daquela garota. É claro que ele é que a levaria até o altar e a colocaria na frente do Brite. Eu não conseguia parar de sorrir feito um idiota e, a única vez que consegui ver a Saint, fiquei feliz, porque ela estava sorrindo também. É difícil não admirar um amor desses.

O Brite também estava sorrindo. Mal dava para ver seu sorriso no meio daquela barba comprida e grisalha. Ele parecia um integrante da gangue de motoqueiros barra-pesada Hell's Angels, só que todo feliz e simpático, e deu início à cerimônia de casamento do meu melhor amigo com a garota dos seus sonhos. Foi incrível, emocionante, tudo o que deveria ser. Os votos que o casal fez também.

A Shaw prometeu amar o Rule exatamente do jeito que ele é e nunca pedir para ser nada além do homem que é hoje. Prometeu esperar até passarem seus pitis e seu mau humor e nunca perguntar que cor de cabelo teria naquela semana. Jurou amá-lo como a primeira vez em que o viu e que ele seria o único homem da sua vida. Disse que o Rule era tudo o que queria. O que é verdade, e fiquei feliz de ouvi-la prometer que amaria meu amigo complicado por toda a eternidade.

O Rule engasgou e levou um tempinho para dizer seus votos. Mas, quando terminou, o impacto das suas palavras cheias de sentimento deixou todo mundo abismado. Mesmo nos seus melhores dias, meu amigo não lida muito bem com as emoções, apesar de a Shaw tê-lo ajudado muito a melhorar. Mas, no dia do casamento, abriu o coração na frente de todo mundo.

Falou que jamais imaginou que alguém pudesse preencher o vazio que o Remy havia deixado em sua vida quando morreu mas, que de algum jeito, a Shaw tinha aparecido e não tinha lugar para mais nada em seu coração. Disse que ela o preenchia completamente, e que o Remy teria ficado muito feliz pelos dois. Depois dessa, claro que todo mundo ficou com os olhos cheios de lágrimas e teve que limpar a garganta.

Prometeu cuidar da Shaw para sempre e obrigar todo mundo a tratá-la com o amor e com o respeito que ela merece. Disse que vai amá-la mesmo quando for médica e ganhar três vezes mais do que ele e afirmou fazer de tudo para dar à noiva tudo o que quiser e precisar dali pra a frente. Aí sussurrou, e só quem estava no altar conseguiu ouvir:

– Você é tudo pra mim, Gasparzinho.

Nós demos um suspiro coletivo quando a Shaw sorriu para o Rule, levantou o rosto cheio de lágrimas e disse:

– Eu só quero você, só preciso de você.

O Brite deu a cerimônia por encerrada, meus amigos trocaram as alianças, todos nós gritamos, abraçamos os noivos, demos um "toca aqui" e, simples assim, o Rule e a Shaw viraram marido e mulher.

Nos reunimos na sala dos fundos, ficamos 45 minutos cumprimentando e zoando os noivos, tirando fotos... Aí o Phil chegou do meu lado e murmurou no meu ouvido:

– É melhor você inventar alguma mágica, se não sua garota vai sair correndo. Ela é uma coisinha linda, mas arisca como uma potrinha.

Xinguei e abri caminho na multidão. Fiz sinal para o Rowdy me deixar em paz quando ele tentou me parar para conversar e, por fim, tive que descer vinte andares de elevador até o *hall* de entrada para encontrar a Saint. Ela estava com o celular na mão, com cara de quem estava brigando consigo mesma.

– Saint?

A garota deu um pulo e olhou para mim. Não consigo encontrar outra palavra que não seja "culpada" para descrever o seu olhar. Como se eu a tivesse pego no pulo fazendo alguma coisa errada.

Segurou o celular como se fosse um escudo e disse:

– Vou chamar um táxi para me levar até o meu carro. Pode ir lá com os seus amigos.

Ela falou alto, meio ofegante. Fiz careta porque não fazia a menor ideia do que estava acontecendo.

– Se você quer ir pra casa, eu te levo até o seu carro.

Enfiei o dedo no nó da gravata e o afrouxei. Daria qualquer coisa para saber o que passava pela cabeça dela.

– Não, não... Pode ficar. Está tudo bem. Foi muito lindo, de verdade. Obrigada por ter me convidado.

Cansei de discutir com ela. A garota já tinha até vestido o casaco, então só a agarrei pelo pulso, aquele da mão que ela segurava o celular, e a arrastei até a porta. Seus saltos batiam sem parar enquanto ela tentava me acompanhar.

– Anda.

A Saint protestou e tentou se soltar de mim, mas não deixei. Só a levei contra sua vontade até o meu carro, que estava estacionado na rua. Eu estava irritado e frustrado mas, mais do que isso, estava confuso: não entendia por que tinha aceitado meu convite se não queria sair comigo.

Ficamos em silêncio até chegar ao meu prédio. Ela respirava rapidamente, torcia as mãos, olhava reto pela janela do carro. Quando chegamos, saímos do carro ao mesmo tempo e batemos a porta com mais força do que o necessário. Fiquei encarando a garota por cima do teto do carro. Ela abriu a boca pra dizer alguma coisa, mas levantei a mão, fazendo sinal pra parar. Não conseguia entender por que um sempre fica afastando o outro.

– Só... Boa noite, Saint.

Saí correndo pela calçada e nem olhei para trás para ver se ela tinha entrado no seu carrinho ou não. Foi uma atitude bem grossa, nunca faço esse tipo de coisa, mas aquela garota estava confundindo a minha cabeça, e eu não sabia o que fazer com aquilo tudo que estava rolando na minha vida naquele momento. Já estava abrindo a porta de casa quando senti umas mãos delicadas nas minhas costas. Antes de conseguir me virar para ver o que estava acontecendo, fui empurrado pra dentro do apartamento, e a porta se fechou com uma batida. Me virei de frente para a Saint, que estava com um olhar de guerreira selvagem. Seu cabelo ruivo e ondulado estava solto, em volta do seu rosto, seus olhos estavam arregalados, e seu peito subia e descia num ritmo descontrolado.

– Isso é tão confuso, Nash. Não faço a menor ideia do que estou fazendo.

Não sabia o que dizer, mas nem pude falar nada porque, de repente, ela ficou bem na minha frente e começou a abrir os botões da minha camisa preta e a soltar minha gravata com as mãos trêmulas e nervosas.

– Quê? – falei, desconcertado.

Realmente me sentia assim, mas não ia fazer aquela mulher parar de jeito nenhum. Até porque ela estava puxando minha camisa para fora da calça, passando a mão de um jeito sensual na minha barriga e na parte de baixo das minhas costas, com uma pressa frenética.

– Só sei que a razão me diz que estou absolutamente certa sobre tudo, mas aí meu corpo me trai e grita comigo, como se eu não soubesse de mais nada. Não sei se vou ou se fico. Eu vi você lá no altar, estava tão lindo, tão perfeito... Ai, meu Deus, minha vontade era de pular em cima de você, e não sou assim. Mas aí vi como todo mundo estava feliz, tão apaixonado, e quase tive um ataque de pânico e nem sei por quê. Só sei que precisava sair dali. Desculpa.

Pus as mãos nos seus ombros para mantê-la longe de mim, porque aquilo era loucura. Só que a Saint estava com as mãos na fivela do meu cinto, e o zíper da minha calça se abriu sem oferecer a menor resistência.

– Para, Saint. Eu teria te trazido para casa se você tivesse me dito que não estava se sentindo à vontade. Qualquer um se sentiria assim num lugar que estava cheio de gente emotiva. E foi tudo muito intenso, porque o Rule e a Shaw são pessoas intensas. Eu teria entendido, e ninguém teria te condenado por querer sair dali. Puxa, fiquei tão feliz por você ter aceitado o meu convite.

A Saint parou o que estava fazendo, que era tirar minha camisa pelo pescoço e me empurrar até minha bunda encostar no sofá. Quando fiquei sem ter para onde ir, ela colocou a mão espalmada bem no meio do meu peito e me olhou com aqueles olhos cor de tempestade.

– Eu sei, e foi exatamente por isso que eu surtei.

– Não consigo entender.

Eu tentava ser coerente e razoável, mas meu pau estava começando a prestar mais atenção no que ela fazia do que a minha cabeça.

– Não sei quem você é, Nash.

– Também não sei quem você é, Saint. Mas, se der uma chance pra isso que está rolando entre a gente, podemos mudar essa situação.

Ela sacudiu a cabeça e se inclinou em cima de mim. Ficamos tão grudados que não dava para saber onde um começava e o outro terminava.

– Não sei se você vai gostar de mim quando me conhecer melhor, e o Nash que eu achava que conhecia... – sua voz falhou.

Ela parecia tão perdida que minha vontade era de lhe dar um abraço.

– Bom, eu o odiava. Mas você... este Nash... é tudo o que eu quero.

O que a Saint disse foi intrigante e confuso. Eu deveria ter pensado em alguma resposta brilhante, feito algum comentário inteligente para que ela visse as coisas de outra forma. Talvez eu devesse ter sido capaz de ler nas entrelinhas sutis de suas palavras, do seu tom de voz, mas a gata foi logo encostando a boca na minha com força. E aí enfiou as mãos dentro da minha calça, e perdi não só toda a minha força de vontade para resistir, mas também meu equilíbrio, e a gente caiu do outro lado do sofá. Não foi só uma queda livre em cima das almofadas. Foi uma queda livre um no outro.

O cabelo da Saint estava espalhado por todos os lados. Ela tinha gosto de laranja e de fogo. Sua mão não largava meu pau, que estava duro feito uma pedra. Senti ela parar por um segundo quando passou a mão pela cabeça dele e encontrou os diversos pedaços de metal que tenho ali. Tenho um *piercing* atravessado na glande e um *barbell* bem pequeninho bem abaixo da curva da cabeça, no freio que liga a glande ao resto do pênis. Normalmente, aviso todo mundo que tira a roupa comigo sobre a existência dos *piercings*, mas a Saint não me deu chance de fazer isso. Pelo jeito, não estava nem um pouco a fim de ir com calma.

Caiu em cima de mim com uma perna de cada lado da minha cintura. Não parava de passar as mãos pelo meu corpo, uma delas dentro da minha cueca, me impossibilitando de ter qualquer pensamento racional. Beijava meu pescoço, chupava minha boca... Seu cabelo parecia um monte de tentáculos sedosos que não iam me deixar escapar jamais. Deu um jeito, apesar do espaço entre nós ser mínimo, e nossos movimentos, limitados, de tirar minha calça e minha cueca do caminho, e meu pau orgulhoso e ereto apareceu. Sua mão parecia muito branca ao lado da minha carne dura e vermelha. Quando tocou o *piercing* que tenho na ponta do pau, só com a ponta de um único dedo, revirei os olhos e soltei a respiração entredentes. Caralho, nunca me senti daquele jeito com um simples toque.

NASH

– Óbvio que você tem *piercings* aí – falou, empolgada.

Fiquei sem saber o que responder, até porque ela se abaixou e passou a língua no meu mamilo. Meu pau pulsava na sua mão. Aquela mulher me deixou perdido e com tesão. Tentava desesperadamente entender o que estávamos fazendo e aonde tudo aquilo ia parar, mas não tinha um mapa pra me mostrar como chegar aonde ela queria me levar.

– Saaaaint... – falei, todo perdido e enrolado, porque ela se levantou só o suficiente pra rebolar um pouco e tirar as calcinhas pretas que usava por baixo do vestidinho, que também era preto.

Fiquei surpreso porque ela ainda estava vestida, tinha ainda até os sapatos, e eu ali, pelado, todo exposto, enquanto ela fazia o que queria, pegava o que precisava de mim.

Tinha alguma coisa errada, e eu queria dizer isso para a Saint. Mas aí ela se abaixou, me beijou de novo e perguntou, com os lábios encostados nos meus:

– Camisinha?

Tudo bem, sou um homem decente, tenho princípios morais muito fortes, mas quando uma mulher gata daquele jeito, que deixa minha cabeça zoada assim, faz meu coração bater tão forte que dava para ouvir e praticamente exigia que eu transasse com ela, quem sou eu pra discutir? Levantei os quadris, e a gata soltou um suspiro, porque não havia mais nada entre nós naquele ponto, onde ela estava montada em cima de mim. Seus olhos mudaram daquele tom maravilhoso de cinza para um chumbo quase preto. Entreguei minha carteira, falei para pegar uma camisinha, segurei aquela cabeleira toda com uma das mãos e a puxei pra baixo, para beijá-la como eu queria. Precisava ter algum papel ativo naquilo tudo, mesmo que a Saint estivesse no comando e tivesse me derrubado no chão embaixo dela, com suas partes quentes e molhadas grudadas nas minhas.

Então a beijei pela primeira vez sem nenhuma raiva, sem tristeza, desespero ou escuridão rolando entre nós dois. Só queria provar seu corpo cítrico, me perder na sua língua, que girava em volta da minha, me maravilhar com o jeito que a Saint sussurrava meu nome como se fosse um palavrão. Era assim que aquela mulher devia ser beijada... daquele jeito e só por mim.

Ela se equilibrou e ficou subindo e descendo a mão pelo meu pau. Parecia que queria me matar só com aquela pressão suave e aquele toque delicado. Não dava para ver o que estava fazendo, porque a saia do seu vestido estava na minha frente. Caramba, não dava nem para eu saber se ela tinha sardas naqueles peitos incríveis porque, embora a gente estivesse tão perto, era óbvio que a Saint ainda mantinha limites físicos e mentais.

– Saint?

Senti o látex me cobrindo. Ainda bem que ela é enfermeira, pois não teve nenhum problema para tocar em meus *piercings*.

– Nash?

Ela olhava nos meus olhos, se levantou um pouco, pôs as duas mãos no meio do meu peito e sentou em cima de mim, até o fundo. Era apertadinha, quase sufocante. Quente e escorregadia e, como estava por cima, subindo e descendo num movimento torturante, eu só queria me ver desaparecendo dentro dela. Tudo naquela garota era um grande segredo, mesmo quando a gente estava um dentro do outro. Eu adorei e odiei isso. Era meio assim que começava a me sentir em relação à Saint Ford.

Fiquei sem palavras. Foi estranho. Nunca transei com uma mulher toda vestida enquanto eu ficava pelado. Também nunca tive intimidade com ninguém que parecia tão desesperada, furiosa, para acabar, sem ligar para o que eu fazia ou deixava de fazer. Parecia que ela me usava pra ter prazer, mas não estava transando comigo. Pus as mãos nela, tentei baixar seu vestido para ter acesso àquela pele branquinha e macia, e fiz uma careta de preocupação quando se esquivou para longe de mim.

Sua cabeça estava inclinada para trás, o cabelo se acumulando como um cobertor de fogo nas minhas coxas nuas, e suas mãos pareciam garras cravadas no meu peito. Estava com os olhos fixos nos meus, por isso vi quando apareceu no seu rosto um ar de surpresa, um brilho maravilhado surgiu naquelas nuvens de tempestade e ela gozou. Também vi seus olhos se encherem de lágrimas, seu peito subir e descer como se fosse entrar em pânico assim que o último arrepio do orgasmo percorreu seu corpo.

Sou bom de cama. De sofá também, no caso. Mas aquele foi o orgasmo mais rápido que já proporcionei a uma mulher. E, na parte que me tocava, a gente ainda nem tinha começado. Meu pau ainda estava tão duro que doía, continuava morrendo de vontade de tirar sua roupa e pôr a boca em cada pedaço do seu corpo que ela permitisse, mas a Saint tinha outros planos.

Olhou para mim, como se tivesse acabado de se dar conta de que eu estava ali, que era um ser humano e não um vibrador. Tirou as mãos do meu peito, saiu de cima de um jeito que fez meu pau gritar comigo e com ela e segurou todo aquele cabelo maravilhoso com as mãos trêmulas. As lágrimas que brilhavam em seus olhos começaram a cair e, antes que eu pudesse me sentar e perguntar o que estava acontecendo, ela praticamente saiu correndo pela porta.

– Me desculpa, Nash. Desculpa mesmo.

Ficar na mão com uma ereção daquele tamanho não foi a melhor coisa que me aconteceu naquele dia, apesar disso fiquei preocupado que a garota fosse se despedaçar como um pingente de gelo pendurado em um telhado íngreme. Ela tremia muito, estava com os olhos superarregalados, e suas sardas pareciam saltar daquele rosto pálido. Por causa das lágrimas, parecia que ia se despedaçar de verdade.

– Saint, espera um segundo.

Foi difícil pôr as calças de novo, porque meu pau estava pronto para partir para a ação, mas ela sacudiu a cabeça e saiu pela porta.

– Não, não. Eu te disse que não sei como lidar com isso. Preciso ir embora.

Aí, na pressa de sair, bateu a porta e, quando eu consegui ficar semiapresentável, disfarçar meu pau e chegar levemente mancando até o corredor, a Saint já tinha ido embora faz tempo.

Só que a outra ruiva que tinha surgido na minha vida estava saindo pela porta do seu apartamento, toda encasacada. Pôs os olhos naquele meu estado lastimável, assoviou alto e disse:

– O encontro não deu muito certo?

Resmunguei e me encostei na porta do meu apartamento, que estava aberta, com os braços em cima da cabeça. A Royal não viu o menor problema em ficar conferindo meus dotes. Pena que nada daquilo era pra ela.

– Começou meio mal, ficou pior, teve um ponto alto e terminou com choro.

A vizinha ficou medindo meu peito, meus braços tatuados e minha calça, que ainda estava aberta, sem nenhum pudor. Por que eu não conseguia me sentir atraído por ela? A garota é linda, ousada, e gosto da sua atitude sem-vergonha e descarada, mas não tenho a menor dúvida: ela não era uma substituta à altura da Saint. Só de pensar, o volume incômodo nas minhas calças murchou.

– Preciso dizer que você é muito mais divertido do que a TV.

Suspirei e respondi:

– Que bom que você consegue achar graça da tristeza que é minha vida amorosa.

A vizinha foi até a porta do seu apartamento, olhou pra trás, sorriu e disse:

– Você é um gato, meio rústico e perigoso, e ela é tímida e na dela. Vi quando a Saint entrou. Deve ter ficado impressionada com você e achou que estava dando um passo maior do que a perna. Dá um tempinho para ela se dar conta de que você não ficaria em cima dela se não a achasse maravilhosa. A Saint é linda e, com certeza, tem uma quedinha por você. E os homens têm que tomar cuidado com meninas bonitas que têm quedinhas por eles.

Levantei a sobrancelha e perguntei:

– Como é que você sabe disso tudo? É vidente ou algo parecido?

Ela abriu a porta, deu risada e respondeu:

– Nem de longe. Tenho uma boa intuição com as pessoas. É útil para o meu trabalho.

A Royal parece professora de ioga ou uma dessas dançarinas de *pole dance*. Com esse nome, fala sério, "rainha"... realmente não dá para adivinhar sua profissão.

NASH

– O que você faz da vida?

Foi a vez de ela levantar a sobrancelha.

– Se eu te contasse, você não acreditaria. Não desiste dela, vizinho. Pelo jeito, aquela garota está precisando de um homem como você, que lhe dê uma sacudida, a obrigue a se divertir um pouco. Boa noite.

Aí ela fechou a porta sem responder minha pergunta, e eu fui para a minha casa. Precisava de um tempo para pôr a cabeça no lugar e, mais importante ainda, de um banho quente pra me livrar da minha frustração. Nunca tinha ficado tão perturbado, tão ligado em uma mulher. A Saint vai dar trabalho, precisa de um toque delicado que não sei se tenho. Quer dizer, nunca fui de forçar a entrada na vida de uma garota para depois virá-la de cabeça pra baixo. Nunca me importei com nenhuma mulher o bastante para fazer isso. Mas, com a Saint, eu começava a querer não só virar tudo de cabeça pra baixo, mas colocar em algum pote de vidro, ou numa caixa, e sacudir até sair outra coisa completamente diferente. Um Nash diferente e uma Saint diferente que pudessem dar conta daquilo tudo.

CAPÍTULO 8

Passei o resto da noite andando pra lá e para cá no meu apartamento, feito uma louca neurótica. Não conseguia acreditar no que tinha feito nem no jeito que tinha ido embora, deixando o Nash a ver navios. Estava mortificada e estupefata não só por causa das minhas próprias ações, mas também porque tinha conseguido gozar com ele. Aquilo nunca tinha me acontecido, e entrei em pânico não só porque ter um orgasmo era uma coisa boa e nova que tinha me acontecido, mas por ter sido *o Nash* quem tinha me proporcionado isso.

Passei o dia seguinte fazendo faxina, tentando encontrar qualquer coisa para fazer e manter minha mente turbulenta ocupada até a hora de ir para o hospital trabalhar. Mal consegui organizar a cabeça. Mas, já que meu telefone não parava de tocar com torpedos bravos da minha mãe e decepcionados do meu pai, precisava sair de casa. Liguei pra Faith e desejei Feliz Natal para ela e sua família. Tentei falar rápido, mas acho que minha irmã percebeu que eu estava chateada, que alguma coisa estava muito errada.

Nada que pudesse dizer ou fazer ia me tirar da cabeça que sou louca de pedra. Não sei o que acontece comigo quando estou perto do Nash, mas tem algo entre a gente que me transforma numa perfeita maluca.

Estava tudo bem. Não fiquei muito feliz de não ir no meu próprio carro, caso me desse vontade de fugir da festa de casamento e dos meus

NASH

próprios nervos, mas os amigos dele e a festa como um todo foram bem legais. O seu pai, ou o Phil, como o velhinho me pediu pra chamá-lo, dando risada, é um amor. Se eu não soubesse da sua situação, diria que é forte como um touro. Meu lado enfermeira não achava lá uma boa ideia estar no meio de tanta gente no seu estado de saúde frágil, mas dava para perceber que ele não ia perder aquele grande acontecimento por nada. Aquele era o grupo de amigos mais próximo e leal que eu já tinha visto.

Todos os amigos do Nash são lindos e cobertos de marcas que os definem e os tornam um grupo de pessoas inesquecível. Não foram as tatuagens nem o fato de o noivo estar usando um moicano roxo que me fizeram entrar em pânico. Foi todo aquele amor palpável, o cuidado, o respeito e a admiração sincera que todos sentem um pelo outro que me deu um aperto no peito, me fez sentir uma carência que nunca tinha sentido antes, que mexeu comigo.

A única pessoa com quem já tive esse tipo de conexão é a Faith, só que agora ela tem sua própria família para cuidar, e com isso me sinto cada vez mais sozinha. Ver aquele grupo de homens e mulheres que não exatamente combinam, ver o noivo e a noiva tão determinados a superar qualquer obstáculo só para ficarem juntos me fez sentir estranha, morri de inveja. Quanto mais esse sentimento foi tomando conta de mim, fazendo meu sangue ferver, mais me deu vontade de ir embora. Não conseguia mais aguentar. E, como bem disse o Nash, eu sabia, tinha certeza absoluta de que ele teria me levado pra casa sem reclamar. Só não consigo fazer minha cabeça e meu coração se entenderem a respeito dessa questão. Por um lado, quero acreditar nessa fachada de legal dele, mas já me queimei antes por achar que aquele garoto era outra pessoa, não estou disposta a correr esse risco de novo. Não sei se dou conta de me decepcionar com o Nash mais uma vez, agora que estou ao ponto de só ter vontade de pensar que ele realmente mudou depois de todos esses anos.

Quando o vi indo até o altar, tão grandão e lindo, tão colorido e único, tive certeza de que gosto dele. Sinto desejo, fico, sem dúvida, excitada quando ele me toca, quando me olha com aqueles olhos lindos.

Não estou acostumada com isso, nem com todo esse calor e toda essa confusão que o Nash introduziu na minha vida. Mais uma vez, sinto um desejo tão reprimido dentro de mim que mais parece uma bomba prestes a explodir. E – bum! – me explode junto com ela.

Como se não bastasse o surto colossal que tive no casamento, a reação confusa que tive logo depois do único orgasmo que alguém me proporcionou, além de eu mesma, seria o suficiente para eu mudar de nome e ir morar numa ilha desconhecida. Cair no choro depois de transar não é nenhuma novidade pra mim, mas aquelas foram lágrimas de gratidão, não de decepção. Só que surtei e saí correndo como nunca corri antes. E o mais vergonhoso: deixei o Nash lá, com uma ereção por satisfazer. Tudo isso me fazia questionar minha sanidade mental.

Óbvio que os outros rapazes estavam enganados. Não há nada de errado comigo no quesito sexualidade. Não sou frígida nem fria... Se o Nash tivesse me deixado mais excitada naquela noite, acho que nós dois teríamos derretido. Pelo jeito, para ter um orgasmo, só preciso de um gato coberto de tatuagens, com *piercings* em lugares fora do comum, que tenha feito parte do meu passado e seja o responsável pela devastadora falta de confiança que há em mim. Ele é bonito, com aquela pele morena, músculos definidos, forte, sensual... a mais pura perfeição. Ele não era pouca coisa, em nenhum sentido. Achei que fosse ficar intimidada, só que me senti leve e extremamente feminina ao seu lado. Fiquei querendo mais.

Para completar o suplício que eu mesma estava me inflingindo, nem vi o resto da tatuagem. Descobri que minha mão mal consegue se fechar em volta do seu pau duro; que aqueles pedaços de metal ficam ardentes de tão colados no seu corpo; que por causa do seu tom de pele, o Nash fica muito mais bonito de cueca boxer branca do que preta; e seus olhos ficam roxos não só quando ele está bravo, mas também quando está com tesão. Só que aquela maldita tatuagem continuava sendo um mistério. Fiquei me chicoteando, me xingando de todos os nomes imbecis que pude pensar e, mesmo assim, ainda fiquei tentando adivinhar como deve ser a tal *tattoo*.

NASH

Consegui cumprir meu turno no hospital sem nenhum incidente, com exceção de a Sunny ficar me perguntando a cada cinco minutos qual era o meu problema. Era melhor do que ouvir a minha mãe gritar e resmungar da vida e falar como o Natal da família Ford deveria ter sido. Fiquei fugindo do doutor Bennet de todos os jeitos. Eu tinha prometido sair com ele e não queria que a Sunny ficasse chateada, mas minha intuição estava gritando para eu cancelar. Depois do que aconteceu com o Nash, eu estava muito nervosa, muito descompensada, não conseguiria sobreviver a outro encontro sem ter nenhuma sequela.

Na hora de ir embora, conferi meu celular e me espantei quando vi que tinha uma chamada perdida do Nash. Ele não tinha deixado mensagem de voz na caixa postal, mas mandou um torpedo, dizendo apenas:

Feliz Natal, Saint.

Estou devendo uma explicação para ele. Sei disso, mas acho que não vou conseguir. Já tenho dificuldade para me expressar quando o assunto não é vergonhoso e humilhante... Como é que vou dizer para o Nash que ele é o primeiro homem que não só me deu vontade de transar, como me fez sentir prazer daquele jeito? Como é que vou explicar que não quero que seja exatamente ele o homem que me faça gostar de sexo, tanto por causa das coisas terríveis que disse séculos atrás, mas também pelo jeito que me sinto quando estou com ele? Como é que vou contar que não quero gostar dele, não quero sentir nada por um garoto que na época do colégio teve uma atitude de desrespeito gritante comigo e que isso me deixou arrasada por um tempão? Será que o Nash vai entender que, por causa dessas lembranças dolorosas diretamente ligadas às atitudes que ele teve quando adolescente, odeio tirar a roupa na frente de outra pessoa, não suporto me sentir exposta e vulnerável e, ainda por cima, sexo pra mim se tornou uma coisa confusa e terrível?

Não posso explicar nada disso para o Nash, porque nem eu mesma entendo. Quando foi que minha antipatia por ele se transformou em algo que me fez pular em cima dele na primeira oportunidade? E será que isso significa que estou pronta para perdoar seus pecados do passado? Não tenho resposta pra essas perguntas, e pensar nelas me dá dor de cabeça.

Não respondi o torpedo naquele dia. Nem o do dia seguinte, quando ele me perguntou se estava tudo bem comigo. Nem o do próximo dia, quando me perguntou se a gente podia conversar. Simplesmente o ignorei. O Phil tinha resolvido que estava bem o suficiente pra ir ao casamento do Rule e da Shaw, queria tentar a sorte e ser cuidado em casa. Eu não tinha mais que me preocupar com a possibilidade de topar com o Nash lá no hospital. Isso me dava vontade de gritar de alegria e urrar de frustração. Mas, quando chegou o fim de semana, ele parou de me mandar torpedos, e me resignei ao fato de que aquela era a última nota da sinfonia de autodestruição que eu mesma criei. E, como sou a compositora, não posso pôr a culpa em mais ninguém.

O tempo voou e, de repente, já era começo da semana seguinte, tinha chegado o dia do meu encontro com o doutor. Estava com menos vontade ainda de ir do que no dia que ele me convidou. Se a Sunny não ficasse me incomodando toda vez que me encontrava, teria dado o cano, inventado uma desculpa e me feito de louca. Cometi o erro de contar para Faith que ia sair com o Bennet, mais pra ela me apoiar do que qualquer outra coisa, só que minha irmã ficou toda animada com a possibilidade de eu sair com alguém e não parou de me encher. Fiquei sem saída: só me restava ir e resistir bravamente.

Tive uma discussão com o doutor Bennet muito parecida com a que tive com o Nash sobre eu ir no meu carro ou no dele. Só que, em vez de me persuadir gentilmente usando uma lógica inquestionável como o Nash tinha feito, o Bennet me lançou um olhar de reprovação e disse que seus amigos iam achar muito estranho se a gente não chegasse juntos. Não me deu vontade de argumentar, não com alguém tão preocupado com as aparências, e acabei concordando. Ele disse que me buscaria em casa, mas falei para nos encontrarmos no hospital, porque era mais perto do bairro de Cherry Creek, onde ia ser a festa. Só que ele me olhou feio de novo, com cara de quem acha que sou boba e que não entendo nada de encontros.

NASH

Então, lá estava eu às nove da noite de Ano Novo, exatos sete dias depois do meu encontro desastroso com o Nash. Em vez de tentar conversar sobre amenidades ou pensar como eu ia fazer para aquela saída com o doutor Bennet – Andrew – não ser tão ruim, me peguei no banco do passageiro da sua SUV incrível imaginando o que o Nash devia estar fazendo. Afinal de contas, era noite de Ano Novo, e a tradição daqui manda beijar alguém à meia-noite.

Soltei um suspiro e comecei a falar quando o Andrew interrompeu o longo papo que estava tendo consigo mesmo sobre si mesmo. Sem sombra de dúvida, ele próprio é seu maior fã.

– Está tudo bem? – perguntou.

Dei um sorriso forçado e fiquei mexendo nas pontas do meu cabelo, que estava solto, com cachos gigantes.

– Está. É que tudo tem sido tão corrido no hospital, o Natal e tal, estou meio cansada.

E estou obcecada por um homem que não deveria, mas acho que ele não queria ouvir essa parte da explicação.

– Você sempre quis ser enfermeira?

– Ãhn-hãn. Gosto da profissão, da adrenalina do Pronto-Socorro. Mas o que eu mais gosto é de ajudar as pessoas.

– Ah, você é dessas.

Levantei a sobrancelha e olhei para o Andrew. Tínhamos parado na frente de uma mansão opulenta, em um dos bairros mais ricos da cidade. Senti uma pontada no estômago. Dava para perceber que aquilo ia ser uma tortura. Estava tudo indo bem até ele querer que eu participasse da conversa.

– Uma dessas o quê?

– Dessas pessoas que cursou Enfermagem ou Medicina movida por ideais e sentimentos confusos de amor ao próximo.

Quê? Tem gente que escolhe a área da saúde por outros motivos que não a compaixão e a preocupação com o bem-estar dos seres humanos? Desde quando? Fiquei tão chocada que tive de perguntar:

119

– E por que você resolveu estudar Medicina?

O Andrew deu uma risadinha, saiu do carro e abriu a porta pra mim. Estendeu a mão, e a segurei contra a minha vontade. Não gostei da sensação de encostar naquela mão macia, de unhas feitas. Aquelas eram mãos que passam o dia inteiro entregando cartões de visita brancos e sem graça.

– Porque eu queria ter um bom emprego, algo seguro, que me desse *status* e prestígio. Não me entenda mal: eu adoro ser médico, adoro curar as pessoas, passar o dia todo no hospital. Mas, sinceramente, se pudesse fazer a mesma coisa sem ter o mesmo nível de interação com os pacientes, ia achar melhor. Cansa depois de um tempo, sabe? Tratar gente que, em boa parte dos casos, só está sofrendo o resultado das suas escolhas de vida imbecis. A longo prazo, quero ter meu próprio consultório. Acho que é o caminho certo para mim, para poder escolher os pacientes que vou tratar. Chega de maridos traidores com mulheres vingativas e de crianças que caem da bicicleta.

Aquela atitude era ridícula e, se eu fosse outra pessoa, talvez tivesse encontrado as palavras certas para expressar isso para o Andrew. Só que, em vez disso, esperei ele ficar de costas pra mim com aquele cabelinho perfeitamente penteado e revirei os olhos. Que bom que ele é lindo e médico porque, fora isso, o homem é raso como um pires. Pode até ser bonito por fora, mas estava começando a achar que, por dentro, não tem beleza nenhuma, e isso me fez pensar no Nash de novo.

Sua aparência é tão dinâmica, tão radical. Sim, ele é bonito, mas de um jeito bem diferente. Você precisa abstrair todas as coisas anormais, que chamam a atenção, para ver o quanto o Nash é lindo. Só que por dentro... Há tempos acredito que ele é mau e desagradável, mas o brilho daqueles olhos cor de violeta me diz que é sincero e franco. Se alguém visse esses dois homens com quem eu saí, juntos, tenho quase certeza que me perguntaria por que não estou tentando conquistar o Andrew. Só que o Nash... Para mim, ele é que é o grande prêmio. É diferente e especial de um jeito que não consigo esquecer ou simplesmente deixar para lá, mesmo estando com o pé atrás por causa do passado.

NASH

– Espero que isso não te incomode, mas já saí com algumas das mulheres que estarão aqui hoje. A maioria desses relacionamentos acabou bem, mas nunca se sabe o que podem sentir quando eu aparecer com uma mulher linda e diferente.

Me deu vontade de dar um chute na canela dele ou, quem sabe, bagunçar aquele cabelinho cheio de gel.

Sério, eu não só ia ser obrigada a passar a noite com um monte de gente desconhecida, mas também ia ser usada de isca para aquele médico fazer ciúme para as ex-namoradas. Ah, meu Deus. Que divertido...

– Sou muito tímida. Não costumo interagir bem com os outros.

– É só sorrir e ser bonita – disse o Andrew.

Depois deu uma piscadinha para mim, e eu tive que morder minha própria língua, se não ia dizer na cara dele que o acho superficial e nojento. Aquele homem me dava arrepios e, quando lembrei que o Nash me fazia tremer e arder de desejo, tive vontade de sair pela porta e ir até o edifício Victorian, em Capitol Hill. Eu estava ficando louca.

Assim que entramos, ficou óbvio que meu papel naquela noite seria servir de troféu para o Bennet. Ele não contou pra ninguém que sou enfermeira, onde fiz faculdade ou como a gente se conhecia. Só ficou me exibindo, falando para beber alguma coisa e sorrir. A maioria das pessoas que estavam naquela festa rica parecia tão autocentrada e falsa quanto ele. Só me salvei porque ninguém esperava que eu falasse muito. Fiquei só balançando a cabeça, fazendo ruídos para pensarem que estava interessada na conversa e tentando pensar que aquilo logo ia acabar. A Sunny ia ficar feliz, e eu poderia seguir em frente com a minha vida.

Depois de mais ou menos uma hora, fiquei cheia daquela exibição toda. Estava completamente entediada. Tomei duas taças de champanhe que, com certeza, saíram bem caras, mas tinham um gosto horrível. Resolvi procurar um banheiro. Ninguém estava muito a fim de me mostrar onde era, então fiquei andando pela casa, sozinha. A mansão não era imensa, mas tinha muitos cômodos. Estava passando por um corredor quando ouvi uma risada estridente de mulher vinda de um dos quartos.

Eu ia entrar e perguntar se o banheiro estava por perto, mas aí um sentimento de *déjà vu* me levou de volta para os tempos do colégio.

– E essa menina que o Andrew trouxe? Não falou uma palavra a noite toda.

Ouvi mais risadas. Minha garganta fechou, e cerrei os punhos ao lado do meu corpo.

– Vai ver ela é meio devagar... tipo assim, especial. É óbvio que o Andrew só a trouxe porque é jovem e bonita. Aposto que queria fazer ciúme para a Heather, já que o Tommy a pediu em casamento e lhe deu um anel de noivado com um diamante enorme. Acho que o Tommy não sabe que a Heather foi com o Andrew para Aspen há uns dois fins de semana.

– Até parece que alguém vai ficar com ciúme dessa menina. Ela tem as habilidades sociais e o QI de uma lesma. O que é que o Andrew estava pensando?

Uma das mulheres suspirou com delicadeza e completou:

– Ela deve ser fácil. E ele deve ter pensado que, bom, é noite de Ano Novo e quer trepar. Essa menina com certeza deve dar.

Não sabia se ficava mais indignada ou ofendida. Gente adulta não devia se comportar daquele jeito. Era muito infantil, muito parecido com a atitude dos adolescentes que me fizeram ser tão tímida e reservada. E, se o homem que me levou para aquela festa tivesse se dado ao trabalho de me tratar como um ser humano e não como um acessório, talvez aquelas pessoas não tivessem munição para ficar de fofoca que nem duas adolescentes.

Tinha chegado ao fim da minha paciência com aquele tipo de bobagem. Continuei andando pelo corredor e peguei meu celular, que estava escondido no sutiã. É claro que seria uma atitude mais madura e saudável confrontar aquelas mulheres, falar para o Andrew que ele era um imbecil convencido, mas eu estava cheia. Não ia permitir que gente que nem conheço fizesse eu me sentir mal por ser quem sou. Já tratei de causar esse estrago e, pelo menos, tenho motivos pra ser tão dura comigo mesma. Liguei para a pessoa com quem eu deveria ter feito contato há uma semana.

NASH

O telefone tocou, tocou, e aí me dei conta de que era um dia de festa importante, e que ele deveria ter saído. Com outra mulher. Respirei fundo e já ia chamar um táxi quando ouvi sua voz grave do outro lado da linha. Era como ouvir, ao mesmo tempo, a voz da salvação e da tentação.

– Saint?

O Nash devia estar num bar ou em algum outro lugar barulhento. Tinha muito ruído e confusão no fundo. Gritos, pessoas fazendo festa, mas ele se afastou, e o barulho diminuiu.

– Eu... eu preciso de uma carona. Você pode vir me buscar?

Ele ficou em silêncio. Bom, se eu fosse o garoto, ia dizer "não" para louca que me deixou na mão e me ignorou a semana inteira. Mas, mais uma vez, o Nash me mostrava que o que eu achava que sabia e a realidade eram dois mundos distintos.

– Onde você está?

– Estou numa festa horrível, cheia de gente horrível, em Cherry Creek. Desculpa, não te pediria isso, mas estou sem carro e fiquei meio presa aqui. Preciso sair daqui, por favor.

O Nash soltou um suspiro e quase podia enxergá-lo passando a mão naquele cabelo supercurto, como sempre faz quando está irritado. Seus olhos deviam estar flutuando ente o roxo e o lilás. Também suspirei, involuntariamente, quando essa imagem surgiu na minha cabeça.

– Me fala o endereço que chego aí em quinze minutos.

Soltei um suspiro de alívio, tirei o cabelo do rosto e respondi:

– Obrigada.

O Nash soltou um palavrão, me encolhi toda. Ele suspirou de novo e completou:

– De nada, Saint. Às ordens.

Aí desligou, e mandei um torpedo com o endereço. Minha intenção era me esconder no banheiro até meu salvador aparecer, só que meu plano nada brilhante foi pôr água abaixo. Meu acompanhante meia-boca bateu na porta e ficou me chamando, com um tom de irritação.

– Saint? Você está aí?

Acho que me afastei por tanto tempo que ele percebeu. Ou quem sabe todo mundo se cansou do seu discurso monótono sobre o quanto ele é incrível, e o Andrew precisou de mim para renovar o interesse das pessoas. Que trouxa.

– Ãhn... Estou. Já vou.

Lavei as mãos e me olhei rapidamente no espelho. Estava com a cara ainda mais branca do que o normal, mas não tinha como não perceber que meus olhos estavam brilhando de expectativa. Que merda. Queria ver o Nash. Queria estar com ele, tocá-lo, e o gato nem perguntou por que eu precisava dele. Também queria lhe dar um abraço de agradecimento.

Abri a porta e dei de cara com o olhar inquisidor do Andrew.

– Está tudo bem?

Limpei a garganta e respondi:

– Na verdade, não. Não estou me sentindo muito bem. Preciso ir para casa, deitar um pouco.

De preferência, com um homem gato e descolado cujos olhos são cor de violeta e cujos abdominais deveriam estampar um *outdoor* de cuecas, tipo o David Beckham.

– Quê? De jeito nenhum. Ainda falta muito para a meia-noite. Não podemos ir embora.

Cerrei os dentes e falei:

– Você não precisa ir embora, Andrew. Mas eu não vou ficar aqui.

Ele espremeu os olhos e, de irritado, passou a levemente ameaçador.

– O que quer que eu diga para os meus amigos? Tem ideia do que vão achar de você ir embora e eu ficar aqui? E a meia-noite? Aqui só tem casal, Saint. Quem é que vou beijar?

Eu não conseguia acreditar. Meu corpo ficou todo tenso, e espremi os olhos também. Não gosto de confronto, odeio ter que explicar o que passa pela minha cabeça para outra pessoa, mas aquele imbecil e seus amigos elitistas tinham me cutucado. Não sou mais adolescente. Sou inteligente. Sou bem-sucedida e mereço ser tratada como par, não importa a situação.

NASH

– Vão achar exatamente a verdade: que não quero mais ficar aqui. Não gosto de você. Não gosto dos seus amigos. E, para ser bem sincera, não ligo para o que vai dizer a eles. Até parece que vão ligar. Todo mundo só fica falando de si mesmo... Ninguém ouve uma palavra sobre outra pessoa. E, sobre me beijar.... – passei por ele, que tentou segurar meu pulso. Sacudi sua mão com força – ...de jeito nenhum. Nem à meia-noite nem no dia de São Nunca. Nem aqui nem na China. Nunca. Jamais. Adeus, Andrew.

Ele me chamou, me xingou de umas coisas bem feias e completou:

– Quando o resto das enfermeiras souber disso, você vai ver só. Tem ideia do quanto todas elas queriam estar no seu lugar?

Aquilo era a última coisa que eu queria: virar assunto de fofoca, que ficassem falando de mim pelas costas. Só que, comparado com passar mais um segundo ao lado do Andrew, parecia o menor dos males.

Encolhi os ombros, fui andando em direção à porta e respondi:

– Já estou acostumada.

Peguei meu casaco, dei uma última olhada para ele e disparei:

– Aliás, pode dizer para os seus amigos que meu QI está mais para Stephen Hawking do que para lesma. Me formei com honra ao mérito pela Universidade Estadual da Califórnia, em Los Angeles. Se você tivesse parado de me dizer o quanto é incrível por três segundos, saberia disso.

Fechei a porta e fiquei tremendo dentro do casaco, por causa da adrenalina e do vento gelado do Colorado. Estava com uma saia na altura do joelho e com botas até o joelho também, que combinavam bem com a minha blusa brilhante sem mangas. Era uma roupa discreta, charmosa, nada sensual e nem um pouco apropriada pra ficar andando pra lá e pra cá em pleno inverno, esperando uma carona salvadora.

Ouvi o carro vindo muito antes de enxergá-lo, virando a esquina. É um veículo barulhento, único, até dói um pouco nos meus ouvidos. Não tem como não ver aquele monstro preto e cromado, assim como não tem como não ver seu dono. Mal esperei o Nash parar pra entrar no carro. Meus dedos estavam dormentes, e minhas bochechas, congeladas, mas lá dentro estava quente e agradável. O cheiro era uma mistura do perfume do Nash, aromatizante de carro e cigarro. Pus os dedos na saída do ar quente, em cima do painel, enquanto ele manobrava para sair daquele bairro de pessoas influentes.

– Obrigada. Espero não ter atrapalhado nada importante.

O Nash me olhou de canto e tamborilou os dedos no volante. Estava tocando Dropkick Murphys baixinho, e achei que aquele *punk rock* meio celta combinava com ele.

– Nããããο. Só estava no bar de um amigo. O Rule viajou, e o Jet levou a Ayden para Nova York, pra ver um show dele. O Rome vai ser pai e está bancando o adulto responsável. O Rowdy foi o único dos meus amigos que sobrou, e a gente resolveu ir para o Bar. O Asa, gerente do bar do Rome, é o outro solteiro da turma, e ele e o Rowdy resolveram dar em cima da mesma morena. Você acertou aquele dia, quando disse que os dois competem para ver quem é o mais bonito. A situação estava ficando ridícula e, provavelmente, eu teria ido embora cedo de qualquer jeito.

Aí me olhou de novo, parando os olhos nas minhas pernas. Minha saia tinha subido, e dava para vê-la entre ela e as minhas botas.

– Você está muito bonita.

– Você nem sempre me achou... bonita.

Odiei que minha voz falhou. O Nash virou a cabeça e me olhou de novo. As luzes do painel faziam os alargadores do tamanho de uma moeda de dez centavos que ele tem na orelha brilharem. Resmunguei meu endereço quando ele parou no sinal vermelho, ainda me encarando.

– Sério? Do que você está falando?

Olhei pra fora e desenhei um bonequinho com o dedo na umidade do painel. Depois, fiz uma cartola e uma gravata borboleta.

– Na época do colégio, você disse que eu devia pôr um saco na minha cabeça se quisesse que alguém transasse comigo.

Virei pra ele, que estava com uma cara de espanto e incredulidade, e completei:

– Você e mais uns caras com quem andava estavam fumando quando eu cheguei e ouvi. Ouvia esse tipo de coisa o tempo todo, porque era gorda, e minha pele era péssima, mas doeu ouvir isso de você porque achava que era diferente. Falou que eu era um lixo, que precisava me olhar no espelho e fazer umas plásticas.

Fechei os olhos e repassei aquele momento na minha cabeça. Até hoje me dá uma dor no peito e faz minhas inseguranças virem à tona. Mesmo assim, continuei falando:

– E, antes disso... antes disso, eu te achava um menino legal. Toda vez que sorria pra mim, que me dava "oi", achava que você era diferente dos outros. Fui na festa de aniversário da Ashley Maxwell porque me perguntou se eu ia.

Eu via toda a cena passando diante dos meus olhos como se realmente estivesse acontecendo naquele momento. Se tivesse me dado ao trabalho de olhar para o Nash, teria percebido a expressão de confusão e surpresa no seu rosto bonito, tentando resgatar na memória as peças do quebra-cabeça do nosso passado.

– Que burrice. Me senti uma imbecil. Você nem me olhou e beijou a Ashley como se ela fosse especial. Nem sabia que eu existia, e aí teve que falar aquelas coisas horríveis sobre mim. Eu achava que você era maravilhoso e passei a te odiar. Me senti tão... – baixei a voz, e a mágoa antiga, a velha decepção, falaram por mim: – ...me senti mal por muito tempo, Nash.

Ficamos em silêncio, e as guitarras e gaitas de fole da música se sobressaíram. Achei que ele estava se sentindo culpado ou envergonhado. Mas, quando paramos na frente do meu prédio, e me virei para agradecer a carona, qual não foi a minha surpresa ao ver que o Nash tinha virado o corpo inteiro pra mim e começou a gritar como se fosse ele quem tivesse sido maltratado há tanto tempo.

– Minha nossa! Você por acaso ficou completamente maluca?

Me afastei um pouco e franzi a testa, assustada com o seu tom veemente.

– Quê? – perguntei.

– Nunca falei nada disso sobre você. De jeito nenhum! E, se te ignorei em alguma festa ridícula, não foi de propósito. Eu era um imbecil na adolescência, Saint. Só pensava em transar. Você acha que um moleque de dezoito anos ia deixar a oportunidade passar se tivesse certeza que ia levar uma menina pra cama?

Dei um sorriso triste, pus a mão na porta e insisti:

– Mas eu te ouvi na semana seguinte, Nash. Te vi com os meus próprios olhos. Faz muito tempo, mas lembro bem. Mesmo que fosse só coisa de moleque, doeu. Muito mesmo.

O Nash sacudiu a cabeça, levantou as mãos tão alto quanto o carro permitiu e respondeu:

– Mentira! Nunca nem pensei isso de você, Saint. Não tem como eu ter dito essas merdas. Achava que era tímida... Sim, meio desajeitada e estudiosa demais para o meu gosto, mas sempre te achei bonita. Por que acha que te dava "oi" todos os dias, tentava puxar papo com você? Achava seu sorriso lindo. E, quando finalmente se soltou e começou a sorrir pra mim todos os dias, fiquei encantado. Seu cabelo era incrível, todo rebelde, eu adorava... E seus olhos.... Porra, seus olhos podem inspirar homens a entrar na guerra, fazer obras de arte, arrancar o coração do peito e te oferecer numa bandeja de prata sem pensar duas vezes... Naquela época e agora. Nada disso mudou ao longo dos anos. Não tem como eu ter dito essas coisas. De jeito nenhum! Você por acaso me ouviu dizer "a Saint Ford precisa pôr um saco na cabeça se quiser trepar"? Acho que não.

O Nash estava muito, muito bravo. Dava para sentir a raiva ardendo nele, e eu não sabia como reagir. Fiquei me sentindo vítima por tanto tempo, tinha me acostumado a usar esses acontecimentos como desculpa para o jeito com que lido com os outros... Mas, depois de ouvi-lo, pensando bem, por mais que eu tenha uma lembrança clara do que aconteceu, nunca ouvi ele dizer meu nome.

– Eu... – falei.

Depois dei um pulo, porque o Nash deu um murro no painel e gritou:

– O quê? Quer uma desculpa para não gostar de mim porque sabe que me sinto atraído por você, mas não se dá conta disso? Ouvi falarem coisas negativas a meu respeito cada dia da minha infância, Saint. Que eu não era inteligente, limpo, educado o bastante. Só Deus sabe que até a cor da minha pele e dos meus olhos eram errados, cacete! Você acha mesmo que eu faria isso com alguém? Sim, posso ser culpado de não ter enxergado que você estava bem na minha frente naquela época, e posso ter te magoado sem querer por ter agido como um poço de testosterona imbecil naquela festa. Mas, se tivesse falado comigo, dito que ia à festa para me ver, posso te garantir que nada daquilo teria acontecido. Eu podia estar falando um monte de merda, mas não estava falando de você.

Seus olhos estavam quase pretos. Eu não fazia a menor ideia do que fazer. Minha vida inteira tive tanta certeza do que pensar. Só que, naquele momento, não sabia de mais nada.

Joguei o cabelo pra trás do ombro, olhei bem para ele e disse:

— Se não estava falando de mim, estava falando de quem, Nash? De quem mais você poderia estar falando? Sei que você disse isso. Ouvi sua voz e te vi. Mesmo que não fosse sobre mim, não se diz esse tipo de coisa cruel.

Depois dessa, ele bateu as mãos no volante e urrou. Urrou mesmo.

— Vai saber... Podia ser de uma professora que eu não gostava, uma menina com quem tinha saído, uma garota que me deu o fora... Não lembro, porque era um adolescente imbecil, cheio de merda na cabeça e muito revoltado. Todo mundo falava coisas idiotas o tempo todo, mas nunca impliquei com ninguém porque sei o quanto dói. Naquela época, só queria saber de trepar, de fazer festa com os meus amigos e esquecer que a minha mãe era uma filha da puta de uma desalmada. Minha vida era uma merda, e *eu* era um merda, em muitos momentos. Tinha dias que mal me aguentava em pé. Não vou negar que estava sendo um idiota, porque provavelmente, eu estava mesmo. Mas tenho certeza que não estava te atacando desse jeito.

— Mas...

— "Mas" coisa nenhuma! Eu não teria dito uma coisa dessas porque não achava nada disso. Achava você bonita, acho você inacreditavelmente linda agora e sempre soube que meninas como você não se metem com tipos como o meu. Meninas como a Ashley Maxwell é que faziam isso.

Pus minha mão em cima da dele, que estava segurando firme o volante. Sempre quis me envolver com alguém como o Nash, e era por isso que aquelas palavras horríveis ainda me assombravam.

– Nash...

Quero tanto acreditar nele, confiar nele, que me dá medo. Tenho que admitir que ele tem razão quando disse que eu deveria ter falado que ia à festa só para vê-lo. Fiquei maquinando, pensando que tinha algo de mais profundo no que aconteceu na época do colégio, porque suas palavras me deixaram menos confusa em relação ao quanto eu o quero, ao jeito que meu corpo se acende só de ele olhar para mim.

O Nash olhou para a minha mão, depois bem nos meus olhos, e completou:

– Mesmo que algum imbecil tenha dito essas coisas a seu respeito, você deveria saber que eram só moleques sendo idiotas, e que nada disso é verdade. Juro que jamais desperdiçaria uma oportunidade de estar com você se soubesse que era isso que você queria. Naquela época, uma festa como a da Ashley só significava uma coisa: trepar. Minha cabeça era limitada. Esse tipo de palavra, as opiniões dos outros, não deveriam ter esse poder sobre você, Saint.

Mas tinham, e esse era o grande problema. A culpa sempre foi minha de permitir que as palavras e as atitudes dos outros me magoem e ditem a maneira como me vejo. Isso está custando muito mais caro do que eu imaginava. Queria que aquele homem que estava comigo naquele momento fosse o verdadeiro Nash, não o garoto que ainda assombrava minhas lembranças com indiferença e palavras duras.

Ele pôs a mão no bolso e tirou um maço de cigarros. Pegou um e enfiou na boca. Dei um suspiro de surpresa e estiquei a mão pra arrancar o cigarro dele, que olhou ainda mais feio para mim.

– Não! Achei que você tinha parado de fumar.

– Eu tinha, até semana passada.

NASH

O Nash não precisava dizer mais nada. Eu sabia o que tinha acontecido na semana anterior para tê-lo feito voltar a fumar. A culpa era minha, mas eu poderia consertar as coisas agora, se ele deixasse.

Abri a porta do carro, olhei para o Nash e disse:

– Sobe comigo, Nash.

Ele se jogou contra o banco, sacudiu a cabeça e respondeu:

– Isso não deu muito certo da última vez, Saint.

Não, não deu. Mas cansei de me apegar ao Nash do passado, que eu achava que existia, quando o Nash do presente estava ali, todo lindo, bem na minha frente. Ele largou tudo o que estava fazendo e foi me buscar sem fazer uma pergunta. Joguei seu cigarro apagado no chão e levantei as duas sobrancelhas. Já estava na hora de criar novas lembranças para substituir aquelas antigas, que ainda me assombram.

– Nunca quis tanto transar com um homem. Não consigo me controlar, não quero me controlar. Quero você, quero te tocar, te sentir, foi incrível. Nenhum homem já tinha me feito gozar. Nunca, Nash. Não que eu tenha ficado com muitos, mas você foi o único. Não posso te prometer que não vou surtar de novo. As chances de eu começar a chorar são grandes, porque não sei lidar direito com os sentimentos, bons e ruins, que desperta em mim, mas quero que você suba comigo. Não quero que o passado fique entre nós neste momento.

Não queria que nada ficasse entre nós dois naquele momento.

O Nash fez um ar de quem ia dizer "não". Não sei se eu suportaria uma rejeição verdadeira, incontestável, dita na minha cara. Mas, por sorte, não precisei descobrir, porque ele abriu a porta, saiu do carro e me olhou por cima do teto do automóvel. Ele não ia me decepcionar. Meu coração disparou, e senti uma pontada no estômago.

– Vamos tentar dez minutos. Dez minutos. E, se não der certo pra qualquer um de nós dois, vamos dar o caso por encerrado. Para ninguém sair magoado nem... – aí levantou uma sobrancelha e deu um sorrisinho irônico – ...ficar na mão.

– Dez minutos?

Não era tempo suficiente para eu poder tocar toda aquela pele delicada e lisinha.

– Dez minutos.

Consigo ficar dez minutos sem surtar. Nossa, da primeira vez que ele me beijou, durou muito mais do que dez minutos. Vou conseguir, quero conseguir, mas isso não impediu minhas mãos de começarem a tremer. Só de pensar em ficar pelada na frente do Nash, sinto um aperto no estômago, e a dúvida começa a querer vir à tona. Vivo falando que deixei o passado pra trás, mas, pelo jeito, ele não para de querer se fazer presente.

Pensando pelo lado positivo, ficar pelada com ele de novo seria uma oportunidade de eu finalmente ver o resto daquela tatuagem.

CAPÍTULO 9

Nash

DEZ MINUTOS. NADA DEMAIS. Mas alguma coisa me dizia que seriam os dez minutos mais importantes da minha vida. Principalmente depois de a Saint ter feito aquelas revelações sobre o passado e por que agia de um jeito tão confuso comigo. Me contou coisas bem pesadas, e pude entender melhor por que fico sempre pisando em ovos perto dela. A menina gosta de mim, mas também me odeia. E eu nunca tinha vivido nada parecido.

Até lembro dos dois momentos que ela comentou. Minhas lembranças são meio vagas e confusas, mas lembro do principal. A festa foi uma entre muitas. Tenho quase certeza de que já cheguei nela bêbado. Estava meio que ficando com a Ashley Maxwell. Nosso combinado era que, se eu aparecesse sem ninguém, terminava a noite na cama dela. Não lembro da cara dessa garota nem de ter perguntado se a Saint ia à festa. Ela era superior a esse tipo de coisa, e eu sabia. Me senti um imbecil quando ouvi o seu lado da história, e entendi por que, de uma hora para a outra, começou a me tratar como um leproso na época do colégio.

Não lembro tão bem do dia em que a Saint me pegou falando um monte de bobagem. Não sei direito o que estava falando nem quais foram minhas palavras, mas lembro de tê-la visto, com uma cara de quem ia vomitar e chorando muito. Na época, pensei que, se fôssemos amigos de verdade, ou se ela não fosse tão tímida, eu teria lhe perguntado o que estava acontecendo. A menina era linda demais para ficar tão arrasada.

Eu não era nenhum santo. Era um adolescente cheio de raiva, que tinha sido desprezado e estava tentando descobrir que tipo de adulto queria ser. Foi bem difícil por muito tempo, e eu falava um monte de merda, sempre usava palavras cruéis quando abria a boca, mas nunca fui fofoqueiro nem fiz *bullying*. Sim, seja lá o que a Saint tenha ouvido, não foi correto e, fora do contexto, deve ter me feito parecer o maior bundão do planeta.

Mas o que mais me incomoda não é o fato de a Saint ter me pegado agindo como um idiota nem ter me odiado por isso esse tempo todo. É ter concluído que eu estava falando mal dela. Isso demonstra que tinha problemas de autoestima, e não sei se sei lidar com isso. Sem falar que não faço ideia do que fazer para convencê-la de que hoje sou outro homem, não aquele adolescente raivoso.

Subi no apartamento com a Saint e, quando ela tirou o casaco e o jogou em cima do sofá, fiz a mesma coisa. Nem olhei em volta. A menina se virou pra mim, cheguei bem perto dela. Não ia deixá-la sair correndo de novo. Com aquelas botas sensuais, ficava quase do meu tamanho. Segurei seu cabelo com uma mão, enrolei seus cachos em volta do pulso e, com a outra, segurei seu queixo. Ela estava presa.

– Dá pra fazer muita coisa em dez minutos, Saint. Onde é seu quarto?

Ela me olhou com uma expressão de dúvida e fez sinal com a cabeça em direção a uma porta logo depois da cozinha. Como estava com os minutos contados, não tinha tempo a perder. Fui beijando sua boca e a empurrando pra trás ao mesmo tempo. A Saint foi me acompanhando, e soltei um suspiro de alegria com minha boca grudada na sua. Em seguida, ela pôs as mãos por baixo da minha camiseta e começou a tentar tirá-la.

Aquilo não ia acontecer de novo de jeito nenhum. Grudei a Saint na porta, que ficou sem ar e arregalou os olhos, surpresa. Preciso dizer que gostei do jeito que a gente se encaixou. Seria superfácil me enroscar nela e ir direto ao ponto... Quem sabe, quando terminassem aqueles dez minutos, eu poderia convencê-la de que ficar mais dez era uma ótima ideia. Depois mais dez... Tirei suas mãos da minha camiseta com cuidado e pus as minhas na sua cintura, por baixo da blusa brilhante que usava.

NASH

– Minha vez – falei.

Acho que a Saint ficou espantada, mas fez beicinho e não resisti ao desejo de morder aqueles lábios.

– Mas eu quero ver a sua tatuagem... – ela disse.

Estava ofegante e falava de um jeito que deixava meu pau excitado.

Levantei a sobrancelha e fui tirando sua blusa, sem deixar de olhar para ela. A Saint estava ofegante, era óbvio que estava ansiosa, mas até ali tudo tinha ido bem, e eu ainda tinha uns minutinhos sobrando. Girei a maçaneta, e a porta abriu com facilidade, por causa do peso da Saint. Continuei a empurrando, encontrei o zíper na parte de trás da sua saia e fui abrindo.

Beijei-a de novo pra distraí-la e continuei a empurrando até a cama, que ficava no meio do quarto. Falei, com a voz rouca:

– Depois. A tatuagem não vai fugir.

Queria acender a luz para ver toda a sua pele linda e branquinha e como o seu cabelo acobreado ficava perto dela, espalhado em cima da cama, quando a gente gozasse. Mas acho que ela não estava com tanto tesão quanto eu. Me beijava, estava agarrada no meu pescoço, mas seu corpo estava tenso, não parecia muito a fim de meter logo quando tirei sua saia por cima daquelas botas.

– Nash...

Sua voz tinha um tom de hesitação, e achei que meu tempo estava acabando.

Me abaixei, fiquei de joelhos na sua frente. A Saint ficou de pé perto da cama, com cara de quem queria sair correndo, mas respirou fundo e olhou para mim. Seus olhos se mexiam tanto que pareciam um furacão, num misto de desejo, tesão e dúvida. O jeito como seus peitos subiam e desciam era cativante. Segurou meu rosto com as duas mãos, bem em cima das chamas que marcam minha pele.

– Você está bem? – perguntei.

Depois pus a ponta da língua no seu umbigo, e ela gemeu baixinho.

– Não. Mas não quero que você pare – respondeu.

Olhei pra ela e completei:

– Que bom, porque não vou parar mesmo.

Deu pra ver que a Saint não fazia ideia do que eu estava falando, e resolvi usar o elemento surpresa a meu favor. As botas iam ficar onde estavam, ia demorar muito pra tirá-las, mas aquela linda calcinha preta ia ter que sair. Rezei para a peça não ser uma das suas preferidas e a rasguei dos dois lados, deixando-a pelada e exposta, bem na minha cara. Vi que ela ficou excitada, mas sua barriga tremia, e percebi que também estava nervosa.

A Saint disse meu nome num certo tom de pânico e enterrou as unhas no meu couro cabeludo. Vi que precisava distraí-la. Até aí, sem problemas. Ela estava tremendo tanto, e os saltos das suas botas eram tão altos, que só tive que dar um empurrãozinho para ela cair de costas na cama. Começou a ir pra trás, mas sou maior do que ela, e acho que minha determinação de provar que era aquilo que a gente devia fazer era maior do que o seu medo. Passei os dedos na parte de dentro das suas coxas, apoiei-as nos meus ombros e as levantei. Fiquei com os ouvidos ligados porque, se a Saint dissesse que não, me pedisse para parar, não ia insistir. Mas só ouvi sua respiração ofegante, e meu nome sendo dito como se fosse um palavrão, muitas e muitas vezes.

Meu Deus, seu gosto era tão doce quanto sua alma. Acho que jamais tinha posto a boca e a língua em nada tão gostoso quanto a Saint. Não sabia se estava tremendo daquele jeito porque estava surtando ou porque eu tinha caído de boca nela. Segurei seu clitóris entre meus dentes e chupei – com força –, e a Saint se remexeu tanto que tirou os quadris da cama. Aproveitei que arqueou o corpo de repente pra pôr as mãos debaixo dela e segurá-la contra o meu rosto.

– O que você está fazendo comigo?

Não foi uma pergunta, pareceu mais uma súplica. Só cantarolei de leve com a boca encostada na sua carne presa até sentir que o resto do seu corpo também reagia. Suas coxas tremiam, sua vagina ficou úmida e – ai – muito convidativa. Encarei isso como um convite para minhas mãos participarem da festa. Pus uma mão lá e fiquei com a outra livre, para poder acariciá-la, cutucá-la, lambê-la até ela sacudir a cabeça e agarrar os lençóis com força. Foi a coisa mais linda e espontânea que já vi na vida. A Saint tinha um gosto louco, especial e meio ilícito, e na hora soube que aqueles tinham sido os melhores dez minutos que alguém tinha me proporcionado. Mesmo que a gente não fosse até o fim daquela vez, pelo menos pude vê-la daquele jeito, sentir seu corpo reagindo ao meu, sentir que ela gostava do que eu estava fazendo.

Senti o clímax do seu orgasmo na minha língua. As paredes da sua vagina apertaram meus dedos ávidos, os músculos tensos da sua coxa relaxaram quando ela soltou um barulho estridente e vibrou inteira. Dei uma última batida com a língua na sua pequena saliência e fiquei de pé com um único movimento.

Segurei seus quadris com as duas mãos e olhei para o seu corpo satisfeito. Sua barriga tremia por causa do orgasmo, sua pele branquinha brilhava, seu rosto estava vermelho e lindo, dava para ver até no escuro. Seus olhos estavam arregalados, vidrados e me olhando fixamente. Sim, estavam cheios de lágrimas, mas ela não estava chorando e não parecia nem um pouco chocada, como da última vez que tentamos transar. A Saint parecia maravilhada, meio chocada. Meu ego inflado com o resultado.

— Acabou o tempo, Saint. Você é que decide o que acontece agora.

Ela piscou devagar e respondeu:

— Não estava preocupada por que você me faz gozar, Nash. Já me mostrou que consegue fazer isso sem o menor esforço. É o contrário que me faz entrar em pânico e querer sair correndo.

A Saint sussurrou essas palavras, e senti uma pontada de dor no peito. Ela é tão doce, tão linda... Não consigo entender como *não sabe* que qualquer homem faria de tudo pra ter a oportunidade de idolatrá-la. Nenhum homem em sã consciência perderia a chance de ver a Saint pelada, de senti-la com as mãos, com a boca, com cada pedacinho do seu corpo, muitas e muitas vezes.

— Não sei o que posso fazer para entender que isso nunca vai acontecer. Você não tem como decepcionar um homem, Saint.

Ela sentou na cama e tremeu um pouco. Olhou bem nos meus olhos e tirou o sutiã. Essa mulher é perfeita. Tipo assim, perfeita mesmo. Peitos grandes, pele macia, mamilos cor de rosa arrebitados. Acho que é a coisa mais incrível que já vi e não faço a menor ideia do que fazer com ela!

A Saint chegou mais para a frente da cama, colocou as pernas do lado das minhas e ficou com o rosto perto da minha barriga. Passou a mão nos músculos do meu abdômen e começou a tirar minha camiseta. Peguei a gola e arranquei a peça de roupa pela cabeça. Ela foi abrindo meu cinto, olhou para mim, e suas mãos começaram a tremer de novo.

– Você tem camisinha? Eu não tenho porque... Bom, você deve saber por quê.

Me deu vontade de rir, mas a Saint estava tão perto do meu pau que eu nem conseguia pensar direito.

Peguei a carteira e joguei em cima da cama, do lado dela.

– Tenho aí dentro.

Achei que, se a deixasse dominar, as chances de eu acabar com as bolas doendo, tomando banho sozinho de novo, eram menores.

Ela murmurou algo que não consegui entender e passou a ponta dos dedos na ponta das asas que tenho tatuadas nas costelas e na barriga. As asas terminam no meu saco e, provavelmente, essa foi a experiência mais dolorosa com tatuagem que já tive na vida. Achei que a Saint ia parar quando seus dedos chegassem na cintura da minha cueca, mas me enganei. Ela tirou a peça de roupa, libertando meu pau, e continuou alisando o desenho até o fim.

– Deve ter doído – falou.

Eu não estava muito a fim de conversar, mas, se aquilo ia deixar a garota mais à vontade, era isso que eu ia fazer.

– Muito – respondi.

Então tocou o *piercing* que enfeita a ponta do meu pau duro, olhou para mim e perguntou:

– Esse aqui também doeu?

Dei risada e disse:

NASH

– A *tattoo* foi pior.

– Ounnnnnnn.

A Saint ficou tateando em busca da carteira para pegar a camisinha. Eu já estava achando que ela ia desistir, mas a garota me surpreendeu de novo:

– Você é lindo, é divertido de olhar. Acho que fica ainda melhor sem roupa.

Depois dessa, não soube o que dizer e nem pude falar nada, porque a Saint fechou a mão em volta do meu pau latejante e deu um apertão. Soltei um palavrão, e ela olhou para mim. Só encolhi os ombros, e ela me apertou de novo. Uma gota de esperma saiu pela cabeça do meu pênis. Não sabia por quanto tempo ainda ia conseguir me controlar se continuasse fazendo aquilo. Minha vontade era dizer para me soltar, falar que, se deixasse, eu podia usar meu pau para lhe dar prazer, mas o show era dela naquele momento. Só mordi minha própria bochecha e deixei a Saint passar os dedos no metal e girar meu *piercing*. Foi um dos momentos mais torturantes que já enfrentei na vida.

Murmurei seu nome, fiz carinho nos seus cabelos intermináveis, segurei sua cabeça com força, para poder levantar seu rosto, fazê-la olhar pra mim e não para o meu pau pulsante.

– Feliz Ano Novo, Saint.

Ela arqueou as sobrancelhas de fogo e olhou para o relógio digital, que marcava meia-noite. Soltou um suspiro, pegou a camisinha e falou:

– Feliz Ano Novo, Nash.

Aí colocou a camisinha com a mesma eficiência da outra vez e foi para trás na cama, abrindo espaço para subir nela. Cruzou as pernas na altura da minha cintura, ainda de botas, e levantou os quadris. Escorreguei pra dentro dela com um único movimento, longo e lúbrico. Não perdi mais tempo. Parecia que tinha esperado a vida inteira por aquela mulher, por aquele momento.

Fiquei observando seu rosto, e ela o meu. Piscou os olhos, e seu peito começou a subir e a descer, grudado no meu. Depois segurou no meu braço e foi um pouco mais pra cima, me fazendo gemer. Me enrosquei na sua cabeça quando, finalmente, encontramos um ritmo que funcionava para os dois e me soltei pra poder beijar sua boca entreaberta.

Meti forte e rápido. Não só porque não queria lhe dar chance de mudar de ideia, mas também porque já fazia uma semana que eu sonhava com aquilo, desde a véspera de Natal, quando ela me deixou na mão. Não conseguia parar. A Saint é quente, apertadinha, pulsava e ardia em volta de mim. Senti um arrepio de prazer na espinha. Estava desesperado de tesão por aquela mulher e conseguia sentir o prazer e o desejo crescendo dentro dela. Metia a língua na sua boca do mesmo jeito que metia meu pau na sua vagina. A Saint começou a apertar as mãos, gemer freneticamente, suas paredes internas puxavam e empurravam meu pau com movimentos gulosos e ávidos.

Queria me soltar para cair de boca nos seus peitos perfeitos, mas não dava tempo. Ela ficou sem ar, levantou ainda mais as pernas e senti seu orgasmo chegar, senti algo que definia aquele momento como o mais importante que eu já tinha vivido, e essa sensação perpassou nossos dois corpos. Gemi, puxei-a mais para perto e soltei dentro dela tudo o que estava me consumindo. Talvez esse fosse o único jeito de convencê-la de que é muito melhor do que suas inseguranças permitem que acredite. Nunca tive um orgasmo que me esvaziasse daquele jeito, e a sensação quente de prazer satisfeito que veio depois me fez pensar que nada do que eu já tinha vivido tinha importância.

Olhei para a Saint, que estava de olhos fechados, mas sorrindo de leve. Lágrimas escorriam pelo seu rosto, mas ela não parecia arrasada e apavorada como da outra vez. Para ser sincero, eu estava tão emocionado que também devia estar com os olhos cheios de lágrimas.

– Tudo bem? – perguntei.

Saí de cima dela e, quando tirei meu pau, nós dois gememos um pouco com o roçar dos meus músculos sensíveis nas suas dobrinhas inchadas.

A Saint abriu os olhos e se sentou. Limpou o rosto com as costas da mão e começou a tirar as botas. Meu Deus, essa mulher vai acabar me matando. Ficou pelada, com aquela pele branquinha, aquele cabelo cor de fogo e aquelas botas pretas muito sensuais. Posso morrer feliz levando essa imagem para o túmulo.

– Quem sabe da próxima vez a gente pode tentar com menos acessórios pra atrapalhar.

Dei risada porque eu ainda estava vestido da cintura para baixo, nas duas vezes, mas queria gritar de alegria por ela ter insinuado que haveria uma próxima vez, em vez de ter me mandado embora.

– Parece bom – respondi.

Ela saiu da cama, pegou um robe que estava pendurado atrás do armário e acendeu a luz. Pisquei para meus olhos se acostumarem com a claridade, e a Saint sentou no meio da cama com as pernas cruzadas. Ficou mexendo na gola do robe, e lembrei que tinha me falado que não gosta de ficar pelada. O que é uma pena. Com aquele corpo, a menina nunca devia usar roupa.

– Quero ver a tatuagem – disse.

Passei as mãos na cabeça e falei:

– Preciso dar um jeito nisso e, bom... – levantei as mãos e completei: – ela é gigante e, se você quer mesmo ver, preciso tirar toda a roupa.

Aí que ela ficou vermelha mesmo.

– O banheiro é ali – disse, apontando na direção de onde viemos. – Acho que a minha curiosidade, a essa altura, é maior do que a minha vergonha. Quero muito ver.

Encolhi os ombros e disse:

– Tudo bem. Já volto.

Não sou tímido. Teria tirado a roupa para a Saint naquele mesmo momento, mas precisava de um tempinho para entender por que tinha a impressão de que meu mundo estava girando para o lado contrário de uma hora para a outra, e achei que ela também precisava de um tempo.

Joguei a camisinha fora, atirei uma água gelada na cabeça e no rosto. Ainda tinha a mesma cara de sempre: os mesmos olhos, os mesmos *piercings*, as mesmas tatuagens. Mas alguma coisa estava diferente.

Tirei o tênis e joguei o resto da roupa no chão do banheiro. Juntei tudo e levei para o quarto. A Saint ainda estava no mesmo lugar, sentada no meio da cama, brincando com o próprio cabelo. Eu juro, com certeza ela vai acabar me matando. Tinha ligado o telefone na caixa de som que estava no criado-mudo e, quando voltei, o rock revoltado da banda The Kills tinha tomado conta do ambiente.

– É um dragão – falou.

Esqueci que estava sem camisa quando entrei no banheiro. Virei de costas para a Saint conseguir ver a tatuagem toda. Ouvi que ela ficou sem ar e o farfalhar dos lençóis, quando se mexeu na cama.

– É. Foi o Phil que fez. Começamos no dia em que fiz dezoito anos e terminamos quando fiz 21. Levou mais de seiscentas horas.

Muita gente tem tatuagem de dragão, mas ninguém tem um dragão como o meu. Foi feito no estilo japonês tradicional. Com tons vibrantes de vermelho, verde, amarelo e dourado, por toda a minha pele. A cauda começa em cima do meu pé, se enrola pela batata da perna, cobre a coxa, um lado inteiro da bunda, e o corpo fica contorcido pelas minhas costas até chegar nos ombros, onde a cabeça feroz está sempre me vigiando. As asas são abertas, cobrindo os lados do meu corpo, descendo pelas costelas e terminam perto do meu pau. As garras ficam enterradas nos ombros, com mãos fechadas e ameaçadoras, e o fogo que ele solta pelas ventas se enrola na minha clavícula, sobe pela nuca e se divide dos dois lados da minha cabeça, acima das orelhas.

É uma tatuagem gigante, com tantos detalhes que parece que o dragão vai voar a qualquer minuto e me levar embora, preso nas suas garras afiadas. Conheço bem minha profissão para saber que é preciso muito talento para fazer um trabalho desses, e ficou tão espetacular porque o Phil gosta de mim. Sou mais do que seu pupilo, mais do que seu filho, sou o legado vivo de uma forma de arte que ele ama e honra por tantos e tantos anos. Meu dragão é a sua *Monalisa*.

– É tão bonito – disse a Saint, passando as mãos de leve pelas minhas costas e pelos meus ombros. – É muito mais do que uma simples tatuagem.

Senti um aperto na garganta por ela entender isso apesar de não ser do ramo, sem eu explicar nada.

– Eu era muito complicado quando era mais novo. Não sabia o que fazer, então fiz um monte de besteira. Fui preso por grafitar uma ponte, me envolvi numa briga durante um show do Jet e mandei um garoto para a UTI, tatuei um monte de coisa ridícula e sem sentido no meu corpo. O Phil percebeu que eu estava indo de mal a pior e tentou dar um basta. Me chamou e disse que eu estava agindo que nem uma criança de dois anos que quer chamar a atenção da mãe. E era exatamente isso que eu estava fazendo.

A Saint passou as mãos nas asas do dragão e pela minha bunda. Soltei um suspiro. Ela estava fazendo carinho no dragão, mas parecia que queria me confortar também.

– O Phil me disse que ia me ensinar a tatuar. Sempre achei isso legal. E, quando ele se ofereceu para mostrar pra mim e para o Rule essa arte de verdade e como usar nossos sentimentos de forma criativa, minha queda livre para o abismo foi interrompida.

Sacudi a cabeça ao lembrar disso e dei um sorriso amarelo. Cerrei os dentes porque, nessa hora, as mãos da Saint tinham chegado na frente do meu corpo e só tinham um lugar para parar.

– Uma das coisas que tive que prometer para ser aprendiz do Phil é que não ia mais fazer tatuagens estúpidas. Se ia representar seu estúdio, ele não toleraria isso. Falou que eu tinha que deixá-lo me tatuar, ninguém mais, até terminar meu aprendizado. Concordei, e ele começou minhas costas naquele dia. É claro que, com o passar do tempo, deixou o Rule fazer umas coisinhas, à medida que foi melhorando. Mas, nesses anos todos, o Phil foi praticamente a única pessoa que enfiou uma agulha na minha pele. E esse é o resultado. Ele disse que eu precisava de um desenho forte, que me lembrasse que tenho pessoas para me proteger de quem quiser me prejudicar. Sabia que as coisas com a minha mãe eram difíceis e tentou fazer eu me sentir menos sozinho.

Fiquei sem voz porque a Saint subiu as mãos pelo meu peito, pela minha clavícula, chegou à minha cabeça e perguntou baixinho:

– Mas por que até aqui em cima?

– Nunca me imaginei trabalhando em um escritório ou sendo professor de jardim da infância. Queria ter um desenho que realmente mostrasse que vivo de acordo com minhas próprias regras e não me preocupo mais se minha mãe me aceita ou não. Quando alguém tatua a cabeça, o rosto, mesmo o pescoço ou as mãos, quer passar uma mensagem. Mostrar que é uma escolha de verdade, não um acessório, uma moda. Já estava acostumado a ser julgado, a ser desprezado em casa, e o fato de os outros olharem feio pra mim por causa das tatuagens nunca me incomodou. Além disso, é um ótimo assunto para puxar conversa. Todo mundo me pergunta sobre ela, e eu só entrego meu cartão e digo para passarem lá no estúdio. Nem sei quantos clientes já consegui por causa desse dragão. Se eu deixar o cabelo crescer, nem aparece, e é por isso que o fogo também desce pelos meus ombros.

– É incrível. Muito linda mesmo.

Me virei e a abracei. A Saint estava ajoelhada na cama, estávamos quase na mesma altura. Beijei sua boca maravilhado. Tinha gosto de sexo e mistério.

– Você também é – falei.

Ela não disse nada e ficou vermelha. Nunca fala nada quando digo o quanto é atraente. A maioria das garotas fica toda convencida, tenta bancar a tímida, mas a Saint só ignora. Não sei direito o que fazer. Não estava dando em cima dela, tentando levá-la para a cama. Só estava dizendo a verdade.

Passei o dedão na tatuagem de coruja que ela tem na clavícula. Tem outra no quadril, que a calcinha esconde, uma cruz pequena. E outra nas costas, entre os ombros, uma santa católica feita com todos os detalhes, bem grandiosos.

– As suas são muito benfeitas. Dá para perceber que devem ter muito significado pra você. Sempre adivinho.

Ela levantou a sobrancelha e passou os braços pelo meu pescoço. Fui para a frente e a levei de volta para a cama comigo, me espichando em cima dela.

– Como adivinha?

NASH

– Porque você as fez em lugares que ninguém mais pode ver, só você. Não são desenhos chamativos, e apesar de bem pequenos, são muito detalhados.

A Saint deu um sorrisinho, e continuei:

– Acho que a coruja significa sabedoria. A santa tem a ver com o seu nome?

Ela sacudiu a cabeça. Estávamos tão grudados que dava para sentir seu corpo relaxando com a pressão do meu, que é muito maior. Gosto do contraste vivo entre minha pele morena e a sua, tão branquinha.

– É a santa Ágata, padroeira das enfermeiras. Minha irmã se chama Faith, por isso fiz a cruz. E a coruja... – passou o dedo na ponta do meu nariz e completou: – Você acertou. Não são nada comparadas com as suas, mas sempre fui feliz com elas.

Pus a mão entre nossos corpos e comecei a desfazer o nó do robe na sua cintura. As luzes ainda estavam acesas, e não sabia até onde ela me deixaria ir antes de ficar toda tímida de novo. Eu devia era dar graças a Deus pela Saint não ter me mandado embora quando os dez minutos acabaram.

– Tatuagem não é competição. A única pessoa que precisa gostar de uma tatuagem é aquela que vai passar o resto da vida com ela. Se você ama as suas, nada mais importa.

Abri seu robe e passei o dedão pela cruz.

– Foi uma menina que me tatuou. Era bem legal, me deixou bem à vontade. Além dela, você é a única pessoa que as viu – contou.

Eu estava beijando seu pescoço, acariciando seus quadris, mas suas palavras me fizeram parar. A Saint tinha me contado que fui o único a fazê-la gozar, mas não tinha parado para pensar que isso significava que não tinha transado com muitos garotos. Meu mundo girou no sentido oposto de novo. Adorei o fato de ser o único homem que já tinha visto suas marcas especiais, o único que tinha lhe proporcionado prazer e a feito se sentir especial de um jeito que só sexo consegue.

– Obrigado. Isso significa muito pra mim. Espero que você tenha consciência disso.

Passei a língua na sua clavícula e desci até o meio do seu peito. Fiquei surpreso por ela não me pedir para parar ou, pelo menos, apagar a luz. A Saint estava no clima, e eu tinha mais uma camisinha na carteira. Por que não ver até onde ia me deixar ir? Essa mulher tem a pele tão macia e exuberante, não é magrela, tem muitas curvas ardentes. E tem mesmo uma leve camadinha de sardas nos peitos. Não foi nenhuma surpresa quando pus um dos seus mamilos inchados na boca e senti um gosto doce e aveludado. Lambi um, depois o outro, deixando os dois bem brilhantes e durinhos. Seus olhos escureceram e ficaram entreabertos.

– O que você me diz, Saint? Tenho mais dez minutos?

Ela olhou para mim, pensativa. Sua expressão era de confusão, mas mais do que isso, seu rosto e seus olhos tinham um tom frio de granito.

– Quem é você, Nash Donovan?

Respondi da forma mais sincera que encontrei:

– Às vezes, nem eu sei. Mas, na maioria das vezes, sou exatamente o que está vendo na sua frente, Saint. Sei que você acha que sou outra pessoa, mas posso te garantir que não sou esse sujeito. Não posso dizer que era legal nem bacana naquela época, mas também não era o que você acha que eu era.

A Saint ficou um tempão sem dizer nada, ficamos só olhando um para o outro. Achei que ela ia pedir para eu me vestir e ir embora. Mas qual não foi minha surpresa quando enroscou as pernas em mim e sussurrou no meu ouvido:

– Você que inventou essa história de dez minutos, Nash. Eu quero te dar a noite inteira.

Bom, com uma permissão dessas, eu ia testar todos os meus limites, até a Saint desmaiar de cansaço ou me mandar embora.

Nunca quis tanto um desafio e não queria nem pensar se uma noite ou uma quantidade limitada de minutos seriam suficientes para seduzir aquela garota. Ela é diferente. Irradia isso, e não sei se sou especial ou sortudo o bastante para conquistá-la.

CAPÍTULO 10

Não tive tempo de surtar porque o Nash dormiu na minha casa. Não tive tempo para pensar e avaliar tudo o que deixei esse homem fazer comigo nem as coisas que ousei fazer com ele. Não sei onde foram parar todos os medos e inseguranças que costumam me atacar na hora do sexo. Meu celular tocou às seis da manhã do dia primeiro de janeiro. Eu ainda estava pelada, deliciosamente enroscada num homem bem grande sem roupa. Não dava tempo de surtar, porque estavam me ligando do hospital, e o trabalho é sempre minha prioridade, não aquela pele morena e tatuada das costas do Nash, por mais tentadora e excitante que seja.

A Sunny estava chateada. Duas pessoas tinham faltado, e ela teve que cobrir um dos turnos e precisava que eu fosse cobrir o outro. Era para eu entrar só à noite, ou seja: ia passar o dia inteiro no hospital, o que ia ser péssimo, porque o Nash me fez passar a noite em claro. Mas, como era um jeito de escapar do constrangimento do dia seguinte, aceitei na hora.

Quando desliguei o telefone, o Nash levantou, sonolento, e se vestiu sem fazer perguntas nem encher meu saco, me deu um beijinho na boca e disse para eu ligar quando pudesse. Foi embora sem questionar, sem o incômodo de tocar no assunto de se a gente vai ou não vai fazer aquilo de novo. Deixou a bola comigo, deixando bem claro que eu é que decidia se a gente vai continuar jogando ou não. Fiquei no comando e não estou acostumada com essa posição fora da minha carreira. Preciso admitir que ter esse poder, a escolha estar nas minhas mãos, torna minha situação com ele bem mais fácil de lidar. Também me mostrou que minha única opção para essa história ir em frente é perdoá-lo pelas suas faltas do passado.

O hospital estava um caos. Cheio de pessoas que se machucaram fazendo festa na noite anterior. Tinha um acidente doméstico horroroso envolvendo uma motosserra, que fez alguém perder a mão. Um policial que foi chamado por causa de uma briga de um casal e tomou uma facada na barriga. Uma criança pequena que tomou o desinfetante que estava guardado embaixo da pia do banheiro. E duas mulheres em trabalho de parto: uma com o bebê sentado, a outra, prematuro. Não dava tempo de pensar em mais nada nem de me preocupar com os olhares curiosos que a Sunny me lançava toda vez que nos encontrávamos em alguma sala ou no corredor. Quando chegou a hora do meu turno de verdade, já estava me arrastando. Minha chefe baixinha finalmente conseguiu me pôr contra a parede na sala de descanso, quando eu estava engolindo um café.

— E aííííí?

Dei um pulo e acabei derrubando o líquido quente nos meus dedos. Olhei feio para ela e peguei uma toalha de papel para limpar aquela bagunça.

— E aí o quê?

A Sunny revirou os olhos, cutucou meu braço e continuou:

— E aí? Como foi o encontro com o doutor? Você parecia exausta no telefone hoje de manhã, então acho que foi tudo bem. Aposto que formaram um belo casal.

Tentei não expressar nenhuma emoção, mas não conseguia olhá-la nos olhos. Não depois de ter dado o fora naquele médico horrível e passado a noite inteira de safadeza com o Nash.

— Terminou mais cedo do que o esperado.

A Sunny arregalou os olhos e enrugou o nariz.

— Você fez o doutor Bennet te levar para casa mais cedo?

Soltei um suspiro e joguei fora o copo descartável de café morno.

— Ele é um imbecil convencido. Seus amigos são terríveis, e a festa foi uma reunião de uns riquinhos tentando ser mais incríveis do que os

NASH

outros. Não me senti à vontade, fiquei entediada. Liguei para um amigo e fui embora. Eu e o doutor Bennet não combinamos nem um pouco.

Minha chefe me deu uma olhada inquisidora e perguntou:

– Seu amigo do *piercing* no nariz?

– O que tem ele?

– Foi para ele que você ligou?

Me recusei a me sentir mal ou ter vergonha. Não há nada de errado com o Nash. Sinceramente, tem tanta coisa certa nesse homem que estou esquecendo por que preciso proteger meu coraçãozinho frágil e meus sentimentos ternos por ele.

– Foi.

A Sunny fez um barulho e saiu da sala comigo. Um dos médicos residentes me deu um prontuário e disse que tinha um paciente esperando por mim em uma das salas.

– Sei que, à primeira vista, ele não parece muito legal. Mas é.

Minha chefe deu de ombros, começou a ir na direção contrária e comentou:

– Acho que o que eu penso não tem muita importância. Você por acaso se deu conta de que passou o dia inteiro sorrindo? Nunca te vi assim. Sempre está com uma expressão séria, concentrada, mas hoje...

A Sunny parou de falar um instante e pôs os cantos da própria boca para cima com o dedo indicador. Depois completou:

– ...está um poço de alegria. Fico feliz por você. Não me importa quem te faz sorrir, Saint, só que continue assim.

Passei o dia sorrindo. Não tinha me dado conta. Também estava dolorida e cansada, com um chupão na clavícula, e minha calcinha preta preferida foi parar no lixo. Nunca mais vou conseguir usar minhas botas até o joelho de novo sem ter lembranças eróticas da noite anterior. Ainda não estou cem por cento convencida de que é uma boa me envolver com um garoto que já me decepcionou tanto, que posso confiar nos sentimentos que me desperta, sobre ele e sobre mim mesma. Mas não posso negar que me sinto mais leve, mais normal do que já me senti com um rapaz antes.

Foi só com ele que consegui passar um tempo normal, sensual, fazendo sexo, e quero isso para mim. Quero mais do que isso, para falar a verdade, se ele estiver a fim. Não sinto só desejo pelo Nash, mas acho que gosto mesmo dele, preciso admitir. Estamos tão enroscados nessa coisa complicada que não sei se vamos conseguir nos livrar desse lance sem nos machucar.

Não pude me dar ao luxo de ficar analisando isso profundamente. Meu segundo turno foi tão corrido quanto o primeiro e, quando me arrastei até em casa, estava tão cansada que não consegui pensar no assunto. Trabalhei os próximos dois dias e, apesar de ter vontade de mandar um torpedo ou de ligar para o Nash, só para falar que estava pensando nele, não consegui encontrar as palavras certas. No terceiro dia, resolvi fazer uma manobra arriscada. Mandei flores para o estúdio, um buquê bem bonito de rosas vermelhas, laranjas e amarelas, que combinava com as suas chamas tatuadas. As cores também combinam com outra coisa. Vermelho significa romance, amor até; o amarelo, gentileza e amizade, e o laranja, paixão e entusiasmo... Pelo menos os dois últimos estão garantidos entre nós. Fiz isso porque, só de pensar em um garoto grandão e rústico, todo tatuado, recebendo flores já me dá vontade de rir. Mas também porque queria *mostrar* para o Nash que estava pensando nele.

Não parei para pensar se ela ia me achar boba, não fiquei insegura nem preocupada com a sua reação. Só fiz e mandei junto um cartão, falando apenas:

Valeu.

Estava agradecendo a carona, a noite na minha cama e, mais do que tudo, ele ser quem é. Tinha esperança de que o Nash entendesse todos esses significados.

No fim do dia, recebi uma foto no celular, do buquê gigante colocado na mesa principal daquele estúdio tão masculino. Não aparecia niguém na foto, mas tinha um monte de mãos fazendo chifrinho em sinal de aprovação. Dei risada. A resposta do Nash foi curta e fofa:

NASH

Nunca tinha recebido flores... São tão lindas quanto você.
Obrigado.

Fiquei sem saber o que responder, mas senti que tudo o que eu achava que sabia sobre mim mesma estava errado. Mandei uma carinha feliz para ele e continuei trabalhando. O trabalho é sempre minha primeira opção quando acontece alguma coisa na minha vida com a qual não sei lidar.

Ia finalmente ligar para o Nash quando voltei para casa, mas fui interrompida por uma chamada de emergência da Faith. Pelo jeito, minha mãe tinha encontrado a namorada do meu pai no mercado e fez uma cena terrível. Quebrou coisas, vandalizou o lugar, e acabou sendo fichada por agressão. A Faith implorou para o nosso pai convencer a namorada a não prestar queixa, sabendo que a mamãe vai pagar pelo prejuízo que causou no mercado, mas ele não quis saber de ajudar. Quer que a nossa mãe se trate, pare com aquilo, e não posso discordar. A situação é ridícula, fugiu do controle. Minha mãe foi longe demais. Lembrei que tinha dito que não queria ter que ir buscá-la na cadeia, e isso estava virando realidade.

Ou a minha irmã punha todos os filhos no carro e dirigia, grávida, até Brookside para pagar a fiança e tirar nossa mãe da cadeia, ou eu ia ter que enfrentar essa roubada. É claro que essa era a única alternativa, apesar de eu não estar nem um pouco a fim de fazer isso. Saí do trabalho, subi as montanhas e tirei minha mãe da cadeia. Foi ridículo, parecia uma cena de um *reality show* cafona. Pena que não consegui falar com o Nash antes porque, por algum motivo, sempre me sinto melhor quando falo com ele.

Minha mãe não ficou nem um pouco feliz em me ver. Devia estar com vergonha. Vai ver era porque estava coberta por uma meleca que não consegui identificar, com a maquiagem toda borrada e um olho roxo que não tive como não reparar. Ou talvez fosse porque foi levada para a sala de espera daquela delegacia minúscula por um policial mais novo do que eu, ainda algemada, naquele estado de dar pena. Ou talvez porque o guarda estivesse falando, com toda a calma, que ela não podia perder o dia em que precisava comparecer ao tribunal e que devia pensar em fazer um tratamento para controle da raiva, porque o juiz certamente vai obrigá-la a fazer um.

Quando me viu, baixou a cabeça. Peguei minha mãe pelo braço e a levei até meu carro. Ela não me disse uma palavra, mas estava chorando. Fiquei dividida entre a vontade de lhe dar um abraço e de estrangulá-la. Minha frustração com ela, aquela situação e o estado da nossa família tinha chegado ao limite.

Respirei fundo, olhei para a mamãe e disse:

– OK, mãe. Preciso saber qual é o seu plano. Vai ficar tomando cada comprimido que te receitam com um litro de vinho por dia e usar isso como desculpa para o seu comportamento? Vai passar dos limites e machucar alguém de verdade, você mesma, talvez? Está tão afundada na sua própria dor e raiva que vai perder a oportunidade de participar da gravidez da sua filha porque ela tem medo do que você possa fazer? Odeio ter que dar essa notícia, mãe, mas ninguém... NINGUÉM MESMO... vai vir te salvar se continuar agindo assim. Uma hora você vai ter que se responsabilizar pelos seus atos.

Minha mãe não respondeu, só continuou me ignorando e chorando, sentada no banco do passageiro. Eu não sabia mais o que dizer. Aquilo tinha ido longe demais há muito tempo, e não fazia ideia de como reverter a situação. Quando chegamos à sua casa, parei o carro e olhei para ela. Minha mãe fungou e me olhou com os olhos vermelhos.

– Seu pai foi meu amor do colégio. Namoramos durante toda a faculdade, me sacrifiquei para ele poder cursar odonto. Dei uma família linda para ele, achei que seu pai era feliz. Dói muito mais pensar que deixou de me amar do que ele ter partido para outra. Como é que os sentimentos de alguém podem desaparecer assim, Saint? Depois de tudo o que vivemos?

Senti um aperto no peito, mas falei:

– Não sei, mãe. E não posso fingir que entendo o quanto o papai te magoou, mas sei que o que está fazendo não vai te fazer se sentir melhor. Nem você nem ninguém. O papai pode ter deixado de te amar, mas você ainda tem duas filhas que te amam e netos que sentem falta da avó feliz e saudável. A gente também importa, mãe, e odeia ficar assistindo a você se destruir.

— Só quero que o seu pai sofra tanto quanto eu.

— Bom, isso não vai acontecer.

— Não é justo.

Sacudi a cabeça e continuei:

— Não, não é mesmo. Mas pode acreditar que se separar e ter que começar uma nova vida é a menor das injustiças que existem neste mundo. Tive que ver os pais de uma menina muito nova se darem conta de que a filha morreu só porque as pessoas não sabem ser gentis umas com as outras. E olha que isso não é tão difícil, é só ser gentil e não fazer os outros sofrerem sem necessidade. Mas esse é o mundo em que a gente vive, e meninas acabam morrendo. Isso é algo que não é justo, mãe. Deixar de ser amado é horrível, uma merda, mas tem coisa muito pior. Sei que parece duro, mas é verdade.

Seu olhar mudou, ela virou o rosto e disse:

— Às vezes esqueço que construiu uma vida incrível, Saint. Sua garra para fazer o que faz é admirável, e eu devo ter perdido isso de vista no meio dessa confusão. Espero que saiba que, acima de tudo, tenho muito orgulho de você.

Uau! Por essa eu não esperava.

— Obrigada, mãe.

— Agora é só passar uma maquiagem e usar um daqueles sutiãs que levantam os peitos e conquistar um dos médicos com quem você trabalha para eu morrer de orgulho.

Pronto... Aquela sim era a minha mãe.

— Não se meta em confusão, mãe. E pense em parar de tomar esses remédios.

Tentei não ser muito dura, mas fiz questão de transmitir toda a minha preocupação pelo olhar. Quero o melhor para a minha mãe, mas me dei conta de que ela é que tem que se esforçar para isso.

Ela fechou a porta do carro e foi até a porta da sua casa. Esperei a mamãe entrar e peguei o celular. Nem pensei, só procurei seu contato na agenda e apertei o botão. O Nash atendeu no segundo toque.

– Oi.

– Oi – minha voz ficou um pouco rouca contra a minha vontade.

– E aí?

– Está ocupado?

– Estou. Tenho um cliente agora e outro depois. Por quê? Que foi?

Mordi o lábio e bati os dedos no volante, nervosa.

– Nada de mais. Só tive um dia muito estranho e achei que, se te visse, ia ficar melhor.

Ele ficou em silêncio por um momento, e pensei que ia dizer que eu tinha desperdiçado minha chance ou que, se tivesse me dado ao trabalho de ligar mais cedo, a gente poderia ter combinado alguma coisa. É por isso que me dou tão mal nessa coisa de relacionamento homem-mulher. Foi grosseria da minha parte achar que o Nash ia largar tudo o que tinha para fazer e ficar comigo. Sei que ele é bem ocupado, tem muitos amigos, deve ter um monte de gente querendo a sua atenção. Quem sou eu para pedir para ele arrumar tempo pra mim quando, finalmente, me obrigo a fazer outra coisa que não trabalhar?

– Sim, dá pra a gente se ver. Pode ser mais tarde? Quero dar uma passada na casa do Phil. Estive lá ontem e não achei que ele estava muito bem. Só vou sair daqui lá pelas oito. Posso passar na sua casa umas dez?

No dia seguinte, eu estava de folga. O Nash podia aparecer até à meia-noite, se quisesse, desde que aparecesse.

– Está ótimo. Quer que eu faça alguma coisa pra gente comer?

Ouvi o Nash dar uma risadinha e falar com alguém.

– Não. Vamos fazer algo divertido. Põe uma roupa que você não liga de sujar.

O comentário foi intrigante e me deixou curiosa, o que foi bizarro, porque odeio surpresas.

– E qual é o seu conceito de "divertido", Nash?

NASH

— Você vai ter que esperar pra ver. Até mais, Saint.

Aí desligou, e fiquei parada, olhando para o celular, maravilhada. Não sei direito o que estou fazendo, não sei o que esse garoto está fazendo comigo, mas não tenho dúvidas de que meu dia ficou melhor só pelo fato de ele existir. Pus a banda australiana Vines para tocar e voltei para Denver ouvindo seu rock de garagem.

Liguei para Faith e contei o que tinha acontecido com a nossa mãe. Minha irmã pareceu tão triste e estressada que fiquei me sentindo mal, mas a mamãe é adulta e tem que tomar as próprias decisões e assumir a responsabilidade por elas. Eu e minha irmã não podemos fazer muita coisa a respeito. Ficamos conversando quase todo o caminho. A Faith não conseguiu acreditar que dei o fora no doutor. Não contei quem tinha sido meu salvador. Sabia que ela não ia gostar, porque viu o quanto fiquei arrasada quando era nova por causa das ações e palavras desrespeitosas do Nash, sendo elas direcionadas a mim ou não.

Ainda não sei se consigo acreditar que ele não estava falando de mim, que estava só jogando conversa fora. Seu tom foi tão veemente, seus olhos ficaram tão cheios de raiva, que quero acreditar no que ele disse, mas não tenho certeza. Sinceramente, mesmo que estivesse falando de outra pessoa naquela época, suas palavras foram cruéis e terríveis. Esquecer dessa lembrança e admitir que existe outra hipótese, além da minha própria insegurança e autoestima estraçalhada, que me fizeram ouvir o que queria, o que eu esperava que falassem de mim na época do colégio, é o mesmo que ter de admitir que tudo o que faço, todas as barreiras que enfrento nos meus relacionamentos, são culpa minha. E isso é difícil de engolir.

Arrumei um pouco o apartamento, tomei banho, fiz uma trança nos meus longos cabelos, jantei uma tigela de cereal, porque meu estômago estava virado, e procurei uma roupa no armário que fosse boa pra eu me sujar, mas que não me deixasse parecendo uma mendiga louca. Acabei escolhendo uma calça de ginástica com uma regata e uma camisa de flanela. Não ia ganhar nenhum prêmio de estilo, mas também acho que o

155

Nash não ia sair correndo quando me visse. Demorei para me dar conta de que não estava surtando só de pensar que ele iria me ver daquele jeito. Quem sabe não é porque ele me viu tanto de jaleco e sem maquiagem, lá no hospital? Ou talvez seja porque não existe uma única parte do meu corpo que o Nash não tenha pegado ou beijado e não reclamou de nada. Se fosse qualquer outro homem, acho que essa admiração não verbal teria surtido um grande efeito sobre meu ego. Mas, sou esquisita e fico feliz de o Nash guardar suas opiniões – positivas ou negativas – para si mesmo.

Ele apareceu um pouco depois das dez da noite, me deu uma olhada rápida da cabeça aos pés, depois me puxou e me deu um beijo que me deixou ofegante e excitada. E aí me levou até seu carro. Estava com uma roupa que, acho, usa pra trabalhar, e tinha olheiras. O rosto, que normalmente é impecável, estava com a barba por fazer. Parecia exausto. Me senti um pouco culpada por ter pedido para ele sair comigo.

– Semana longa? – perguntei, meio tímida.

O Nash abriu a porta do carro para mim. Lá dentro ainda estava quente, e tocava Tossers. Toda vez que entro naquele carro monstro, está tocando alguma banda de *punk rock* celta.

Quando sentou atrás do volante, olhou de novo pra mim, me deu um sorriso sem graça e respondeu.

– Bom, você ter me ligado foi, com certeza, o ponto alto dessa semana... Isso e as flores. Você deixou o estúdio enlouquecido. Nunca mais vão parar de falar. Só que o Phil não está muito bem. Eu fico pensando como é que pude passar a vida inteira sem saber que é meu pai, e ele fica dizendo para eu conversar sobre isso com a minha mãe. Prefiro engolir cacos de vidro. Além do mais, agora que o Rule voltou da lua de mel, precisamos resolver o que vamos fazer com o estúdio novo. É uma bola de neve.

– Sinto muito pelo Phil e entendo totalmente o lance com a sua mãe. Tive que tirar a minha da cadeia sob fiança ontem.

O Nash deu risada, olhou pra mim e comentou:

– Você está de brincadeira!

– Ãhn-ãhn.

Aí contei tudo pra ele, ou seja: segurei o papo por quinze minutos enquanto o Nash atravessava a cidade e ia para o bairro dos armazéns, que fica depois do Estádio Coors.

Ele fazia umas perguntas, mas nunca me interrompia, e eu não estava acreditando que consegui bater papo com ele sem fazer o menor esforço. Isso nunca tinha me acontecido. Depois, parou na frente de uma garagem enorme e digitou a senha num portão grande de metal e entrou com o carro. Não fazia a menor ideia do que estava fazendo naquele lado da cidade, naquele lugar, então lancei um olhar questionador e perguntei:

– E desde quando consertar carros é divertido?

O Nash fez *tsk-tsk* e levou o seu carrão antigo até a frente de uma das portas.

– Reconstruí esse monstro inteirinho do zero. Foi o que me salvou naquela época. Este carro e o Phil são as únicas coisas que me impediram de ir pra cadeia. Foi aí que percebi que existem maneiras mais produtivas de passar o tempo do que me meter em confusão para ver se a minha mãe prestava atenção em mim. O Phil falou que eu precisava de um carro clássico, um modelo que fosse eterno. Disse que, se tomasse conta dele, o tratasse como um filho, o amasse, o carro faria a mesma coisa por mim. Agora é que me dou conta de que queria me ensinar algo que ia muito além dos carros. Me ajudou a resgatá-lo num ferro-velho, e passamos anos transformando a lata no possante que ele é agora – respondeu.

Então saiu do carro e digitou outra senha, e a porta enorme começou a abrir. À primeira vista, a garagem era grande e intimidadora. Mas, quando ele entrou com o carro, as luzes iluminaram vários modelos antigos, em diferentes estágios de reparo. Era óbvio que ali não era uma oficina mecânica qualquer, mas um lugar que faz carros personalizados.

– Meu chapa, o Machina, é dono desse lugar. Me ajuda com o possante quando preciso, e a gente se paga em serviço. De vez em quando, me deixa usar o lugar onde faz pintura.

Não pude evitar fazer cara de surpresa e perguntar:

– O nome dele é Machina, sério?

O Nash deu risada e saiu do carro. Pôs a mão atrás do banco e tirou uma sacola preta e uma coisa enrolada que eu não tinha reparado que estavam lá.

– É sobrenome. O nome dele é Hudsen. E quem é você pra falar? Seu nome significa santa, e você é enfermeira.

Aí me entregou o rolo, e vi que era um papel. Não fazia ideia do que íamos fazer e perguntei isso para ele.

O Nash pegou minha mão e foi me guiando até o fundo da oficina, desviando dos carros e das bancadas de ferramentas. Acendeu mais luzes e me deu um sorrisinho malicioso. Seus olhos brilhavam de alegria, com risquinhos roxos. Me segurei para não derreter. Sério, posso passar o dia inteiro olhando esse homem, feliz.

– Quando eu era novo, pegava umas latas de *spray* e pixava um monte de lugares, só pra desopilar. Achava que era legal transgredir as leis, deixar minha marca pela cidade inteira, até que a polícia me pegou, e o Phil teve que pagar uma multa para me tirar da cadeia. Foi aí que me interessei por arte, por desenho. Pra falar a verdade, acho que queria ser pego fazendo algo ilegal só para minha mãe ser obrigada a me dar atenção, mas isso já era. E ainda acho divertido pintar com *spray*.

Entramos numa sala toda branca, com um sistema de ventilação maluco, com umas máscaras de ar penduradas no teto e um monte de coisa que só podia servir pra pintar carros. O Nash jogou a sacola no chão, e ouvi o barulho das latas de tinta se chocando lá dentro. Tirou o papel da minha mão e foi até uma parede que tinha um arame preso com um monte de clipes.

– Não posso mais sair pintando muros, prédios ou trens, a menos que me paguem para isso. Mas fazer grafite é muito divertido. Tem cores vivas, formas livres, sem regras e, depois de passar o dia tatuando os outros, às vezes preciso fazer algo diferente. É legal dar um tempo e fazer o que me dá na cabeça, lembrar qual é o meu estilo. O Machina me deixa fazer isso aqui: sem bagunça, sem ser preso por vandalismo, e é sempre muito legal.

NASH

Fiquei observando ele pendurar dois pedaços de papel que eram quase da minha altura, da largura da porta. Depois se abaixou e começou a tirar da sacola um monte de latas de spray, de todas as cores do arco-íris. Nunca ninguém tinha me deixado participar de seus rituais pessoais, nunca me aproximei de ninguém o bastante para isso acontecer. E, mais uma vez, aquele homem mexeu comigo.

– Não sei nem desenhar homem palito, Nash.

Ele é artista profissional, Deus do céu. Como é que eu ia me sentir à vontade de pintar, nem que fosse só de brincadeira, com aquele nível de talento e habilidade me julgando?

O Nash resmungou alguma coisa e pôs um boné preto que estava dentro da bolsa virado para trás. Ficou bem nele.

– Saint, nem tudo é questão de vida ou morte. Não estamos competindo um com o outro, só vamos nos divertir e ficar juntos sem que o mundo lá fora nos atrapalhe. Relaxa e se solta.

Confiei nele. Não tinha opção. Tinha sentido sua falta durante a semana e queria ficar com ele. Parecia que o Nash queria que eu espiasse dentro da sua mente. Ficamos lado a lado e nos concentramos nas telas gigantes. Ele começou primeiro e, antes que eu tivesse a chance de pôr a mão em uma lata de tinta, o Nash já tinha preenchido o fundo do seu papel com grafismos em cores primárias, vibrantes e chamativas. Não dava para saber o que estava desenhando, mas era fascinante, fiquei hipnotizada.

Mordi a ponta da língua e comecei a fazer umas árvores e nuvenzinhas felizes. Sem perceber, tinha esquecido do Nash, que eu estava em uma oficina e comecei a me divertir de verdade. Fiz um arco-íris e precisei completar com um pote de ouro. É claro que, se eu tinha feito aquele pote de ouro torto, tinha que pôr um duende. Quando terminei, dei tanta risada que tive que me segurar. O papel ficou coberto com uma bagunça mal-feita, que pingava tinta. Ninguém ia querer aquilo, mas achei muito engraçado. O Nash chegou atrás de mim e olhou, inclinou a cabeça tentando entender o que era, e ri ainda mais. É por isso que as pessoas vivem me dizendo que preciso sair mais. Nem lembro qual foi a última vez que ri tanto e tão solto.

Cheguei perto do Nash pra ver sua criação, e meu riso ficou preso nos pulmões. Fiquei de queixo caído e de olhos arregalados.

– Essa sou eu? – perguntei, com a voz tão engasgada que parecia que estava sendo estrangulada.

– Sério? Você precisa perguntar? – respondeu, com um tom bem--humorado, mas também com algo mais.

Ele tinha desenhado uma personagem de história em quadrinhos, exagerada e caricata. Parecia que as cores saltavam do papel. Era uma enfermeira com uma roupinha absurdamente *sexy*, do tipo que as meninas usam no Halloween quando querem pegar todos os homens. A figura tinha um cabelo ruivo todo rebelde, segurava uma seringa em uma mão e um coração na outra. Apesar das proporções exageradas e das melhorias óbvias pra deixá-la chocante de tão *sexy*, era eu. O cabelo, o rosto, os olhos... era tudo igual. Como é que ele conseguiu fazer aquilo brincando, em vinte minutos?

– Ficou incrível.

– Vivo te falando que você é incrível. Você é que não me ouve.

Aí foi tirar o desenho da parede, mas o impedi.

– Posso ficar com ele?

O Nash levantou a sobrancelha e respondeu:

– Claro.

O negócio era enorme, não sabia o que ia fazer com ele. Mas, só de pensar que era daquele jeito que o Nash me via – *sexy*, bonita, poderosa –, não queria me separar do desenho.

– Nash, vamos para algum lugar.

– Como assim? Por mim, iria pra sua casa, se você concordar.

Tirei o desenho da parede e o segurei junto ao meu peito.

– Nunca saí com ninguém no colégio, nunca tive alguém que me propusesse um programa divertido ou artístico para eu poder recusar. A primeira vez que beijei um homem já tinha quase vinte anos. Quero que me leve para algum lugar onde os adolescentes se divertem. Isso foi muito divertido. Na época do colégio, nunca fazia esse tipo de coisa, simplesmente me soltar e me divertir. Acho que ficar com você dentro do carro seria demais.

Achava que isso seria excitante e sensual e realizaria todas as fantasias adolescentes que eu havia criado com o Nash.

– Saint, está o maior frio. Nós dois moramos sozinhos, somos altos. Cresci muito desde o tempo do colégio. Pode até parecer divertido, mas vai ser gelado e apertado.

Só que o Nash falou isso com um sorrisinho nos lábios e, na hora, eu soube que só precisava convencê-lo.

Pus a mão no seu peito, senti seu coração bater na ponta dos meus dedos, fiz olhos de súplica e insisti:

– Por favor, Nash.

Ele deu um suspiro e tocou minha nuca por baixo da trança.

– Bom, pode ficar sabendo que não vão ser só uns amassos, e que sua bunda vai ficar pelada e gelada. Eu topo.

Dei risada, risada mesmo, coisa que acho que nunca tinha feito antes daquela noite, e beijei seu queixo barbudo.

– Fechado.

O Nash guardou o material de pintura no porta-malas, e fiquei torcendo para que fosse somente para deixar o banco de trás livre... Tomara... Depois começou a dirigir em direção à saída da cidade, mais ou menos no caminho de Brookside.

– Para onde estamos indo?

– Pra montanha Lookout.

Fica perto da cidade de Golden, onde o lendário aventureiro Buffalo Bill está enterrado. Já tinha ouvido falar, mas nunca fui até lá. Dizem que dá pra ver Denver inteira lá de cima, por isso tem esse nome, que significa "posto de observação".

– Era lá que você levava suas meninas?

– Ah, não... Quando fiquei sabendo que as mulheres são muito mais do que seres perfumados e que se eu lhes dissesse que são bonitas, fariam até minha lição de casa, já estava praticamente morando com o

Phil. Ele era garanhão, bem pior do que o Rule e eu, por isso ficava quase todas as noites sozinho em casa. Sempre que rolava uma oportunidade era só levar as meninas pra lá.

– Como assim "sempre que tinha a oportunidade"?

Lembrei que as meninas estavam sempre dando em cima do Nash. Não achei que fosse difícil pra ele encontrar quem levar para a cama.

– Eu saía com um garoto que tinha uma banda, o ideal de rebelde de qualquer menina, e com o capitão do time de futebol americano. Eu era só um moleque marrento e, em casa, viviam me dizendo que eu era um erro. Não sabia conversar com as meninas que realmente gostava. Tinha um monte de mulher à minha volta, garotas fáceis que topavam, mas nem ligavam para quem era o gato. Ou seja: podiam estar a fim do Rule ou do Jet. Então, era mesmo uma questão de oportunidade.

Isso era muito estranho. Minha percepção da realidade daquela época era mesmo muito diferente. Queria que o Nash falasse mais sobre isso, mas chegamos a uma saliência da montanha larga e plana o suficiente para estacionar o carro. Ele desligou os faróis, ficou tudo escuro lá dentro. Depois pôs o braço por trás do banco, olhou pra mim e disse:

– Podemos voltar para Denver. Você é que manda.

Não respondi. Levantei e fui para o banco de trás, tirando minha camisa de flanela. O Nash deixou o motor ligado, mas era janeiro, e estávamos no Colorado, no alto das montanhas, e o carro estava gelado. Os vidros começaram a embaçar. Ele ficou me observando por um tempo e saiu. Não ia conseguir ir para o banco de trás por dentro do carro como eu, de jeito nenhum. Tirou a carteira do bolso e, quando entrou, me entregou o pacotinho quadrado de papel alumínio e fechou a porta. Tirou o moletom e o boné e sentou de frente para mim.

Achei que ia me agarrar e me puxar para perto de si, mas esboçou um sorriso e pôs os ombros largos pra trás, se acomodando no banco.

– Você que inventou essa brincadeira, Saint. Como é que você quer brincar?

O Nash está sempre me deixando no comando, testando meus limites,

NASH

me obrigando a dizer o que quero. Vai ver é por isso que nunca travo quando estou com ele, nunca preciso me questionar sobre o que está rolando entre a gente. Por que, toda vez que rola alguma coisa, é exatamente o que quero. Não tem espaço para rejeição nem para julgamento.

Tremi e não foi só por causa do frio, então falei:

– Quero que você me beije.

O Nash esticou meu braço, segurou minha trança e a usou pra me levar até ele. Nossos lábios se tocaram, e foi muito mais do que um simples beijo. Ele tinha gosto de passado e futuro, de ontem e hoje. É tão forte e seguro, mas seus lábios são macios e inquisidores. Sua pele estava um pouco mais áspera do que de costume, mas quando me puxou mais pra perto, e nossos narizes bateram um no outro, aquele pedacinho de metal que ele usa roçou minha pele, e era lisinho. Enroscou a língua na minha e mordeu o músculo aveludado do interior da minha boca. Fiquei sem ar enquanto me beijava, e ele deu uma risadinha. Se fosse antes, eu teria pensado automaticamente que estava rindo de mim. Agora, tenho certeza de que só estava feliz porque sabe que é muito bom.

Já estava com as mãos no seu peito e comecei a puxar sua camiseta pra cima, revelando sua barriga lisinha. O Nash me ajudou levantando os braços como dava. Precisei de uma certa habilidade para me livrar daquela peça de roupa, porque ele é grande, e o espaço era bem limitado. Sua pele dourada se arrepiou, e fui percorrendo sua escápula com a ponta da língua, fazendo-o gemer.

– Agora eu quero te beijar – falei.

O Nash ainda segurava meu cabelo como se fosse uma corda e teve que soltar um pouco quando passei a língua num dos seus mamilos, depois no outro.

Ele soltou um palavrão e resmungou:

– Acho que você está indo na direção errada, bonita.

Acariciei os músculos definidos do seu abdômen e fiquei observando, deliciada, eles tensionarem e relaxarem ao meu toque. Parecia que a tatuagem do Nash estava batendo as asas no ar da noite.

– Não estou, não. Estou só um pouco preocupada com como vou fazer com aqueles metais todos lá embaixo, mas tenho certeza de que estou indo na direção certa.

Ele soltou mais um palavrão, e comecei a abrir a fivela do seu cinto. Só tinha feito aquilo uma vez, e o Nash tem todos aqueles *piercings*. Mas sou fascinada por aquilo tudo e quero lhe proporcionar o mesmo prazer que ele sempre me dá.

– É só fingir que não tem nada.

– Por quê? E se for minha parte preferida?

Ele deu risada de novo, que se tornou um gemido quando seu pau quente e duro caiu nas minhas mãos ávidas de desejo. O membro estava pulsante, grosso e ansioso, e me inclinei em cima dele. Passei o dedão pela argola da ponta, e o Nash arqueou o corpo inteiro. Soltei o ar, até então não tinha me dado conta de que estava prendendo a respiração. O Nash murmurou meu nome baixinho ao sentir a carícia úmida que o ar fez em sua carne excitada.

Baixei a cabeça e pus o *piercing* na boca. Foi uma *overdose* de texturas e sensações para mim e acho que para o Nash também, pois seu corpo se arqueou de novo, e ele puxou meu cabelo com tanta força, que chegou a doer um pouquinho.

– Meu Deus! – falou.

Não exatamente. Apenas uma santa. Mas interpretei isso como um sinal de que o gato tinha gostado.

Passei a língua na argola, desci até o *barbell* escondido, continuei pelo pau e desci até não aguentar mais. Subi e repeti os mesmos movimentos, mas segurei a base do seu membro e apertei, porque era muito grande para eu enfiar na boca. O Nash falou meu nome de novo, suas pernas ficaram tensas, sua barriga endureceu. Só que, bem na hora em que eu ia sentir o gosto salgado e escorregadio do seu gozo, garantindo que tinha feito um bom trabalho, ele puxou meu cabelo com tanta força que doeu de verdade e me tirou de cima dele.

Estava ofegante, seus olhos, num tom de roxo azulado.

NASH

– Se você continuar fazendo isso, um de nós dois vai acabar com frio e com tesão recolhido. Te dou uma dica: não vou ser eu.

Então começou a tirar minha calça de ginástica. Fiquei superfeliz por ter vestido algo tão fácil de tirar naquele espaço pequeno, com aquelas mãos grandes e impacientes por perto. Depois de se livrar da parte de baixo da minha roupa, começou a tirar minha regata pela cabeça. Preciso admitir que foi gratificante sentir o quanto ele me desejava, o quanto estava excitado por minha causa. Isso aumentou ainda mais o clima e, assim que tirei a calcinha por cima do tênis, o Nash pôs a camisinha e me puxou pra cima dele. Nós dois fizemos um barulho que só poderia ser definido como "animalesco". Foi algo profundo e gutural, e sentimos que estávamos grudados um dentro do outro.

Inclinei o corpo pra frente, e o Nash aproveitou para pôr um dos meus peitos na boca. Senti sua sucção no fundo do meu ser, do mesmo jeito que senti seu *piercing* pressionando meu ponto G. Eu subia e descia num ritmo rápido e apressado, não só porque estava frio, mas porque sentia que estava muito perto do orgasmo. Foi incrível, o Nash sempre sabe o que fazer para aumentar meu prazer, para fazer minha cabeça parar de pensar e apenas sentir. Só que dava pra perceber que ele estava se segurando naquele espaço limitado, com a gente sem conseguir se mexer direito. Os tendões do seu pescoço pulsavam enquanto ele tentava me esperar e chegar ao seu grau de excitação.

– Nash...

– Caralho, Saint, você vai ter que me ajudar. Me dá uma mãozinha...

Suas mãos estavam ocupadas me ajudando a manter aquela subida e descida sensual sem bater a cabeça no teto do carro. Olhei para ele, e o que queria dizer ficou óbvio. É claro que o Nash poderia ter trapaceado, soltado uma das mãos. Mas estava fazendo aquilo de novo: ultrapassando os limites que, na minha cabeça, eram muito claros.

Não gosto de admitir que me masturbei nem pra mim mesma, e o Nash queria que eu fizesse isso na sua frente, em cima dele, com seu pau dentro de mim. Era um grande desafio, e eu deveria ter ficado brava por ele ter me mandado essa bem no meio de uma trepada que tinha tudo pra ser divertida e nostálgica. Mas eu queria gozar, queria que o Nash gozasse porque sentia que ele estava quase lá. Adorei sentir o quanto seu membro estava duro quando meteu dentro de mim e sabia que estava por um fio, me forçando a dar mais um passo para fora da minha zona de conforto, tentando apagar minhas ideias preconcebidas.

Nem pensei, só peguei a mão que não estava apoiada no banco para eu me equilibrar e pus entre nossos corpos ondulantes, no meio das minhas dobrinhas abertas e escorregadias, até tocar aquele pequeno ponto de prazer que já estava sensível e tenso.

– Ah, meu Deus.

O Nash mal sussurrou essas palavras e urrou de gozo, só de me ver fazendo o que tinha pedido.

Não precisei de muita coisa. Só uma batidinha suave, um leve roçar com a ponta do dedo. Fui levada ao clímax logo depois dele. Fiz tudo rápido, mas o Nash me puxou ofegante para perto do seu peito e me deu um beijo com gosto de satisfação e eternidade.

– Acho que essa foi a coisa mais *sexy* e linda que eu já vi – falou, com a voz rouca e excitada.

Fiquei sem resposta, sempre fico. Apoiei o rosto na curva do seu peito definido e falei:

– A gente está ficando bom em transar sem você tirar a calça.

O Nash deu uma risadinha sem graça e acariciou minhas costas. Não falou nada, mas sei que fica incomodado por eu não falar nada quando me elogia. Não sei se algum dia vou conseguir dizer alguma coisa, enxergar o que ele vê em mim.

CAPÍTULO 11

Nash

—CARAMBA, IRMÃO. Esse lugar tem proporções épicas.
O Rule assoviou alto enquanto caminhava pelo espaço vazio que, em breve, seria o estúdio novo. O tempo voou e, quando me dei conta, meses se passaram, e ainda não tinha visitado o lugar. Me senti um imbecil porque era mesmo épico e estava localizado no meio dos dois restaurantes mais frequentados do Ba-Tro. Do outro lado da rua, tinha um bar famoso, bem perto dos cafés e das lojas que fazem todo mundo ir para aquela região. Bem no coração da cidade e muito mais descolado e estiloso do que o Homens Marcados. Me senti como um peixe fora d'água.

Passei a mão na nuca e olhei para o Rule de rabo de olho. A gente não combina muito com o lugar, e não faço ideia de como nós dois, garotos que bebem cerveja e gostam de comer asinhas de frango, vamos transformar o ponto em um negócio lucrativo com cara de champanhe e caviar. Parece que assusto a população local só por existir, e vai dar muito trabalho. Isso tudo me parece angustiante.

Antes de o Phil alugar o lugar, o espaço era um café, que também servia chás exóticos. Não tinha nenhuma infraestrutura para ser um estúdio de tatuagem, e foi por isso que eu e o Rule tiramos a tarde para dar uma conferida no lugar, encontrar o amigo do Rowdy e ver quais eram as suas ideias. Achei tudo aquilo uma forçação de barra, mas o Rule estava animado e topou a ideia do Rowdy de expandir um pouco os negócios e transformar o andar de cima em uma loja. Além disso, o mínimo que devo ao Phil é fazer tornar seu sonho realidade.

– A gente vai transformar esse negócio num estúdio irado – falou meu amigo, com tom de certeza.

Queria ter o mesmo entusiasmo. Admito que parte da minha hesitação era porque a saúde do Phil não para de piorar. A doença o enfraquece visivelmente, e não há nada que eu possa fazer. Para mim, investir nesse estúdio, ficar animado como o Rule, é como se eu não esperasse nem o Phil morrer para realizar seus desejos. Além disso, o velho continua me pressionando para eu ir falar com a minha mãe em busca de respostas para todas as minhas perguntas. Não quero desperdiçar o pouco tempo que ainda nos resta discutindo.

– Acho que vamos precisar oferecer toalhas quentes e água aromatizada para os nossos clientes, porque esse lugar é muito chique.

O Rule deu risada e foi abrir a porta de vidro para o homem que estava batendo entrar. Os dois deram um aperto de mão, e liguei o nome à pessoa. Já o tinha visto sentado na cadeira do Rowdy várias vezes. O Zeb Fuller é grandão, tem cabelo preto, uma cara séria, não sorri nunca. Ele parece alguém cuja vida nunca foi fácil e livre de preocupações. Tem tatuagens no estilo *old school*, marca registrada do Rowdy, dos dois lados do pescoço, que aparecem para fora da camisa de manga comprida.

Entrou, apertou minha mão e ficou olhando em volta do espaço quase vazio. Parecia que podia pôr o lugar abaixo com as próprias mãos e depois construir tudo de novo. Entendi na hora porque o Rowdy o indicou.

– Lugar chique – falou.

Dei uma risadinha, porque ele leu meus pensamentos.

– É...

– Então, quer arrancar tudo e deixar parecido com o outro estúdio? O que você pensou?

Eu e o Rule nos olhamos com cara de ponto de interrogação. Me remexi todo e então respondi:

NASH

— Não faço a menor ideia. Precisa ser um estúdio prático. Ter espaço para, pelo menos, seis tatuadores trabalharem e uma sala de *piercing* fechada. Precisamos de um balcão de recepção, uma área de espera. Lá em cima precisa ter salas, escritórios, mas pensamos em transformar o andar meio que numa loja.

Ele não falou nada, só ficou olhando em volta. Olhei para o Rule, que olhou para mim e sacudiu a cabeça. Dei risada e falei:

— Fica tão óbvio assim que a gente não tem a menor ideia do que fazer?

Senti que precisava fazer essa pergunta.

O Zeb deu um sorrisinho, e ficou menos intimidador.

— Bom, com um ponto bacana como esse, não precisa fazer muita coisa. O povo vai entrar e ver qual é só por causa da localização. E, se você ainda por cima vender umas coisas... – disse. Soltou um assovio e completou: – ...vai ficar cheio da grana.

Andamos com ele por todo o espaço, e fiquei espantado de ver que era tão grande. O Marcados já era bem espaçoso. Tipo assim, a gente nunca tropeçou um no outro, e cabiam dez pessoas confortavelmente acomodadas na recepção; mas aquele lugar tinha o dobro do tamanho. Não fazia a menor ideia de como fazer para dar conta daquilo, muito menos de como reformar e encontrar as pessoas pra trabalhar ali. Minha nuca começou a arder.

Terminamos a visita no andar principal, e o Zeb ficou tomando notas num bloco que tirou não sei de onde. O Rule fez umas perguntas, e eu fiquei lá parado, me sentindo um inútil apavorado. O Zeb olhou para mim e entendeu minha cara:

— Vou fazer uns esboços, levantar uns orçamentos. Qual é o prazo?

Soltei um suspiro e respondi:

— Bom, a Cora vai ter que me ajudar a contratar o pessoal e a fazer o plano de negócios, mas vai ter filho logo, logo. Acho que mais ou menos em maio – nem sei o que precisa para abrir o estúdio novo. Como dono de negócio, sou um merda. – Aí ela vai ter tempo de ficar com o bebê enquanto a gente faz a reforma.

O Rule concordou:

– É, acho que maio é uma boa data. Dá para nós abrirmos e aproveitar os turistas que vêm passar o verão aqui.

O Zeb fez mais algumas anotações e resmungou baixo alguma coisa. Balançou a cabeça rapidinho e enfiou a caneta atrás da orelha.

– Vai dar trabalho, não vou mentir. Mas é um lugar incrível e acho que, sem muito esforço, posso entregar um trabalho que tenha a ver com vocês, mas que ao mesmo tempo também seja do gosto do povo que frequenta essa parte da cidade.

– Perfeito – eu e o Rule falamos.

– Dou um toque quando já tiver algumas ideias no papel, e a gente pode falar melhor sobre o prazo e o orçamento. Sei que foi o Rowdy que me indicou, mas agradeço a oportunidade.

O Rule arqueou a sobrancelha que tem os *piercings*, passou a língua na argola que tem na boca e falou:

– Amigo do Rowdy...

O Zeb soltou uma gargalhada que não parecia bem-humorada.

– O Rowdy é legal, e agradeço por não me julgar pelo meu passado. Nem ele nem o Machina.

Na hora em que ele disse o nome do mecânico, inclinei a cabeça para o lado e pensei naquele amigo em comum. Tive que perguntar:

– Que passado?

O amigo do Rowdy deu um suspiro, e seu peito, que parecia que ele fazia levantamento de peso usando um carro, subiu e desceu.

– Não devia nem falar nada, porque já perdi mais de um trabalho por causa disso. Mas, se a gente vai trabalhar junto, vocês precisam saber que já passei um tempo na cadeia. Saí faz dois anos, mas sou fichado.

– E por que você foi pra cadeia? – perguntou o Rule, com um tom sério.

Mas tanto eu quanto ele sabíamos que o Rowdy não ia indicar ninguém que pusesse em risco os negócios ou a nossa segurança.

– Agressão. Fiz umas escolhas erradas e paguei por elas.

NASH

Bom, isso não era nem um pouco legal, mas nem eu nem o Rule tínhamos um passado livre de encrencas com a polícia. O Jet foi preso há menos de um ano por bater no próprio pai. Tudo bem que o velho filho da puta merecia isso e muito mais. É por isso que a nossa turma não tem o costume de julgar os outros pelos erros do passado. Simplesmente falei:

— Contando que você trabalhe bem por um preço justo, não ligo para o seu passado. Nosso relacionamento profissional é só o que importa daqui pra frente.

Pelo jeito, o Zeb acreditou nas minhas palavras. Trocamos cartões de visita, e ele foi embora. Eu e o Rule saímos e fomos até a frente do prédio para eu trancar a porta.

— O que você acha? — perguntou o Rule, com tom de curiosidade.

— Acho que preciso de um cigarro.

Meu amigo me olhou feio e foi comigo até a rua, onde meu carro e a picape dele estavam estacionados.

— Sério?

— Acho que não sei onde estou me metendo. Olho para aquele lugar e não consigo me imaginar tatuando nele, nem a cara que meus clientes vão ter. Acho que não faço a menor ideia de como administrar um negócio nem de como fazer o Phil me contar a verdade. Acho que estou me apaixonando por uma menina que não confia cem por cento em mim, não se abre comigo como eu queria. Você tem ideia da merda que é tudo isso? Nunca quis me aproximar tanto de uma mulher. Nunca mesmo.

— Uou!

Meu amigo deu risada, chegou mais perto, pôs a mão no meu ombro e disse:

— Relaxa, amigão.

Soltei um palavrão, me encostei no para-lama do carro e cruzei meus braços tatuados.

— Sério, Rule. Sinto que tudo está fugindo do meu controle. Me dá vontade de pedir para o mundo parar porque eu quero descer. Me sentir tão tonto é uma merda.

171

O Rule fez uma cara de espanto e se encostou no carro também, quase na mesma posição que eu.

– Olha, Nash. Você precisa respirar fundo. Tem um monte de coisa rolando neste momento, e vai enlouquecer se tentar resolver tudo ao mesmo tempo. O Phil não vai te contar o que você quer saber, vai logo falar com a sua mãe. Sério, é a solução mais simples. E, se a madame não te falar o que você precisa ouvir, espera até o pai da Cora voltar, quando o bebê nascer, e pergunta para ele.

Faz sentido. Só quero resolver isso sem precisar falar com a minha mãe.

– E o lance do estúdio e de ser dono do seu próprio negócio, você não está sozinho. Eu estou contigo, a Cora está, o Rowdy também, e o Phil ainda não se foi. O sucesso ou o fracasso dessa empreitada não vai ser responsabilidade só sua, Nash. Todos nós queremos que dê certo, queremos que o Phil se orgulhe da gente, quer dê tempo de ele ver ou não.

Meu amigo tinha razão... Não é só o meu futuro que estava em jogo, e não posso esquecer disso.

– Agora, a garota... – continuou, dando um soquinho no meu ombro. – Você não está se apaixonando. Já se apaixonou. Ela te pegou de jeito, e não tem como se livrar. E daí que é reservada? E daí que é complicada? Você já parou pra pensar que talvez goste dela justamente por esse motivo, por ela não ser fácil como as outras? As fáceis a gente esquece, meu amigo, as complicadas ficam para sempre. Pode acreditar, casei com uma.

Olhei para o Rule e tentei pensar em um bom argumento contrário. Mas não consegui.

– A gente era um bando de pentelhos naquela época. Eu precisei encontrar a pessoa certa para querer deixar de ser aquele moleque. Você... bem, você sempre foi o legal da turma, mas até o mais legal dos caras tem seus dias ruins. Uma hora ou outra essa menina vai deixar de lado suas encanações com o passado e, se isso não acontecer, parte pra outra, porque isso significa que ela não gosta de quem você é hoje.

Eu soltei um suspiro e fiquei observando o ar se transformar em vapor por causa do frio.

— Meu amigo, desde quando você se transformou em um mestre dos relacionamentos?

— Todos os meus amigos e familiares estão se apaixonando. Só estou tentando evitar que cometam os mesmos erros que cometi com a Shaw. Eu não perderia o tempo que perdi pra conquistá-la se pudesse fazer tudo de novo.

Teria tirado sarro do meu amigo porque ele estava sendo romântico e meloso, mas presenciei o custo que foi para o Rule ficar com a Shaw. Nem tudo foi um mar de rosas, e os dois se magoaram mais do que precisavam até se acertarem. Acho que desprezar suas palavras de sabedoria não seria muito inteligente da minha parte.

— Tudo bem. Acho que vou subir a montanha e tentar conversar com a minha mãe sem estrangulá-la ou me estrangular.

— Boa sorte. Ei, você vai levar sua enfermeira no Bar este fim de semana?

Levei uma semana para persuadir a Saint a sair comigo e conhecer meus amigos, usando palavras e favores sexuais. A Ayden e a Shaw estavam loucas pra encontrá-la fora do hospital.

— Se ela não me der o cano... A Saint é muito tímida e fica retraída com gente que não conhece.

— É melhor você avisar que, se ela tem planos de ficar com você, vai ter que superar isso. Senão a Cora vai planejar uma emboscada, e as meninas vão aparecer na porta da casa da menina, e ela não vai ter você para protegê-la.

É exatamente isso que vai acontecer. Preciso lembrar de insistir um pouco mais com a Saint da próxima vez que a encontrar. Não ligo de ficar insistindo, especialmente quando o resultado é a gente acabar enroscado na cama sem roupa, mas ainda tenho receio de insistir demais porque não sei qual é o seu limite. E, para ser sincero, também não sei qual é o meu. Gosto dela, de verdade, na cama e fora dela, mas tem sempre um elemento desconhecido que me deixa ressabiado. A Saint é uma mulher forte, precisa ser por causa do trabalho, onde é muito boa. Mas fora isso, longe do hospital, tem uma aura de vulnerabilidade e timidez. Quando estamos juntos, percebo que está em um conflito interno. Quer ficar comigo, me ver, mas fica sempre maquinando, parece que está tentando definir o quanto pode se abrir comigo para continuar em segurança.

Estou me esforçando para propor uns programas divertidos. Desde o dia em que ficamos no banco de trás do meu carro, não paro de pensar que ela não viveu todas aquelas bobagens da adolescência que fazem parte das tentativas de um garoto levar uma menina pra cama. Por isso a levei no cinema e tentei passar a mão por baixo da sua blusa. Levei a Saint pra comer pizza e dei uns amassos na porta da sua casa. Tentei convencê-la a sair com o Rule e a Shaw, mas ela recusou, ainda não está preparada para fazer parte da minha vida desse jeito. E isso me levou a pensar o que, afinal de contas, estamos fazendo juntos.

Nunca passei mais do que uma noite ou um fim de semana com a mesma mulher. Na minha cabeça, estou começando um relacionamento com a Saint. Mas simplesmente não sei o que isso significa pra ela. Ela me manda torpedos, me liga quando tem tempo livre, mas nunca dorme na minha casa nem me convida pra dormir na dela. Tudo bem que também nunca me mandou embora, mas tem muita coisa indefinida, e me sinto andando às cegas, porque também nunca tinha me interessado em namorar alguém antes. Sei que ela é especial. Só não sei como demonstrar isso, além do que já tenho feito.

Cheguei rápido em Brookside, até porque minha cabeça estava a mil e não me deu um minuto de paz. Parei na frente da casa da minha mãe e suspirei aliviado quando vi que, pelo menos, a SUV do imbecil do meu padrasto não estava lá. A menos que estivesse na garagem. O que era bem pouco provável, porque os vizinhos não vão ver o carrão que ele tem se estiver escondido, não vão poder se maravilhar com o negócio e se morderem de inveja da riqueza e do prestígio do Grant Loften. Filho da puta. Nunca odiei tanto alguém quanto odeio esse cretino e, se Deus quiser, um dia minha mão e a cara dele vão se encontrar.

Passei a infância inteira sob seu olhar de reprovação. Nunca fazia nada certo, sempre fui tratado como um peso por ele. Uma das lembranças mais vivas que tenho da sua cabeça de merda é de quando eu só tinha uns quatro ou cinco anos de idade. Tinha acabado de descobrir o giz de cera. Adorava as cores, adorava fazer desenhos em qualquer coisa que pudesse por minhas mãozinhas rebeldes, incluindo as paredes. Era só giz de cera. Que criança nunca rabiscou numa parede? Mas, para o Grant, era um crime comparável a um assassinato. Até hoje lembro dele quebrando um por um dos meus gizes de cera e me obrigando a assistir a cena. Lembro do cheiro acre de água sanitária, porque ele me fez esfregar as paredes não só do meu quarto, onde estavam as minhas artes, mas da casa inteira. Eu era só uma criança, mas ele não ligava para isso. Até hoje o Grant acha que faço tudo errado.

O que tornava as coisas ainda piores era o fato de ele amar a minha mãe. O safado a tratava como uma rainha e lhe dava tudo o que queria. Só não tinha tempo nem encontrou uma utilidade para mim. E nunca, nunca mesmo, vou perdoá-lo por ter feito minha mãe escolher um entre nós dois. É claro que ela deveria ter me escolhido, sou seu filho, era sua obrigação me amar incondicionalmente, mas não escolheu, e foi o Grant que a pôs contra a parede.

Ele sempre se preocupou só com as aparências, o prestígio e a imagem. Então, eu ter meu próprio jeito, fazer o que me dava na cabeça, tornou nossa convivência sob o mesmo teto desagradável. Agora que sou adulto, preciso manter o sangue frio pra não fazê-lo engolir aqueles dentes perfeitos toda vez que torce o nariz para mim, faz biquinho de desprezo por causa da minha roupa ou de algo que falei...

Corri pela entrada, que ainda estava com uma leve camada de neve, e bati na porta. Que triste ser tratado como um estranho num lugar que devia ser a casa da minha família... Vi os cabelos pretos da minha mãe quando ela espiou quem era pela janela, e levou alguns minutos pra decidir se abria a porta ou não. Nos encaramos pela porta de vidro e não tive como não perceber seu olhar de decepção quando me mediu de cima a baixo. Eu estava vestido como estaria em qualquer outro dia do ano: moletom, boné e calça jeans. E, aos olhos dela, nunca estava bom. A essa altura da vida, isso não devia me magoar. Sou adulto, me viro sozinho há mais tempo do que minha mãe fingiu me criar, mas ainda tem um pedacinho de mim que gostaria que ela me valorizasse, apesar de eu sempre acabar com a sensação de que a mulher pisoteou meu coração.

– O que está fazendo aqui? Você não ligou avisando, Nashville.

Ela sempre me chama pelo meu nome completo, meu Deus. Acho que só faz isso porque sabe o quanto me incomoda.

– Não liguei, não. Mas queria conversar um minutinho com você e achei que fosse te encontrar em casa.

Minha mãe ficou mexendo no colar de rubi que estava usando e pôs a mão na porta. Ela é uma mulher pequena. Herdei a pele morena e o cabelo de algum parente distante. Posso concluir que herdei do Phil o resto das características que me fazem ser quem sou. Graças a Deus.

– O Grant já vai chegar. E não vai gostar de você ter aparecido aqui sem avisar.

E, como sempre, o que o Grant gosta ou deixa de gostar sempre vale mais do que ter uma atitude justa e decente.

– Não vou demorar, mãe. Sério, só preciso de cinco minutos.

– Você dirigiu duas horas só pra conversar comigo por cinco minutos, Nashville? Isso não faz o menor sentido.

Sempre me censurando e me reprovando. É um milagre eu ser normal.

– Mãe... – falei. Depois soltei um suspiro, espremi os olhos e completei: – O Phil está cada dia mais doente. Tem uma enfermeira 24 horas na casa dele, mas o velho mal consegue comer e dorme o tempo todo. Vou visitá-lo todos os dias e peço para ele me contar o que foi que aconteceu, porra! Alguém precisa me dar uma explicação, mãe, e não vou a lugar nenhum até conseguir. Se quer que eu vá embora antes de o Grant chegar, é melhor começar a falar. Senão, vou lá para fora e saio no tapa com ele. Tenho certeza de que isso não é bom para ninguém. O que os vizinhos vão dizer?

Minha mãe me olhou com jeito de quem estava pensando em alguma alternativa quando um dos vizinhos saiu da garagem e veio olhar

NASH

o que estava acontecendo. Ri da ironia do destino, e ela finalmente cedeu e abriu a porta para mim.

Fui com ela até a cozinha, onde, a contragosto, perguntou se eu queria beber alguma coisa. Disse que não e me encostei no balcão enquanto minha mãe servia uma xícara de café pra si mesma.

– Quero saber por que nunca me contou quem o Phil é de verdade. Quero saber porque me fez pensar que meu pai era um maluco qualquer que nos abandonou. Passei a infância inteira acreditando que você não me aguentava, não me amava porque eu te fazia lembrar de um desconhecido que te decepcionou.

Olhei feio para minha mãe, ela me obrigou a carregar o peso dessa culpa por tantos anos, quando eu era tão novo.

– O Phil estava bem aqui, cuidou de mim e é óbvio que gostava de você. Nós dois poderíamos fazer parte da sua vida. Acho que mereço saber o que aconteceu e por que ele precisou ficar à beira da morte para a verdade vir à tona.

Minha mãe agarrou a caneca, e seu rosto maquiado empalideceu.

– Que diferença isso faz agora, Nashville? Remexer nessa história não vai adiantar nada.

– Para de me chamar assim. É Nash, só Nash, e você sabe muito bem disso. Adianta sim, quero saber por que nunca fui bom o suficiente, por que ainda olha pra mim como se eu fosse um erro. O Phil não vai morrer sem eu entender por que é tão importante pra ele guardar os seus segredos.

Ela soltou um suspiro, dando a entender que eu estava incomodando mais do que qualquer coisa, e olhou para mim por cima da caneca. Depois começou a falar:

– Conheci o Phil quando ele estava de licença da Marinha. Estava passando férias em Nova York, e ele, aproveitando aquela semana de férias tradicional dos militares. Era um rapaz charmoso, bonito, perigoso e de uniforme. Imaginei que ninguém ia sair prejudicado se tivéssemos um caso inofensivo. Achei que era uma coisa passageira, eu era só uma jovem querendo se divertir, mas acabou sendo algo mais. Voltei pra cá e, quando

177

o Phil terminou seu tempo na Marinha, mudou para Denver, para ficar comigo. Sempre foi muito dedicado e cavalheiro, mas não era o tipo de homem com quem eu queria passar o resto da minha vida.

Minha mãe limpou a garganta e pôs a caneça no balcão. Não me olhou nos olhos e continuou falando:

– Eu gostava do Phil, ele era divertido e, por um tempo, nosso relacionamento foi ótimo. Mas, quando resolvi me casar, a vida que eu queria não combinava com um homem que anda de moto e achava que ser tatuador era uma carreira séria. Isso não estava nos meus planos. Terminei com o Phil quando conheci o Grant, um homem que poderia me dar um futuro, me dar o lar que eu sempre quis. Nunca tive dúvida de qual dois dois seria a escolha certa pra mim.

Fiz careta porque ouvi-la falar do Phil e de suas escolhas de vida era como se a estivesse ouvindo desprezar as minhas escolhas de novo. Minha mãe segurou o colar mais uma vez e ficou girando aquele rubi sem parar.

– Não sabia que estava grávida quando comecei a sair com o Grant. Quando descobri, simplesmente concluí que o filho era dele.

Depois dessa, até engasguei.

– Meu Deus, mãe! Você estava transando com os dois?

Não precisava ter ficado sabendo disso.

Minha mãe espremeu os olhos e prosseguiu:

– Eu era jovem, ainda estava entendendo como a vida funcionava, Nashville. Bom, eu e o Grant noivamos e casamos antes de você nascer. Nós dois estávamos animados com a perspectiva de ter um filho, um menino, e o Phil abriu o estúdio e começou a vida que sempre desejou. Era para ser tudo perfeito.

Ela foi até o outro lado da cozinha, e me dei conta de que queria ficar o mais longe possível de mim sem sair do recinto.

– Quando você nasceu, ficou óbvio que era filho do Phil e não do Grant. Você tinha a pele dourada como a minha, mas o cabelo era igual ao do Phil, e os olhos... Mesmo para um bebê eram claros demais e inconfundíveis.

NASH

Eram os olhos dos Donovan. O Grant ficou furioso, me acusou de ter um caso e disse que era para eu escolher entre ele e o meu filho bastardo. Não podia suportar a cidade inteira sabendo que o bebê não era seu. Achei que fosse me abandonar.

Eu já odiava o imbecil, mas me deu vontade de arrancar seus dentes com um alicate.

– Como não queria perdê-lo, contei tudo sobre o Phil, expliquei como era nosso relacionamento. O Grant acabou se dando conta de que ninguém iria julgá-lo por criar um filho que foi abandonado pelo pai. Mas se recusou a lhe dar seu nome e a registrar você.

Senti a temperatura do meu sangue baixar e cerrei os punhos.

– Só que o Phil não tinha ido a lugar nenhum. Simplesmente não sabia que eu existia.

– Não, não sabia. E, se o mundo fosse perfeito, tudo teria continuado assim. O Grant cuidou de nós, nos sustentou, e falamos para você que o seu pai te abandonou. Só que o tempo foi passando, e você foi ficando cada vez mais parecido com o Phil. Quando tinha uns quatro anos, um amigo dele nos viu no shopping de Cherry Creek e contou para ele. O Phil ficou furioso, ameaçou me processar, lutar pela sua custódia na Justiça. O Grant não queria se meter nesse tipo de confusão, não queria que essa história sórdida viesse a público. Como não precisávamos de pensão, fizemos um acordo. Implorei para o Phil esconder sua verdadeira identidade, sua relação com você, e manter silêncio até que ficasse mais velho. Ele concordou depois de muito relutar, desde que pudesse se relacionar com você e lhe dar seu sobrenome. Como nunca registrei o nome do pai na sua certidão de nascimento, você virar Donovan foi a coisa mais fácil do mundo.

Minha mãe ficou passando uma mão na outra, nervosa, e teve a coragem de olhar para mim com cara de quem achava que a culpa era minha.

– Quando cresceu, ficou ainda mais difícil. Rebelde demais, bocudo demais, difícil demais. Não queria se vestir bem nem brincar com as crianças que achávamos certas. O Grant já se ressentia de criar o filho de um outro homem, mas você ser desse jeito, se parecer tanto com o Phil, ultrapassou os limites. Era mais fácil deixá-lo tomar conta de você, tentar pôr algum tipo de juízo na sua cabeça, porque, do jeito que estava, eu e o Grant não queríamos ficar com você. Sempre foi muito mais filho do Phil do que meu.

Cerrei os dentes e comecei a sentir a raiva tomando conta de mim.

— Eu era só uma criança. Talvez, se não pegasse no meu pé o tempo todo por causa de coisas que não tenho como mudar, como a cor dos meus olhos, eu teria escolhido um caminho mais aceitável para você. Nunca me deu essa oportunidade. Sempre esteve ocupada demais tentando agradar o Grant pra se preocupar quais seriam os efeitos que todo esse veneno causava no seu filho.

— Você sempre foi parecido demais com o seu pai, mesmo sem saber quem ele era.

— Ele te amava. Ainda ama.

Minha mãe apertou os lábios e disparou:

— O Phil amava uma ideia abstrata. Nunca soube quem sou de verdade.

— Por que não me contou quando fiquei mais velho e fui morar com ele de vez?

— O Phil não quis.

— Mentira.

— Tudo bem. Ele disse que quem deveria contar era eu, e me recusei. Achei que eu e o Grant não precisávamos lidar com esse aborrecimento. Você tinha partido para outra, e o Phil cuidou melhor de você do que eu jamais poderia cuidar. Estava tudo certo.

Tive vontade de jogar algo pesado na minha mãe. Queria quebrar cada louça fina e brega que ela tem naquela cozinha cara. Cerrei os punhos de novo, ao lado do corpo.

— Só que eu continuo aqui, mãe. Ainda estou tentando viver minha vida, e agora o único pai que eu teria no mundo está morrendo e não posso fazer nada a respeito. Você roubou esse relacionamento de mim porque não queria lidar com o aborrecimento, porque não queria incomodar o merda do seu marido? Como é que pode achar isso certo?

NASH

– O que é certo para mim nunca foi certo para você, Nashville. Nem usa o nome que eu te dei.

– Por que esse é um nome ridículo.... É tudo muito ridículo. O que é certo para mim não é certo para você porque sou um ser humano de verdade, com sentimentos e emoções, e você, mãe... Você é um ser monstruoso, porra!

Sempre quis a atenção da minha mãe, ansiei por seu amor e por sua aceitação. Mas naquele momento, olhando para ela, vendo a absoluta ausência de remorso ou arrependimento nos seus olhos, me senti grato por essa mulher simplesmente ter me abandonado. Se eu tivesse me esforçado mais, feito algo além do que posso para que ela me amasse, só Deus sabe o robô infeliz que eu teria me tornado. Como adulto, continuo bravo com a minha mãe, ainda guardo ressentimento por ela ter aberto mão de mim com tanta facilidade. Mas também estou feliz por não ser nem um pouco parecido com ela e a sua família.

– Não sou nenhum monstro, Nash – finalmente, ela me chamava pelo meu nome. – Apenas não sou a mãe que desejava e precisava. E, para ser sincera, você também nunca foi o filho que eu precisava ou desejava. Ter você deixou bem claro para mim que não nasci para ser mãe de ninguém. Por que acha que eu e o Grant nunca tivemos filhos? Queríamos ficar sozinhos.

– Graças a Deus.

Eu me afastei do balcão e fui até a porta. Já sabia que, assim que eu saísse dali, não teria mais motivos para voltar. Depois dessa, tive certeza. Era por essa razão que o Phil insistiu tanto para eu arrancar da minha mãe e, de mais ninguém, toda a verdade sobre aquela história sórdida. Finalmente estava livre de quaisquer amarras com o passado e com ela. Não preciso mais da sua aprovação. Sou um sujeito bom, minha vida é boa, tenho os melhores amigos do mundo, e estou me esforçando para ter uma boa mulher do meu lado pra sempre. Não preciso que minha mãe tenha orgulho de mim ou valorize o que eu faço, porque tenho orgulho de mim mesmo, e isso foi o Phil que me deu.

Não interessa que não tenha a menor ideia do que fazer com o estúdio novo nem que a Saint me obrigue a pisar em ovos. Vou dar conta de tudo e não vou decepcionar nem ao Phil nem a ninguém, até chegar lá, de jeito nenhum. Não porque preciso ser reconhecido ou valorizado, mas porque esse é o tipo de homem que sou. O homem que meu pai me ensinou a ser.

CAPÍTULO 12

Sabia que a visita à mãe deixaria o Nash de baixo-astral. Ele não fala muito sobre ela nem por que foi criado pelo Phil e, para mim, seu silêncio revela mais do que as palavras poderiam revelar. Ele já disse mais de uma vez que o motivo para sentir tanta raiva, ser tão desbocado quando era mais novo, era sua mãe torná-lo tão infeliz. Que agia daquela maneira só para chamar a atenção dela, provocá-la. Era por isso que eu tinha certeza de que, depois da visita, ele ficaria se sentindo chateado e triste. Queria fazer alguma coisa para o Nash se sentir melhor.

Ele tem feito de tudo para eu me divertir, pra me levar para sair e manter as coisas entre a gente leves e alto-astral, mas sempre dando um toque de sensualidade. E, por isso, sei que me deseja. Achei que estava na hora de retribuir.

O Nash apareceu no meu apartamento emburrado, bravo, de mau humor mesmo. Seus olhos estavam com uma expressão sombria e confusa. Por mais que eu tentasse fazê-lo falar, ele só resmungava umas respostas monossilábicas e xingava o mundo. Não conseguia tirá-lo daquele estado e, quando sugeri que a gente saísse, só me olhou com uma expressão de quem achava que eu tinha ficado louca. Ele não estava mesmo em condições de fazer companhia para ninguém, mas eu não conseguia suportar vê-lo tão infeliz. Resolvi que ia deixá-lo de bom humor nem que fosse à força.

O Nash ter concordado em sair comigo quando era tão óbvio que tudo o que queria era sentar e se afogar no seu péssimo humor o resto da noite foi uma prova do quanto esse garoto quer me agradar, quer que eu me divirta. Poderia ter coberto aquela cabeça raspada de beijos só por causa disso. Quando entramos no meu carro e não perguntou por que eu estava indo para o centro da cidade, rezei para meu plano não dar errado e acabar piorando o seu humor.

Tive que encontrar um lugar para parar na rua, e o Nash me lançou um olhar inquisitor quando o peguei pela mão e o levei até o rinque de patinação no gelo que fica no parque Skyline, no coração de Denver. O lugar só abre alguns meses no ano, no inverno, e dá para patinar de graça se você trouxer seus próprios patins. Patinar no gelo sempre foi uma das minhas atividades preferidas, tudo a ver para quem cresce num estado tão frio dos Estados Unidos. Não existe nada parecido com deslizar no gelo no escuro com as luzes brancas brilhando sobre a sua cabeça. É tão divertido fazer uma coisa tão pitoresca no meio de uma área tão urbana... Só pude esperar que o Nash achasse o mesmo que eu.

Ele olhou para mim, levantou uma das sobrancelhas pretas e disse:

– Sério?

Encolhi os ombros, mordi o lábio e disse:

– Que foi? Vai ser divertido.

– Se a sua ideia de diversão é me ver caindo de bunda no chão, sim, vai ser divertido.

Bati meu ombro no do Nash, e ele me abraçou.

– Você andava de skate. Tenho certeza que consegue se equilibrar e dar duas voltas sem cair.

Lembrei do Nash andando de skate na época do colégio e tive certeza de que ele ia ficar bem, apesar do ar pensativo.

– Isso foi há muito tempo, Saint.

Obriguei o Nash a me deixar pagar pelo aluguel dos patins. Fiquei toda empolgada por dentro quando sentamos para colocá-los, e ele se ajoelhou na minha frente e me ajudou a amarrar os meus. Não consegui

NASH

resistir: me abaixei e dei um beijo na sua cabeça. Adoro a cócega que seu cabelo supercurto faz nos meus lábios. Olhei para cima quando ouvi um grupinho de meninas rindo e observando a gente.

– Se concentra em não cair que você vai esquecer do dia de hoje.

O Nash rosnou de novo e levantou com um movimento gracioso que me deu um arrepio por dentro e fez as meninas suspirarem. Aí pôs os patins, a contragosto, ficou ao meu lado e fomos caminhando como deu até o gelo.

Os dez primeiros minutos foram difíceis. O Nash é grandão e, apesar de normalmente se movimentar com muita graça e fluidez, se transformou num trem de carga desgovernado ao ficar em cima daquela lâmina fina na pista de gelo. Queria ser compreensiva, ajudá-lo, mas não tinha força para mantê-lo de pé, e a sua boca suja e suas palavras hostis me fizeram ter ataques de risada. Ri tanto que também fiquei com dificuldade de me manter de pé.

As crianças cochichavam à nossa volta. As adolescentes faziam piruetas e deslizavam pela gente, obviamente tentando chamar a atenção do Nash. Garotos de patins de hóquei passavam correndo, tentando impressionar, mas o Nash estava concentrado em se manter de pé e em mim. Finalmente se equilibrou e conseguiu dar uma volta completa no rinque. Segurei sua mão. Ele deu uma risadinha abafada e apertou meus dedos gelados.

– Nunca tinha patinado no gelo com uma garota.

Meus braços se arrepiaram. Ele foi meu primeiro em tantas coisas, nunca achei que poderia ser a sua primeira em algo.

– Que bom.

Deslizei até o Nash e fiquei o observando. Sua boca estava menos tensa, e seus olhos tinham clareado um pouco.

– Você sabe que pode conversar comigo, né? Sobre o que aconteceu hoje com a sua mãe.

Estou conseguindo manter nosso relacionamento dentro de um limite em que me sinto à vontade, mas não quero que o Nash pense que, se precisar desabafar, não estou disposta a ouvir. Claro, a gente tem uma química sexual matadora, e algo muito íntimo mexe com nós dois. Mas, se for para continuarmos juntos, também precisamos gostar um do outro o suficiente para compartilhar coisas.

O Nash fez carinho nas costas da minha mão com o dedão, e me desequilibrei um pouco. Quase fiz nós dois cairmos no gelo duro. Esse homem sabe como me distrair.

– Não tenho nada pra falar. Minha mãe foi desagradável como sempre, e me senti péssimo como todas as vezes em que falo com ela. Fui embora com a certeza de que não tenho mais nada para falar com essa mulher. Ela não é da minha família, nunca foi.

Respirei fundo, e meus dentes doeram por causa do ar gelado.

– Isso é muito triste.

– Acho que sim. Mas é assim que as coisas são.

Tenho muito ressentimento em relação ao meu pai, por ele ter feito o que fez e ter resolvido largar a minha mãe. Mas, mesmo não aprovando suas atitudes, não gostando do drama e do sofrimento que causou, não consigo me imaginar virando as costas pra ele para sempre. Não consigo me ver declarando que ele não é mais meu pai nem faz mais parte da família. Meu estômago revirou só de pensar no Nash tendo que tomar uma decisão dessas com o pai estando tão doente.

Soltei um gritinho de surpresa quando o corpo grande que estava ao meu lado foi para a frente e caiu num espetáculo de braços e pernas fortes. O Nash conseguiu se virar para cima antes de cair, e eu fui parar em cima do seu peito, com uma batida que deixou nós dois sem ar. Ele me abraçou e se sacudiu de tanto rir.

– OK, Saint. Você venceu. Não consigo ficar bravo com a bunda quebrada.

Passei meu nariz gelado pelo seu maxilar e respondi:

– Bom, eu *sou* enfermeira. Quando chegarmos em casa, posso cuidar de todos os seus dodóis muito bem.

Ele suspirou e disse:

– Você pode fazer isso pelada?

NASH

Dei risada por causa do comentário tipicamente masculino e, quando respondi que era óbvio que a gente podia fazer isso pelados, o tempo no gelo acabou. Foi legal, me senti bem comigo mesma e em relação ao Nash, não só por ter conseguido acabar com seu mau humor, mas por tê-lo feito rir e pensar em outra coisa. Acho que nem toda mulher teria conseguido e, quando chegamos em casa, o Nash começou a tirar a roupa dele e a minha também, e a criar o clima mais sensual possível. Fiquei imaginando se estar comigo desse jeito é tão especial para ele quanto é pra mim. Parece que sim.

Na manhã seguinte, estava na cozinha do meu apartamento fazendo café e penteando meu cabelo molhado com os dedos, me sentindo muito mole, lânguida e satisfeita, porque não tinha tomado banho sozinha e ainda estava sob o efeito do orgasmo. De repente, a porta de casa se abriu, e minha irmã entrou correndo. Parecia muito estressada e perturbada, cansada e muito grávida. As crianças não estavam com ela, que estava com as bochechas muito vermelhas.

– A mamãe acabou de me ligar – falou.

Ficou andando para lá e pra cá com passos pesados, e eu olhei, nervosa, em direção ao quarto. Tinha deixado o Nash lá se vestindo com a promessa de deixar o café pronto quando ele terminasse. Não queria que a Faith o visse na minha casa, não queria pensar em como explicar o que eu estava fazendo com ele, porque nem sei direito, e as palavras nunca foram o meu forte.

– OK. Aconteceu alguma coisa?

Minha irmã soltou um suspiro de irritação e se jogou numa das cadeiras da mesa de jantar.

– Ela está se mudando.

Arrumei o robe que estava vestindo, fiquei de olho no corredor e disse:

– OK.

Deveria ter perguntado para onde minha mãe ia, mas estava preocupada demais com o Nash aparecer ali pelado, mostrando todas as suas tatuagens gloriosas, para me concentrar no que minha irmã estava dizendo.

187

A Faith me olhou feio e enfiou as mãos no cabelo.

– Como assim, "OK"? Ela vai embora do Colorado. Você acha isso OK?

– Ela é adulta e faz dois anos que banca a maluca. Quem sabe indo embora de Brookside, onde encontra o papai toda hora e se lembra de que ele partiu para outra, não seja melhor pra mamãe.

– Mas a gente mora aqui. As crianças moram aqui. Não é ela que deveria mudar para outro estado. O papai devia fazer isso. Ele é que aprontou.

Minha irmã tinha razão. Foi meu pai que aprontou. Ele é o responsável por nossa família ter se separado. Minha mãe nunca teria pirado nem tido atitudes tão drásticas se ele não a tivesse provocado. Mas, para ser bem sincera, fiquei orgulhosa da minha mãe ter tomado uma atitude, ter tomado as rédeas da própria vida novamente e feito algo por si mesma. Culpar meu pai por ser um imbecil, não superar o fato de ele ter arrumado outra mulher, não vai fazê-la melhorar. Mas uma mudança de ares, se afastar um pouco de tudo, pode. Acho mesmo. Fiz isso depois de terminar o Ensino Médio, quando mais precisei, e foi maravilhoso para mim. A Faith tinha razão quando disse que minha mãe não deveria ter que mudar, mas o fato de ela assumir a responsabilidade por algumas das suas atitudes me deixou feliz. É assim que nossa família é agora, e eu e a minha irmã vamos ter que nos acostumar. Só que eu ia ter que esperar pra dizer para a Faith que, se meu pai mudasse, ela iria se sentir da mesma maneira e que ele também sentiria saudade da gente, dos filhos dela, porque ouvi um movimento vindo do quarto.

Soltei um suspiro... Mais porque o Nash finalmente saiu do quarto do que por causa do que a minha irmã dizia. Como ia encontrar o Rome na academia, estava só de regata preta e calça de nylon preta e branca. Usava aquele boné preto que nunca tira, e tive que me esforçar muito para não suspirar de encanto. Ele é gato, estupidamente gato, não tenho como negar. Apareceu colocando o moletom e digitando no celular, e acho que nem reparou que a Faith estava ali quando chegou bem perto de mim e passou o braço pela minha cintura. Me puxou para aquele peito gigante e me deu um beijo na boca com vontade. Estava com cheiro de

NASH

limpinho, meio floral, por causa do meu sabonete, e teria me dado vontade de sorrir se a minha irmã não estivesse fazendo cara feia pra mim.

– Não esquece de aparecer lá pelas nove da noite hoje. O Bar. É meio que um boteco e não tem placa na porta. Mas é perto da Broadway, e o meu carro vai estar lá na frente, não tem como errar. – Ergueu uma daquelas sobrancelhas quase pretas e completou: – Se você me der o cano, não me responsabilizo pelo que as garotas vão fazer para te conhecerem melhor.

Os amigos do Nash querem me conhecer, me conhecer de verdade, não só de vista pelos corredores do hospital. Só de pensar, já entro em pânico. O que rola entre a gente vai ficar mais importante do que eu queria, mas não consegui pensar em um jeito de escapar dessa com classe. E, para ser sincera, dava para ver que isso era importante para ele, e não quero decepcioná-lo.

Limpei a garganta e encostei de leve na sua barriga, que é tão durinha e que me dá vontade de ficar passando a mão.

– Nash...

Ele levantou a outra sobrancelha.

– Esta é a Faith, minha irmã. Não sei se você lembra dela. Estava um ano à sua frente no colégio.

Ou seja: sabia das cicatrizes que o Nash deixou em mim quando a gente era mais novo.

Minha irmã olhava para ele com cara de quem queria enfiar uma faca no seu coração, mas o Nash só deu um sorriso sem jeito e foi andando em direção à porta.

– Oi, Faith. É um prazer conhecê-la oficialmente. É sério, Saint – aí falou baixinho... – Se você não aparecer, vou ficar mal.

Suspirei de novo e apoiei as mãos no balcão da cozinha.

– Eu vou. Prometo.

O Nash deu um sorriso sincero e saiu pela porta, me deixando a sós com a minha irmã.

Ela abriu a boca, mas levantei a mão e falei:

– Nem começa.

A Faiht se apoiou na mesa, levantou e veio até o balcão.

– Você ficou completamente maluca? – disse.

Se tivesse gritado, teria sido melhor. Mas ela quase sussurrou, e senti um aperto no peito.

– Provavelmente – respondi. Peguei a caneca, mais para ter onde enfiar as mãos, e completei: – Ele é diferente e não só em relação à época do colégio. O Nash é legal, divertido, lindo e, além do mais, me sinto bem com ele... muito bem. Gosto de ficar com ele, que está passando por uma dificuldade grande com o pai, quero facilitar as coisas para ele. Acho que o Nash precisa de mim neste momento.

– Esse é o sujeito que te fez fugir para a Costa Oeste, Saint. Te magoou tanto que você se escondeu de todo mundo, fugiu de todos os relacionamentos que apareceram na sua vida. Ficar com ele é uma péssima ideia.

Levantei os ombros e os deixei cair em seguida.

– Eu sei. Estou me esforçando para esquecer. Do passado, quero dizer. O Nash diz que foi um mal-entendido. Que não estava falando de mim, e quero muito acreditar nele. E o lance da festa... – encolhi os ombros de novo e completei: – ...talvez eu tenha dado mais importância do que devia. Adolescentes são tarados. Não acho que ele teria me ignorado se soubesse que eu tinha ido lá só pra ficar com ele. O Nash nem lembra de ter me visto.

Minha irmã fez uma careta bem feia e exclamou:

– É claro que ele disse isso! Como é que ia te levar pra cama se não dissesse isso?! Usa essa porcaria de cabeça, Saint. Esse moleque não é homem pra você. Já está mais do que na hora de deixar pra lá essa quedinha imbecil por *bad boys* ou seja lá o que for. Vê se cresce.

– O Nash não é assim, Faith. É muito legal. Se preocupa com os amigos, trabalha quase tanto quanto eu e tem sido muito, mas muito sensacional comigo nesses últimos meses, com todas as minhas esquisitices. Não liga que sou toda constrangida e não lido bem com as palavras, não joga na minha cara quando surto e o deixo na mão e... – fiz minha irmã me olhar bem nos olhos, para que ela entendesse o quão era importante o que eu ia dizer: – ...faz eu me sentir normal na cama e fora dela.

NASH

– Você merece coisa melhor, Saint.

Fiquei brava com esse comentário. Pus a caneca no balcão, cruzei os braços e perguntei:

– Melhor para os padrões de quem? O Nash é o primeiro garoto de quem eu gostei. Na vida. Também é o primeiro em quem consigo acreditar quando me diz que sou bonita. É o primeiro homem que conheço que me dá vontade de ficar nua e me amarrar à cama. Nunca tive nada disso com ninguém, Faith.

Minha irmã respirou fundo, me olhou feio e continuou:

– É claro que ele te acha bonita, você é linda, qualquer um que não seja cego consegue ver. Mas e antes? Quando não te achava tão linda assim? Você quer mesmo ficar com alguém tão fútil? E essa mudança repentina... essa gentileza? E se tudo for calculado só para se apaixonar porque o Nash precisa de você neste momento? O que vai acontecer quando não precisar mais, Saint? O quê?

Mordi o lábio porque esse é meu maior medo em relação ao Nash. Sei que a minha irmã só quer me proteger, evitar que eu me machuque de novo, mas suas palavras foram de encontro a reservas muito sérias que tenho em relação ao meu lance com ele.

– Ele disse que sempre me achou bonita. Que eu era muito inteligente e muito tímida para dar em cima de mim, mas sempre me achou bonita.

– Que seja, Saint. Mesmo que não tenha falado aquelas coisas horríveis de você, estava falando de alguém. E isso o torna um grande bundão.

É exatamente essa a minha dificuldade. Numa das poucas ocasiões que estive na sua casa, foi o que me impediu de dormir lá, é o que me impede de pedir pra ele dormir na minha, e é isso que me impede de confiar totalmente nele. Continuo achando que não sei direito quem o Nash é de verdade. Estou prestes a me apaixonar pelo homem com quem transo, o que tem tristes olhos violetas toda vez que volta da casa do pai, o que me faz ir além na cama. Mas tenho uma dúvida que não quer calar, essas questões que pinicam minha pele, que esse mesmo menino também sabe ser cruel e malvado, e não confio nele. Sempre acreditei que os

191

homens, mesmo aqueles que eu achava que jamais fariam mal a alguém, como meu pai, abandonam um relacionamento, por melhor que seja, por outra mulher que achem mais interessante. Com esse pensamento girando na minha cabeça, não posso me permitir confiar no Nash totalmente, até porque tenho certeza de que, se ele me decepcionar de novo, me desiludir, jamais vou me recuperar. Da primeira vez, que foi só uma fantasia, já foi bem difícil. Acho que vou morrer se descobrir que é alguém que não posso admirar ou respeitar.

– Não sei o que te dizer, Faith. Estou tentando ser cuidadosa, não vou me arriscar a abrir meu coração, mas gosto de estar com ele. Podemos mudar de assunto e falar da mamãe, para não brigar?

Minha irmã não estava com cara de quem queria mudar de assunto, mas, afinal, tenho 25 anos, não dezessete, e precisava viver de acordo com as minhas próprias escolhas e as de mais ninguém.

– Ela pôs a casa à venda e já alugou um apartamento em Phoenix. Uma amiga dela que se separou recentemente mora lá. Pedi para a mamãe esperar até o bebê nascer, mas já contratou um corretor e uma empresa de mudança. A casa vai logo ser vendida.

– Acho mesmo que vai ser melhor assim.

De verdade. Morando naquela casa, naquela cidade, minha mãe não vai conseguir escapar das lembranças que tem com o meu pai, do seu casamento fracassado e do seu coração partido. Quem sabe em Phoenix possa se encontrar de novo.

– Você mudou pra cá só para ajudá-la, para ficar mais perto da mamãe e de nós. E ela nem pensou nisso. E agora, que vi o que está acontecendo, quase queria que você tivesse ficado lá na Califórnia.

Minha irmã fez beicinho, e revirei os olhos por causa do seu drama.

– Você continua aqui. As crianças estão aqui. Adoro meu emprego e a minha chefe. Se quiser fazer um mestrado, tenho muitas opções de universidade. Não me arrependo de ter voltado pra Denver. Estou feliz com a minha vida, Faith.

Estou. Estou mesmo. Ainda mais agora, com o Nash e o jeito novo

NASH

e excitante que ele tem de me tirar da minha zona de conforto. Estou até começando a gostar de todas essas novidades.

– Você diria isso há alguns meses, antes de ficar com ele?

Perguntinha capciosa. Nunca reclamei da minha vida. Trabalho com a minha vocação, na área que sempre quis. Sou realizada profissionalmente, mas não sei se diria que era *feliz*.

– Não sei.

Fui o mais sincera que pude.

– Bom, preciso voltar e salvar o Justin das crianças. Ele vai trabalhar hoje à noite – disse a Faith, com um tom de cansaço e decepção.

Dei a volta no balcão e abracei minha irmã, que ficou meio dura.

– Não se preocupa comigo nem com a mamãe. Vai dar tudo certo – falei.

A Faith me deu um sorriso triste, foi andando em direção à porta e disse:

– Queria conseguir acreditar nisso. Vi o que acontece quando as mulheres da nossa família ficam de coração partido. Nunca acaba bem.

E ela tem razão. Fiquei um tempo olhando para a porta depois que minha irmã foi embora.

Estava de folga e não sabia direito o que fazer com o meu tempo livre. Ultimamente, quando não estou trabalhando, estou com o Nash. Antes, passaria minha folga lendo, arrumando a casa, com a Faith e os meus sobrinhos. Que chatice! Eu não tinha amigos, nenhum lugar para ir, ninguém sentia a minha falta. Acho que a Sunny tem razão. Estou começando a descobrir o que significava viver de verdade.

Me arrumei e resolvi que, em vez de ficar em casa pensando bobagem, ia ao shopping comprar alguma roupa bonita e provocante para sair naquela noite. Aí, quando encontrasse os amigos do Nash, me sentiria mais confiante e ficaria mais à vontade. Não vou deixar minha insegurança e meu nervosismo estragarem uma noite que poderia ser legal, mesmo sabendo que serei o centro das atenções. Os amigos do Nash querem me conhecer porque a gente tem passado muito tempo juntos, e tenho certeza

193

de que ele não costuma ficar com a mesma garota por tanto tempo. Só espero que eles não tenham a mesma reação da Faith. Não quero que seus amigos digam que o Nash merece coisa melhor porque, bem lá no fundo, quero ser a melhor coisa que aconteceu na vida dele.

– E isso não te incomoda?

Eu estava meio bêbada, devia estar enrolando a língua, falando muito mais do que o normal. Alguém mandava doses de tequila e, para me acalmar, devo ter tomado mais do que devia.

A Shaw é um doce, muito bonita. Eu já a tinha visto de noiva, e ela estava linda. Mas, assim de perto, a sua doçura e delicadeza resplandecem, e é difícil não se encantar por ela. Estuda Medicina , está quase se formando, e me fez um milhão de perguntas sobre como é trabalhar no Pronto-Socorro. Ou seja: pude conversar sobre meu assunto preferido, o trabalho. Consigo fazer isso com e sem tequila.

A amiga do Nash balançou a cabeça, deu um sorrisinho irônico e respondeu:

– Se eu ficasse brava toda vez que uma garota dá em cima do Rule, se joga em cima dele ou faz olhadinha *sexy*, não daria tempo de sentir qualquer outra coisa. É o preço de ficar com alguém como ele.

O Rule e o Nash tinham ido jogar sinuca no fundo do bar, com o marido de outra menina que estava na mesa, o roqueiro, mais o loiro do cabelo gigante e uma tatuagem grande de âncora no pescoço. A Ayden deve ser a mulher mais linda que já vi de perto. Tem uns olhos espetaculares e, apesar de me sentir intimidada por ela, tê-la achado meio fria, seu sotaque é charmoso, e seu humor ácido, contagiante. Então, apesar da minha desconfiança de sempre e de ter ficado irritada porque o Nash me deixou sozinha na mesa para ser interrogada pelas meninas, consegui conversar com as duas.

– Mas elas estão sendo muito descaradas.

Falava de um grupo de meninas com cara de universitárias que rodeavam a área onde os garotos da nossa mesa jogavam. Ouvimos um suspiro

NASH

quando o Jet, marido da Ayden, se abaixou para dar uma tacada. Tipo assim, com aquelas calças justas, ele não escondia muita coisa, mas mesmo assim... Se fosse minha cara-metade, eu estaria arrepiada. Eu já estava arrepiada sem nem saber se o Nash é meu. Quer dizer, estava começando a entender, mas não tenho coragem nem me sinto segura para definir as coisas.

A Ayden deu risada e lambeu o sal que tinha nas costas da mão, que tinha sobrado da última rodada de tequila.

– Sempre são. A gente só tem que lembrar que, apesar de a mulherada ficar olhando, eles nunca olham pra elas. Não tem como ficar com alguém sem confiar completamente na pessoa. Nunca dá certo.

Levando em consideração que o Jet não só é lindo, mas tem uma banda e vive viajando, acho que a Ayden confia nele de verdade.

Fiz careta e disparei, encorajada pela tequila:

– Mas me lembro deles na época do colégio. Transavam com qualquer coisa que se mexesse. Como você pode saber que não são mais assim?

Pisquei, em estado de choque, porque meu comentário foi inapropriado, e eu jamais diria uma coisa dessas. Fiquei toda vermelha, mas a Shaw pôs sua mão pequena no meu braço. Minha vontade era de me esconder embaixo da mesa.

– Sou um pouco mais nova do que você, Saint, eu sei. Sei como o Rule era na época do colégio. Lembro muito bem de como todos eles eram terríveis. As pessoas mudam. A gente cresce. A vida acontece, coisas boas e ruins, e o que vale é o homem que ama, que não pode viver sem, não a soma das coisas que fez ou deixou de fazer quando era mais novo e tentava se entender.

A Ayden pegou sua cerveja, balançou a cabeça com ar solene e completou:

– Passei muitos e muitos anos tentando enterrar um passado muito ruim, que eu achava que fazia de mim uma pessoa muito ruim. Não sou mais aquela pessoa, só que não seria quem sou hoje sem aquelas experiências.

Mordi o lábio. Estava com um gosto azedo de limão e bebida. Soltei o ar e fiquei olhando para uma e para a outra. Duas jovens adoráveis.

Elas têm força para lidar com a atenção que seus maridos atraem e fizeram a gentileza de me receber de braços abertos no seu círculo, sem me julgar, porque querem ver o Nash feliz. Só não sei se essa questão do passado *versus* o presente é tão clara para mim quanto é pra elas.

Apoiei o cotovelo na mesa, o queixo na mão e falei:

– Eu era gorda.

As duas piscaram e se olharam. A Ayden perguntou, com seu sotaque arrastado:

– E?

– E que eu era tímida e desajeitada por causa disso e nunca superei. Pegavam muito no meu pé no colégio. As pessoas eram cruéis, isso me magoava muito. Hoje, apesar de não ser mais aquela menina por fora, ainda sou por dentro, e fico tendo umas atitudes esquisitas.

A Shaw pôs o cabelo comprido para trás, me lançou um olhar questionador e perguntou:

– O que isso tem a ver com o Nash?

Sacudi a mão, toda desengonçada.

– Você confia no Rule, a Ayden confia no Jet... Só que eu... Por que eu confiaria naquele garoto quando tem um monte de mulher bonita se jogando em cima dele? Os homens gostam de mulheres bonitas que não dão trabalho – falei, como se fosse alguma autoridade no assunto.

As duas se olharam de novo, e a Shaw me falou, sem rodeios:

– O Nash não é assim. Para começar, é o menino que menos julga os outros do mundo. Em segundo lugar, ele nunca, nunca *mesmo*, ficou tanto tempo com a mesma mulher.

A Ayden fez um barulho estranho, bateu no meu joelho e completou:

– Odeio ter que te dizer isso, querida, mas esses gatinhos podem ficar com a mulher que quiserem: magra, fofinha, loira, morena... É só escolher. Acho que você não se dá conta que, obviamente, nosso amigo te escolheu e manteve essa decisão milhares de vezes – aí tirou o cabelo preto do rosto, levantou a sobrancelha para mim e concluiu: – Pode acreditar em mim: nenhum dos três tem medo de trabalho.

NASH

Eu estava ouvindo o que as duas diziam. Só que, na mesma hora, uma das universitárias se afastou do grupinho e foi até a mesa de sinuca, fazendo charme. O Nash estava apoiado no taco e, por mais que ficasse óbvio que a garota ia na direção dele, ele não parava de olhar pra mim. Me observava, e eu só podia olhar para ele. Não consigo me imaginar confiando em alguém, amando alguém tão sem sombra de dúvida ao ponto de *ter certeza* de que essa pessoa só pensa em mim, só quer ficar comigo. Para mim, isso só pode ser fantasia. Não acontece na vida real. Ou será que acontece?

– Não sei se o que você disse me faz sentir melhor ou pior.

As duas começaram a falar ao mesmo tempo, tentando me garantir que o Nash é fiel, que é incrível, sempre foi o bonzinho da turma, que normalmente é a voz do bom-senso, já que o Rule é esquentado, e o Jet é de lua e tem as emoções à flor da pele. Ouvi meio que sem prestar atenção porque fiquei só olhando a universitária pondo a mão no peito do Nash e dando um sorrisinho tímido para ele. Não sei o que me incomodou mais: aquela mulherzinha dando discaradamente em cima dele ou o fato de eu ter ficado incomodada. Presenciar aquilo me deixou irritada.

O Nash sacudiu a cabeça tatuada, deu um passo pra trás, entregou o taco para o Rowdy e abriu caminho no meio daquela mulherada. O tempo todo, ficou com os olhos fixos nos meus. Acho que percebeu que eu estava chateada, não por causa do que a Ayden e a Shaw falaram, mas porque ele estava chamando muita atenção. Ele não é meu namorado, pelo menos não oficial e abertamente, e eu não devia ligar para aquilo, mas liguei.

Ele pôs as mãos nos meus ombros e me deu um beijo no topo da cabeça. É esse tipo de coisa, esses gestos singelos, que me dão vontade de deixar para trás meus antigos conceitos sobre ele, dos quais eu tinha tanta certeza.

– Está tudo bem?

A Shaw e a Ayden balançaram a cabeça, e eu suspirei quando o Nash virou minha cadeira, para eu ficar de frente pra ele. Aí colocou uma mão de cada lado, me deixando sem alternativa a não ser olhar para ele.

197

– Sério, você está bem? A gente pode ir embora se quiser.

Fiquei sem ar. Seria a segunda vez que ele deixava os amigos por minha causa, porque eu não conseguia me controlar. Abri a boca para dizer que eu estava bem, sim. Para falar a verdade, seus amigos são muito legais. Eu estava meio bêbada, e dava conta de aguentar mais uma hora e pouco, mas não tive oportunidade de falar, porque o Rule chegou perto da mesa com aqueles olhos azuis-claros bem arregalados:

– O Rome acabou de me ligar. A Cora vai dar à luz.

Todo mundo ficou agitado de uma hora para a outra. O Jet, a Ayden, o Rule e a Shaw saíram correndo, sem nem pagar a conta. Olhei para o Nash surpresa, que fez sinal com os dedos para o rapaz que estava no balcão do bar, que era um absurdo de lindo.

– Por que está todo mundo surtando? – perguntei, sem entender a pressa e saída precipitada.

O Rowdy se materializou na nossa frente, tirou umas quantas notas da carteira, presa ao bolso por uma corrente, e entregou para o garçom.

O Nash segurou meu pulso e me ajudou a levantar. Estava meio tonta, e passei o braço na sua cintura.

– O bebê vai nascer prematuro. A Cora só devia dar a luz lá pelo fim de março. Cara, ela vai ficar muito chateada porque o pai não está aqui – respondeu.

Aí pegou o celular e começou a mandar um monte de torpedos.

– De quantas semanas ela está?

Tinha voltado ao papel em que me sinto à vontade. Ser ciumenta, meio bêbada e mais ou menos namorada me dão dor de cabeça.

O Nash me olhou como se *eu* estivesse falando outra língua.

– A Cora deve estar bem. É que ela é miudinha, e o bebê deve ser bem grande, se puxar o tamanho do pai. Se a sua amiga estiver com, pelo menos, 37 semanas, já dá pra considerar a gravidez completa, e ela e o bebê vão ficar bem.

Então ele me tirou do bar, e eu empaquei quando paramos perto do carro dele e não do meu.

NASH

– Você estava bebendo tequila com a Ayden, tenho certeza que tomou umas a mais do que está acostumada. Não quero que dirija. Te levo para casa, e você vem buscar o seu carro amanhã.

Depois disso, o Nash enfiou a chave na porta do carro, e olhei para ele com uma mistura de agradecimento e medo. Queria muito que não fosse tão fácil gostar dele. Mais do que gostar, para falar a verdade.

– Sei que você está preocupado com os seus amigos. Posso chamar um táxi.

Os olhos do Nash ficaram mais escuros. Sempre ficam quando ele está sentindo algo intenso.

– Saint... – Sua voz saiu áspera e rouca. Passou o dedo no meu queixo, me fazendo tremer, e completou: – Me preocupo tanto com você quanto com eles. Não sei direito quando isso aconteceu, mas aconteceu. Te levo pra casa e depois vou para o hospital.

Engoli em seco e balancei a cabeça, sem falar nada. O Nash me ajudou a entrar no carro e saímos no meio da noite. Ele estava tenso, dava para notar. Eu até poderia dar um monte de explicações médicas, falar que, provavelmente, tudo daria certo, mas sabia que isso não o faria se sentir melhor. Ele já tinha uma pessoa amada muito doente, pensar em perder mais uma deveria ser uma tortura. Pus minha mão trêmula no seu braço, que estava apoiado no câmbio. Seus músculos eram duros como uma rocha e tremiam levemente.

– Nash... – Ele olhou pra mim, e vi as linhas de tensão se acumulando em torno da sua boca. – Você... ãhn... quer que eu vá para o hospital com você?

Aquelas pessoas eram uma família, se amavam, contavam umas com as outras. Eu era de fora. Tudo bem que o hospital é como minha segunda casa. Me sinto mais à vontade lá do que me sentia dentro desse carro, tentando confortar esse homem pensativo. Mas tomei a atitude certa. Tive certeza disso quando os olhos do Nash voltaram a ficar cor de violeta, e seu braço relaxou um pouco debaixo do meu.

– Sim. Quero muito.

– Tudo bem. Vamos lá.

199

Os pneus daquele carro poderoso cantaram, e fui jogada para o lado, porque o Nash deu meia-volta no meio da rua e foi em direção ao hospital. Foi um jeito muito mais eficiente de fazer minha bebedeira passar do que se tivesse ido para casa dormir.

O Nash estacionou e praticamente tive que correr para acompanhar seu ritmo até a porta. Ainda bem que sou alta, senão acho que ele teria me arrastado. Segurava minha mão com força, e senti que suava frio de nervoso. Como ele foi em direção ao Pronto-Socorro, finquei os pés no chão e o obriguei a parar.

– A maternidade fica para aquele lado. Já devem ter mandado a Cora pra lá.

Ele rosnou e me deixou guiá-lo, meio a contragosto. Não pude deixar de perceber os olhares de curiosidade do pessoal da noite enquanto eu passava de mãos dadas com o Nash. Ele é do tipo que chama a atenção de qualquer jeito e, considerando que todo mundo ainda comentava o meu encontro desastroso com o doutor Bennet, acho que ainda vão falar de mim por um bom tempo.

A turma estava toda reunida na sala de espera, com exceção do Rule. O Nash balançou a cabeça para cumprimentar os meninos, que andavam para lá e pra cá sem parar, mas foi falar com as meninas.

– O que está acontecendo?

A Shaw estava enrolando o cabelo no dedo, com aqueles olhos verdes arregalados.

– O bebê chegou antes da hora, mas a situação não é tão ruim assim. A Cora está de 36 semanas. O Rome apavorou todo mundo. Acho que ele está tendo uma crise, então a mãe dele veio e chamou o Rule pra mantê--lo na linha. O médico estava com medo dele.

O Nash suspirou, e não precisei me esforçar muito para imaginar a cena do Rome com o médico. Sei exatamente o quanto o ex-soldado pode ser intimidador.

– Alguém ligou para o Joe? – perguntou o Nash. Depois olhou pra mim e explicou: – É o pai da Cora.

NASH

A Shaw balançou a cabeça e respondeu:

– O Rome ligou, no caminho. É bom você ligar para o Phil.

O Nash ficou todo tenso de novo, e seus olhos voltaram a escurecer. Sei que seu pai é como um segundo pai para aqueles meninos. O estúdio de tatuagem que criou é o segundo lar da turma. O fato de um novo ser humano vir ao mundo enquanto ele estava quase morrendo devia ser difícil. Apertei a sua mão, ele olhou para mim, e eu disse:

– Vou falar com as enfermeiras, ver se consigo alguma informação privilegiada, OK?

Ele engoliu em seco, sua boca ficou com uma expressão triste, e falou:

– Vou fazer uma ligação.

Ele parecia tão triste, tão arrasado, que senti um peso no coração muito maior do que quando vi a garota se jogando em cima dele. Toquei seu rosto. Alguma coisa mexeu comigo, algo que ia além dos meus instintos de enfermeira, de querer cuidar de alguém. Isso não era nada bom. Queria me sentir protegida, impor um limite que não permitisse que aquele homem me magoasse de novo, mas essa barreira de segurança ficava cada vez mais tênue.

Falei com a equipe médica, perguntei sobre a mãe e o bebê. Usei o fato de trabalhar no hospital para conseguir mais informações do que a turma do Nash poderia obter. Quando o encontrei de novo, todo mundo estava com uma expressão séria e estressada. Partos são uma coisa demorada, e a noite ia ser longa para todos eles.

– Ela está ótima. Ainda vai demorar um pouco pra entrar em trabalho de parto de verdade. Os sinais vitais do bebê são fortes, então acho que vai dar tudo certo. Vocês só precisam relaxar e esperar. O bebê tem vontade própria e não sabe que deveria seguir um protocolo.

– Parece o tio. Já está mostrando seu lado Archer.

O comentário direto da Shaw acabou com a tensão que estava no ar, e todos receberam minhas informações com uma expressão de gratidão e sorrisos de alívio. O Nash me abraçou e me apertou contra seu peito, encostado na parede, me deixando sem ar.

Depois me deu um beijo na têmpora, e fiquei sentindo seu peito subir e descer enquanto respirava.

– Estou tão feliz por você estar aqui. Estou tão cansado desse lance de hospital, mas com você ao meu lado até consigo suportar.

Fiquei sem saber o que responder e só passei meus braços pela sua cintura fininha e deixei que ele me abraçasse. Preciso descobrir rápido até onde quero ir com esse homem. Ele queria que eu estivesse ali, não só porque trabalho no hospital e sei bem como o lugar funciona, mas porque queria estar *comigo*. Preciso entender o que isso significa.

Não quero me machucar, mas nunca tinha parado para pensar que, se não levar essa história a sério, posso acabar machucando o Nash. E não gosto nem um pouco dessa possibilidade.

CAPÍTULO 13

Nash

—A Cora trouxe a bebê. Ela é tão pequena que nem dá para acreditar. Balancei a cabeça e passei um copo d'água para o Phil. Meu pai estava péssimo. Dói vê-lo desse jeito, definhando. O quarto do seu apartamento praticamente virou um leito de hospital. Quanto mais o tempo passa, mais magro ele fica, mais pálido. Cada vez que respira é com muita dificuldade. Baixei a cabeça e fiquei olhando para o carpete que aparecia entre meus dois pés. Não quero que o Phil perceba como essas visitas estão ficando difíceis para mim.

– Quando o Rome a segura, fica parecendo uma bonequinha. É quase do tamanho de uma daquelas mãos de urso dele. Ainda é muito nova pra se dar conta, mas todos os homens da sua vida estão aos seus pés – falei, em tom de brincadeira, mas é a mais pura verdade.

A Remy Josephine Archer é uma miniatura perfeita da mãe, loira e de cabelo arrepiado. Os olhos ainda têm aquela cor escura de bebê, mas já dá para notar traços daquele azul claro da família Archer. Ela vai ter os olhos do Rule, do Remy. E vai dar orgulho ao tio que inspirou seu nome. O pai da Cora está tão apaixonado pela neta que anda falando que vai sair do Brooklyn, em Nova York, e vir morar em Denver. A pequena R.J. é o primeiro bebê da nossa família improvisada, e não tenho dúvidas de que vai ser terrivelmente superprotegida e ridiculamente amada. É o mínimo que a Remy merece.

– Como é que vocês estão se virando lá no estúdio sem a Cora?

O Phil começou a tossir, e olhei para ele. O som que fazia era tão horrível... Senti uma pontada tão grande no coração que ele até parou de bater por um instante.

– Podia estar melhor. Não consigo atender tanta gente, a Cora cuidava de tanta coisa... A primeira parte do dia fico agendando clientes novos, fazendo coisas pela internet e pagando contas. É uma droga. A reforma do estúdio novo já começou e, quando não estou resolvendo coisas no Homens Marcados, vou para lá. O Rule e o Rowdy acharam dois tatuadores bons, que vamos testar para ver se tem como eles trabalharem no estúdio novo. Mas para a recepção... – expliquei, sacudindo a cabeça.

Ele tossiu de novo, e seu corpo inteiro tremeu e sacudiu, de tão magro que está.

– Vocês não vão encontrar outra Cora. Ela é única e, assim que puder, vai voltar. Quero que liguem para esta menina que conheci da última vez que fui para Las Vegas. Foi numa convenção, e ela era a modelo que estava vestida de *pin-up* para o pessoal tirar fotos.

Dei risada e respondi:

– Preciso de alguém que entenda de negócios, não de uma modelo.

– Você precisa de alguém que dê conta da grosseria de vocês e que combine com o estúdio. Alguém sensível, com um toque meio barra-pesada. A menina é inteligente, é bonita. Não peguei seu contato à toa. Liga e pergunta se ela tem interesse de vir até aqui fazer uma entrevista.

Concordei só para deixar o Phil feliz:

– Se você está dizendo...

– Estou. Posso estar doente, mas ainda sei como aquele estúdio funciona. Além do que, acho que ela vai estar mais interessada em ajudar vocês e fazer o estúdio novo virar um sucesso do que qualquer pessoa que possam encontrar.

– Por que você acha isso?

– Porque temos uma história, Nash. Nem eu nem ela teríamos chegado aonde estamos sem o que aconteceu entre a gente. Ela se chama

NASH

Salem Cruz. Fala que fui eu que te passei o contato, para ela de repente olhar o site do estúdio e ver o trabalho dos tatuadores.

O Phil estava sendo misterioso e evasivo, mas isso é típico dele, nem questionei. Até porque mudou de assunto:

— E como é que vai a enfermeira bonita?

Boa pergunta. Não faço a menor ideia. Desde aquela noite que ficou comigo no hospital, esperando a bebê da Cora nascer, a Saint tem agido de um jeito meio evasivo. A gente continua saindo, passando a noite juntos sempre que nossas agendas apertadas permitem, mas alguma coisa mudou. Tem uma certa distância, uma barreira entre nós. E, por mais que eu não queira admitir, porque estou completamente apaixonado, sinto que ela está se distanciando de mim.

Tenho vontade de perguntar, de fazê-la admitir que gostamos um do outro, que esse lance entre a gente é sério, que, depois de quase três meses, ela precisa enxergar que estou com ela e com mais ninguém. Só que, em vez de se aproximar de mim, parece que ela quer ficar cada vez mais distante. Nem me deixou fazer nada no Dia dos Namorados. É uma situação difícil. Não tenho problema nenhum em levá-la para cama, fazê-la ver e sentir como a acho perfeita. Mas, fora da cama, estou seriamente preocupado que, se eu a obrigar a assumir um relacionamento, forçá-la a admitir que gosta de mim não só por causa do sexo, a Saint vai me deixar.

Entendo que a garota quer ir com calma, que ainda não se convenceu de que pode confiar em mim... em qualquer homem, pra falar a verdade. Não posso culpá-la. A Saint me contou sobre o seu pai e a namorada dele e de um sujeito que namorou na faculdade, e que esses dois casos de infidelidade deixaram cicatrizes profundas na sua alma, que já era insegura. Queria pôr um pouco de juízo na cabeça dela. Me esforcei tanto pra me aproximar, não vou foder tudo metendo meu pau na primeira mulher que aparecer, de jeito nenhum. Mas simplesmente não consigo fazer a Saint acreditar nisso.

Ela me contou meio por cima sobre o namorado da faculdade, mas quando contou do pai, de como a sua família era unida, de como sua mãe chegou ao fundo do poço por causa dessa traição, dá para notar pelo seu tom de voz o quanto isso tudo deve ter sido difícil pra ela. A traição do pai não machucou só a sua mãe, mas todas as mulheres da família Ford acabaram com cicatrizes permanentes. A Saint fala muito que tenta tolerar o pai, respeitar suas escolhas, só para manter a paz e tê-lo na sua vida, mas há ressentimento por trás de cada uma de suas palavras. Não posso dizer que a culpo por isso porque, mesmo olhando de fora, sei que ele teve uma atitude de merda e deixou a família na mão. Eu só não sei como a Saint vai fazer pra esquecer tudo isso, acreditar que não sou assim... se não aceitar que as pessoas têm falhas, mesmo aquelas que admiramos a vida inteira. O ressentimento que ela tem é justificado. Mas, se não lidar com isso de alguma maneira, não sei como vamos continuar juntos.

Seu pai a decepcionou, consolidou as inseguranças que plantei nela anos atrás, e não sei direito o que fazer para a Saint enxergar que eu faria de tudo pra não decepcioná-la de novo. Não sou seu pai, nem quero ser o tipo de homem que abandona a família por um rabo de saia.

– Ela é difícil – respondi.

O Phil deu risada, risada de verdade, e me deu vontade de sorrir, ainda olhando para o chão. Eu senti ele se aproximar e colocar uma de suas finas mãos sobre minha cabeça. Fechei os olhos e senti minha respiração estremecer em meu peito.

– Essa é a palavra que define sua vida neste momento, Nash, "difícil". Você é forte, bom, e dá conta de qualquer dificuldade que aparecer no seu caminho, por maior que seja. Quero que saiba que pode se orgulhar de ser quem é, do homem que se tornou. Você é a melhor coisa que eu já criei. Jamais duvide disso.

Ah, droga. Depois dessa, fiquei com vontade de cair no choro. Tive que cerrar os punhos para controlar minhas emoções.

– Tudo o que sempre quis foi que minha mãe me dissesse isso. E agora sei que ouvir isso de você, da pessoa que me ajudou a ser quem sou, tem muito mais valor. Valeu, Phil.

Ainda é difícil para mim pensar nele como pai. O Phil deu uma batidinha com os dedos na minha cabeça e completou:

NASH

— Eu devia ter tido mais coragem. Não devia ter me preocupado tanto com a possibilidade de você me odiar se eu não tivesse te contado. Queria que sua mãe assumisse a responsabilidade. Mas, assim que veio morar comigo... eu devia ter te contado a verdade.

— Bom, queria ter sabido antes, ter tido tempo para aproveitar o fato de que, pelo menos, meu pai tem orgulho de mim. As escolhas que essa mulher fez facilitaram eu aceitar o fato de que ela pode até ter me parido, mas nunca foi minha mãe de verdade.

— Tinha orgulho de você muito antes de saber que era meu filho, Nash. Sua mãe é uma mulher complicada, sempre teve uma ideia muito clara do que queria da vida. Nem eu nem você nos encaixamos nesse ideal.

O Phil tirou a mão de mim, e finalmente consegui olhar para ele. Eu estava tentando engolir aquilo tudo — meus sentimentos, o tempo perdido —, mas ele estava com aquela história muito presente, dava para ver pelos seus olhos cheios de lágrimas.

— Ela deveria ter deixado você ficar comigo desde sempre. Teria poupado muita dor.

— Não dá pra voltar no tempo, filho. A gente só pode seguir adiante, de um jeito mais inteligente e mais cuidadoso.

Aí o Phil teve um ataque de tosse que parecia não ter fim e acabou precisando usar o tanque de oxigênio e tomar um remédio para dor. Ajudei com as duas coisas e me dei conta que teria que terminar minha visita por ali.

O deixei confortável e tentei não pensar que toda vez que o vejo parece que será a última.

— Liga para a Salem. Ela é exatamente o que vocês precisam, e acho que vão adorar a menina.

— Por que tenho a impressão que há algo mais nessa história que não está me contando?

O Phil deu um sorriso fraco, fechou os olhos e disse:

— Você me conhece: tento ajudar os outros sempre que posso. Foi assim com você, com o Rule, o Jet, o Rowdy e a Cora. Construí minha família reunindo almas perdidas. Espero que, com o passar do tempo, honrem essa tradição. Tentei te ensinar tudo o que achava que você precisava saber para ter uma vida boa, filho.

E ensinou mesmo. O Phil me ensinou do seu jeito único todas as lições de vida que achava que eu ia precisar. Fui para o meu carro e liguei o rádio a todo o volume. Começou a tocar Flatfoot 56, e pensei que, se ouvisse um pouco de *punk rock* de Chicago e afogasse todos os meus outros sentidos, não sentiria a dor de ver o Phil sumindo pouco a pouco diante dos meus olhos. Mandei um torpedo para a Saint porque essa mulher é a única coisa que poderia fazer eu me sentir melhor.

É claro que eu poderia encher a cara com o Asa no Bar, poderia ligar para o Rome e ir puxar uns ferros na academia. O Rule deixaria o que estivesse fazendo para ouvir minhas lamúrias, o Rowdy se livraria de qualquer compromisso que tivesse à noite para me fazer companhia, e o Jet... Bom, o Jet vive viajando, mas poderia ligar pra ele e ficar reclamando da vida. Tenho amigos, pessoas que me amam, que estão sofrendo com essa perda junto comigo. E, mesmo assim, a Saint é a única pessoa que torna esse peso mais leve, apazigua esse sentimento que me rasga por dentro toda vez que visito o Phil.

Vou pedir uma pizza. Quer ir lá em casa depois do trabalho?

Vou sair bem tarde.

Não tem problema... Você bem que podia dormir aqui hoje.

Foi um golpe baixo, eu estava sendo chorão e passivo-agressivo. Só que me sentia um lixo e tentei ser mais homem na próxima mensagem:

Foi muito difícil visitar o Phil hoje. Parece que ele está por um fio. Queria te ver e queria que passasse a noite comigo.

Fiquei um tempo sem resposta, liguei o carro e fui para casa. Estava revirado por dentro, e sentia um gosto azedo na língua. Queria bater em alguma coisa ou que alguém batesse em mim.

Já estava parando o carro na frente do prédio quando, finalmente, a Saint me respondeu. Que droga! Nunca precisei ficar esperando resposta de uma menina, muito menos de uma que eu não sei se está a fim de mim como estou dela. Fazia tempo que eu não me sentia inseguro, e odiei a Saint por despertar esses sentimentos.

Desculpa, chegou um sujeito ferido com uma pistola de pregos. Se você não liga de eu chegar mais tarde, eu vou. Pode ir jantando.

Você vai dormir aqui?

Eu tinha que abusar da sorte. Estava me sentindo muito vulnerável, meu coração estava sangrando, estava confuso e não consegui me controlar.

Podemos conversar depois? Acabaram de chegar mais dois pacientes.

Vai trabalhar. Até mais.

Suspirei, me sentindo arrasado e insatisfeito quando ela respondeu:

Lamento pelo Phil. Isso não é justo, e sinto muito por você estar sofrendo.

É assim que a Saint funciona: por mais que pareça distante, sempre dá algum indício, diz alguma coisa que me faz acreditar que, uma hora ou outra, vai se dar conta que rola algo especial e sensacional entre a gente.

Saí do carro e liguei para a pizzaria que já me conhece pelo nome. Pedi meu jantar e, quando estava enfiando o celular de volta no bolso de trás da calça, uma voz feminina falando palavrões e um barulho de batidas chamaram minha atenção.

Minha vizinha estava na frente do seu apartamento, chutando a porta com a ponta do sapato de salto *pink*. Esta usando uns termos que me deram vontade de rir e fez cara feia quando perguntei se precisava de ajuda. Jogou o cabelo ruivo para trás e pôs as mãos na cintura. Parecia que tinha voltado de um desfile de modas, se não fosse pela expressão irritada.

– Sempre tranco a porta quando saio de um lugar. Qualquer porta, todas as portas. O que costuma ser bom, menos quando esqueço a chave do lado de dentro. Deixei o celular no carro, dei dois passos no corredor e me dei conta de que não tinha pegado a porra da chave. – Ela deu um gemido dramático, jogou as mãos para o alto e completou: – Ou seja: meu celular está dentro do carro, minha chave está dentro de casa, e eu sou uma imbecil.

Fiz cara de surpresa, porque a menina estava urrando e arrancando os cabelos.

– Pode ligar para o zelador do meu celular, mas acho que vai ser mais rápido se você chamar um chaveiro. Pedi uma pizza. Se quiser, pode esperar na minha casa.

Ela fez uma cara estranha e respondeu:

– E a sua namorada não vai ficar com ciúmes?

Não fazia a menor ideia. Por isso falei:

– Não sei.

– Não sabe se ela vai ficar enciumada ou se é sua namorada?

– Os dois. Você quer ou não quer usar meu celular?

A vizinha soltou um suspiro e entrou comigo em casa. Passei meu celular, e ela pesquisou um chaveiro na internet, que ia demorar uma hora pra chegar. Aí se jogou no sofá, ficou olhando para o teto e meio que falando sozinha.

– Se eu conseguisse abrir o porta-malas, podia pegar meu kit de arrombamento. Aposto que consigo abrir a porta.

Ofereci uma cerveja para ela e sentei do outro lado do sofá.

– Por que você tem uma coisa dessas?

A vizinha fingiu que não me ouviu.

– Ai, e quando meu parceiro ficar sabendo... Meu Deus, quando ele descobrir que isso aconteceu, nunca mais vai me deixar em paz. Tranquei nós dois pra fora da viatura há duas semanas.

Como?

– Royal?

Ela virou pra mim, e deu para ver pela sua expressão que tinha ficado irritada.

– Quê?

– O que você faz da vida, exatamente?

A vizinha respirou fundo, rolou a cerveja nas mãos e respondeu:

– Sou policial.

Como?

– Sério? – não consegui disfarçar o tom de incredulidade.

– Ãh-hãn. Falei que você não ia acreditar se eu te contasse. Ninguém acredita. Terminei a academia de polícia no ano passado, sou novata, mas nem por isso deixo de ser policial.

Passei os olhos por seus sapatos ridículos e sua roupa chamativa.

– Sério?

Não conseguia imaginá-la usando um distintivo e uma arma, nem que minha vida dependesse disso.

– Sou mulher, sim, mas sou guarda. É por isso que trabalho em uns horários tão estranhos e tenho bons instintos em relação às pessoas.

Bateram à porta, e fui receber a pizza. Coloquei a caixa na mesa de centro, à sua frente e nem me dei ao trabalho de pegar os pratos. Não estava tentando impressioná-la nem nada. A vizinha revirou os olhos e pegou uma fatia.

– Bom, seus instintos em relação à Saint estão errados. Você falou que ela estava a fim de mim, que tinha uma quedinha, mas ultimamente acho que estou correndo atrás do meu próprio rabo.

A Royal deu risada, e pensei que o fato de eu não me sentir nem um pouco atraído por ela significa alguma coisa. Estou tão caído pela Saint que, apesar de a minha vizinha ser inegavelmente bonita e divertida, não sinto nada por ela.

– Nash, eu vi a garota. Chegando ou indo embora, está sempre com a mesma expressão. Empolgada para te ver, pra ficar com você, mas por baixo de tudo, está apavorada. Não sei qual é a história de vocês, mas, se ela está te fazendo correr atrás do próprio rabo, pode acreditar que a garota também está correndo atrás do dela.

Meu Deus, espero que sim. Porque, se eu for o único se sentindo tonto e enjoado, não tem a menor graça.

– A gente estudou juntos no Ensino Médio, éramos de turmas bem diferentes. Encontrei com ela por acaso no Pronto-Socorro no ano passado, porque um amigo meu se meteu numa briga num bar. A Saint gostava de mim na época do colégio e, pelo jeito, falei mal dela, que ouviu e ficou magoada até hoje. Eu estava mesmo falando mal de alguém, porque era esquentado e imbecil, mas não era dela. Só que ela não consegue esquecer, apesar de ter sido há séculos atrás.

A Royal me olhou feio, pegou outro pedaço de pizza e completou:

– O primeiro amor de uma garota é muito importante. A gente nunca supera de verdade.

– Não acho que tenha sido amor.

A Royal apontou a garrafa de cerveja pra mim e disse:

– E eu acho que está enganado. Se a Saint está tão apegada a essa lembrança, ainda está com medo que você apronte, a magoe de novo apesar de ter obviamente mudado e goste dela claramente, você foi, sim, seu primeiro amor.

Eu queria argumentar, mas sei o quanto o primeiro amor pode ser poderoso. A Shaw ama o Rule desde a primeira vez que o viu e, apesar de ter levado anos para ele perceber, nunca deixou de idolatrá-lo. O primeiro amor da Cora partiu seu coração, a traiu e a abandonou, e quase custou o amor perfeito que minha amiga estava procurando quando o Rome apareceu na vida dela. O primeiro amor é mesmo poderoso, e se estraguei isso para a Saint, as chances de ela nunca se abrir comigo, nunca confiar em mim de verdade, são grandes.

Bem na hora em que eu ia dizer para a minha vizinha bonita que isso tudo é uma merda, ouvi uma batida de leve na porta. Achando que era o chaveiro, levantei e escancarei a porta. Fiquei de queixo caído quando dei de cara com a mulher que não sai da minha cabeça. Parecia que tinha acabado de sair do trabalho. Estava com um coque no alto da cabeça e ainda de jaleco. Eu ia perguntar como ela tinha conseguido sair tão cedo do hospital, mas ela não parava de olhar para a Royal, e apertava os lábios. Nem olhou pra mim.

– Oi – falei.

Aqueles olhos cor de tempestade encontraram os meus, e seu rosto ficou levemente vermelho.

– Oi.

– Você saiu cedo.

A Saint olhou para a Royal de novo, que levantou e foi até a porta.

– Saí. Por sorte, uma das meninas chegou cedo, e eu estava preocupada com você, por causa da visita que fez para o Phil.

E havia um claro tom de acusação na sua voz.

Fiz careta porque fiquei mordido por ela achar que eu trocaria ficar com ela para ficar com qualquer outra que aparecesse. A Saint é a única mulher que me faz sentir melhor quando volto das visitas ao Phil. Queria poder fazê-la acreditar nisso. A Royal nos olhou, e o portão se abriu. Um homem de uniforme carregando uma caixa de ferramentas apareceu e disse:

– Por acaso alguém se trancou para fora de casa?

A Saint ficou se mexendo, inquieta, na minha frente, e a Royal passou por nós dois. Piscou para mim, deu um tapinha no ombro da Saint, foi até a porta do seu apartamento e comentou:

– Obrigada por me salvar, Nash. Esse homem é dos bons, menina. Não o deixe escapar.

Dei um passo pra trás e fiquei observando, observando mesmo, a Saint resolver se ia entrar na minha casa ou não. A indecisão estava estampada no seu rosto pálido, e me senti até um pouco enjoado. Resolvi que, se ela não entrasse, estava tudo acabado. Não consigo mais suportar isso. Porra, eu gosto dela – estou apaixonado por ela – mas essa coisa desconhecida, essa perseguição, é mais uma coisa pra complicar minha vida. Quero muito que isso dê certo, quero muito *essa* mulher, mas em algum momento ela vai ter que me dar algo sólido pra eu me apoiar.

A Saint levantou o braço e começou a soltar o cabelo acobreado. Não olhou pra mim e passou longe, nossos peitos mal se encostaram. Fechei a porta e fui até ela, que sentou no braço do sofá.

– Obrigado por ter vindo.

Ela balançou a cabeça de leve e disse:

– Deve estar cada vez mais difícil. O prognóstico do Phil não era nada bom quando ele saiu do hospital.

Parei ao seu lado e encostei no seu queixo. Obriguei a Saint a olhar pra mim, a olhar nos meus olhos. Por trás do cinza perolado, havia sombras cor de granito, bem escuras.

– Eu só estava ajudando a vizinha. Você sabe disso, não sabe?

Ela fechou os olhos para eu não enxergar o que estava se passando naquela sua mente complicada.

– Isso não tem importância, Nash. Nós dois não temos esse tipo de compromisso.

Pronto. Eu quero mais, e ela não quer nada. Senti um aperto no estômago e me afastei. Ela me seguiu com os olhos e fez careta.

– Que pena, Saint. Eu quero esse tipo de compromisso. Não sei o que isso – apontei pra mim, depois pra ela – significa, mas para mim significa alguma coisa. Se você não acha, eu é que não quero ser o homem com quem você fica só porque te faço gozar e ninguém mais faz. Isso ficou pouco pra mim e, para ser sincero, faz me sentir um bosta.

Fui até a porta, pronto para abri-la e mandar a Saint embora pra sempre. Estava bravo e chateado e não ia me dar ao trabalho de disfarçar. Não estava com cabeça para separar o quanto meu estado de espírito tinha a ver com a Saint e o quanto tinha a ver com o Phil.

NASH

— Queria que passasse a noite comigo hoje porque a única pessoa que me valorizou na vida está morrendo e tenho que ficar olhando essa situação sem poder fazer nada. Nada pode melhorar ou consertar isso. Porque quando estou com você... — passei a mão no rosto e segurei a nuca — dói um pouquinho menos. Você me dá vontade de me concentrar nas coisas boas, nas lembranças que me deixam feliz, mas é óbvio que isso que rola entre a gente não significa a mesma coisa pra você. Não se dá nem ao trabalho de dormir comigo, Saint. Já entendi, não está tão envolvida quanto eu. Pode ir embora. Obrigado por ter vindo.

Fiquei com a mão na maçaneta, com o sangue fervendo nas veias. Odiava vê-la partir, mas pelo bem da minha sanidade mental e da paz de espírito, era a decisão correta a tomar. Eu já ia escancarar a porta quando a Saint se colocou entre mim e a madeira. Pôs as duas mãos no meio do meu peito e abriu os dedos. Meu coração acelerou, começou a bater forte, como se quisesse pular de dentro de mim e parar nas mãos dela.

— Nash... — sussurrou.

— Não consigo mais fazer isso, Saint. Nem sei o que *isso* é.

— Sinto muito. Sinto mesmo. Não quero te afastar de mim, desistir do que rola entre a gente. Só não sei como fazer. Não quero ser uma mulher ciumenta e medrosa, mas eu sou. Vi a Royal e tive vontade de dar meia-volta e não voltar nunca mais.

Aí subiu as mãos e segurou os dois lados do meu rosto e completou:

— Me sinto melhor pensando que não ligo se você estivesse fazendo algo errado com ela, porque não significamos nada um para o outro. Ninguém vai sair machucado se não tivermos sentimentos reais.

A lógica da Saint era ridícula. É claro que alguém pode sair machucado. Mesmo que a menina tivesse se convencido de que não sentia nada por mim, suas reações ainda me deixam arrasado, porque tenho sentimentos por ela!

— Só tenho olhos pra você. Por que não consegue entender isso? Ninguém brilha tanto no meu céu. Para mim, não existe sol, nem lua, nem estrelas. Só quilômetros e mais quilômetros de nuvens de tempestade no tom mais lindo de cinza.

A Saint subiu mais ainda as mãos e ficou passando os dedos nas chamas tatuadas na minha cabeça. Estava tentando me acalmar, colar meus pedacinhos, suturar as feridas que me infligiu sem querer.

– Quero tanto acreditar nisso, Nash. Não consigo te explicar, tenho um lado que quer me enxergar como você me enxerga. Mas tem outro, muito maior e que fala mais alto, que se recusa a acreditar que isso é possível.

Segurei seus pulsos delicados. Meus dedos ficaram por cima uns dos outros, porque seus pulsos são tão frágeis... Senti sua pulsação batendo debaixo de sua pele branquinha.

– O que você quer, Saint? O que quer de verdade?

Ela tirou as mãos da minha cabeça e pôs nos meus ombros. Seus olhos brilhavam em diferentes tons de cinza, enquanto ela tentava controlar suas emoções mais profundas.

– Quero que seu pai fique bem, que não tenha que vê-lo sofrer. Quero me divertir com você como qualquer pessoa normal, sem ficar o tempo todo esperando levar um pé na bunda. Quero ser promovida no trabalho. Quero que a minha mãe esqueça do meu pai e pare de sofrer também. Mas, mais do que tudo, quero que isso que rola entre a gente não nos deixe tristes e cheios de arrependimento.

Não podia acusá-la de falta de sinceridade, mas também não tinha como garantir que qualquer dessas coisas que ela queria aconteceriam. Para falar a verdade, sabia que algumas delas eram impossíveis.

– O que você quer de mim? – perguntei.

Parecia que estavam me estrangulando. Aquele dia já tinha me deixado com os nervos à flor da pele. Ter aquela conversa com a Saint era a última coisa que eu queria ou precisava.

Ela suspirou, e finalmente todas as sombras e toda aquela névoa deixaram seus olhos, que voltaram a ficar de um cinza cristalino.

– Quero você, Nash. Sempre quero você. Mas esse é o único jeito que sei fazer esse tipo de coisa e me sentir à vontade.

– Por que tem tanta certeza de que vou te magoar? Que vou foder com tudo e te decepcionar?

NASH

A Saint deu um sorriso sem graça, passou as mãos por baixo do meu colarinho e ficou acariciando minha nuca.

– Porque isso sempre acontece, e quero aproveitar o que vem antes disso.

Como é que eu podia lutar contra isso? Como convencê-la do contrário, se tem tanta certeza de que, se jogar de cabeça no nosso relacionamento e acreditar nos sentimentos que estão crescendo em nós em vez de se preocupar com o que vai acontecer ou com o que aconteceu, podemos transformar o aqui e agora em algo que dure para sempre?

Queria continuar discutindo, queria continuar insistindo que o que rola entre a gente era mais do que um casinho, é mais do que compatibilidade sexual. Queria que a Saint sentisse, soubesse, que eu não teria conseguido lidar com o que está acontecendo com o Phil e com o estúdio sem a sua bondade, seu cuidado e sua delicadeza. Só que ela estava com as mãos por baixo da minha roupa, a boca colada na minha. E, apesar de saber que ela estava tentando fugir do assunto, resolvi não impedí-la.

Se aquele era o único jeito que a Saint me permitia ter intimidade com ela, eu ia ter que me contentar, pelo menos por enquanto. Afinal de contas, sou homem... E tem coisa muito pior nessa vida do que uma mulher maravilhosa querendo transar com você. Além do mais, ela me quer, e me provou isso um milhão de vezes. Acho que, no fim das contas, vou ter que resolver se o que a Saint quer de mim me basta, já que sinto necessidade de me entregar por inteiro.

CAPÍTULO 14

E<small>U VOU ESTRAGAR TUDO</small>. Sinto isso até os ossos. Tinha que tocar o Nash. Tinha que tentar consolá-lo, fazer as feridas que causei pararem de sangrar. Ele não conseguia disfarçar: minha desconfiança, minha resistência, faziam seus olhos escurecerem e sua expressão endurecer. Mesmo decepcionado, jamais me tratou mal, me xingou, o que me deixa ainda mais confusa. Fiz o que sabia fazer para que ele esquecesse tudo isso por um tempo: o beijei, comecei a tirar suas roupas e me enroscar no seu corpo musculoso. Por alguns segundos, ele ficou tenso, não correspondeu. Mas como sempre ocorre quando a gente fica juntos, seu corpão começa a relaxar.

Ver a Royal toda à vontade, sentada no sofá da casa dele, despertou cada preocupação, cada desconfiança, cada pedacinho de insegurança que tenho e me deu vontade de fugir do Nash e nunca mais olhar para trás. Todas as minhas questões, de porque ele ia me querer, por quanto tempo ia ficar comigo até me trocar por uma mulher que não tenha as minhas encanações, que não seja presa ao passado, tomaram conta dos meus pensamentos. Parecia um desmoronamento de terra. Se não tivesse percebido a expressão de alegria e gratidão genuínas nos seus olhos quando abriu a porta para mim, teria saído correndo e nunca mais teria voltado. Odeio que o nosso lance me faça sentir desse jeito, desperte uma fraqueza tão ridícula em mim. Sinto como se estivesse presa no tempo.

NASH

Simplesmente não consigo lidar com isso, e desconversei quando ele tentou explicar. Estou me protegendo, resguardando meu coração, mas não sabia (não tinha consciência) que minhas palavras estavam nos afastando, criando uma barreira entre nós justamente onde há apenas preocupação da parte dele. Seu coração talvez seja tão frágil quanto o meu.

Quando o Nash me mandou embora, foi até a porta como se estivesse terminando tudo entre a gente, fiquei sem ar, e meu sangue congelou. Não posso dar tudo o que ele quer, ficaria muito vulnerável se o fizesse, mas tinha que convencê-lo de que nosso relacionamento é tão importante para mim quanto é para ele. E o único jeito de fazer isso sem me perder nas palavras, é com meu corpo. É claro que o desejo, e o Nash sabe disso, mas não acho que ele saiba o quanto isso vai muito além de um simples desejo. Só não consigo encontrar um jeito de explicar tudo isso para ele sem parecer uma completa maluca ou uma criança imatura e cheia de dúvidas.

Gemi de surpresa quando o Nash me prensou contra a porta e enroscou os dedos nos meus cabelos. Seus olhos ardiam, percorrendo meu corpo como rios intermináveis de roxo e azul.

– Alguma hora a gente vai ter que terminar essa conversa, Saint.

Enfiei as mãos por baixo da sua camiseta e comecei a explorar as saliências e reentrâncias das suas costelas. Sua pele é sempre tão quente. O Nash sempre parece tão forte e cheio de vida, tão resistente e seguro. Me sinto a mulher mais desejada do mundo porque, quando estamos juntos, ele me deixa no comando, me deixa estabelecer o ritmo do sexo. É contagiante. Não consigo dar as costas para isso, por mais que eu saiba que seria o melhor para nós dois.

– Mas pode ser depois, Nash.

Passei os lábios por sua garganta, e ele engoliu em seco. Odeio dar trabalho para ele, fazê-lo lidar com todos os meus problemas, quando está enfrentando uma barra tão pesada com o pai.

O Nash me beijou na têmpora e passou a língua na minha orelha. Tremi toda, e ele sussurrou:

– Pode, mas tem que ser logo.

Então apertou ainda mais o corpo contra o meu, me forçando a abrir as pernas. Passou a mão na minha bunda, e fiquei sem ar quando se mexeu, me levantou e me fez entrelaçar as pernas em volta da sua cintura. Sou alta, estou longe de ser uma mulher pequena. Não tem muita coisa no meu corpo que pode ser considerada graciosa mas, se comparado comigo, o Nash é um monstro. Parece que nem sentiu meu peso quando se afastou da porta e foi me levando pelo corredor até seu quarto. Abracei seus ombros e grudei minha boca na sua, e ele continuou caminhando. Adorei a fricção que o movimento fazia nos nossos corpos. Mesmo de jaleco e com várias camadas de roupa, meus mamilos ficaram durinhos, e senti seu corpo reagir através da calça jeans grossa. Enrolei minha língua na dele, o beijei com tanta força que, quando chegamos ao quarto, nós dois estávamos sem ar.

O Nash se inclinou para frente e me jogou no meio da cama, depois se afastou e foi tirando a camiseta. Esta é uma visão da qual nunca me canso: aqueles músculos e aquela pele dourada sempre me dão água na boca e cócegas nos dedos, com vontade de passar a mão por tudo. E aqueles desenhos, as marcas que o definem e o enfeitam, o transformam numa galeria de arte ambulante; são simplesmente encantadores. A tatuagem que se enrosca de cima a baixo nos seus braços é brilhante e chamativa, mas é aquele dragão, aquela outra parte do seu corpo, que sempre quero tocar. As asas, o fogo, as escamas cobrem todo o seu corpaço... parecem uma segunda pele. Poucas pessoas têm a sorte de vê-la em toda a sua grandiosidade, e eu sou uma delas.

O Nash abriu o cinto e olhou para mim. Sentei na cama e tirei o jaleco. O uniforme do hospital não é das roupas mais atraentes, mas, pelo jeito, o Nash não liga. Seus olhos me percorreram daquele jeito, quase pretos, quando fiquei só de lingerie na sua frente. Aí esticou um único dedo e passou entre meus seios.

– Adoro as suas sardas.

Tremi, e a expressão dos seus olhos, do seu rosto, me deixaram toda molhadinha e quente. Cheguei mais perto, tentei puxá-lo para mim, mas ele se abaixou e, com o mesmo dedo, puxou a taça do meu sutiã para

NASH

baixo. O mamilo apareceu, ávido por sua língua. Fiquei me contorcendo, me retorcendo toda, enquanto o Nash me lambia, me chupava com sua boca quente. Tentei segurar seu cabelo inexistente, joguei a cabeça para a frente e para trás sem parar, porque ele estava sendo muito meticuloso, tão atencioso e concentrado no que estava fazendo em mim. Levantei a cabeça, queria dizer pra ele parar, tirar as calças e ir logo ao ponto, mas o Nash passou para meu outro peito, completando uma deliciosa tortura.

Quando parou, eu estava ofegante, prestes a explodir de prazer só com a atenção que o Nash deu aos meus seios. Aí tirou meu sutiã e me empurrou mais para trás da cama. Achei que ele ia logo tirar minhas calcinhas e mandar ver no sexo. Eu o desejava desesperadamente, meu corpo tremia todo de vontade e ansiedade. Mas, pelo jeito, o Nash não estava com a menor pressa e não ia deixar eu ficar no controle aquela noite. Tirou a calça, e parei por um instante para observar o volume que aparecia na parte da frente da sua cueca. Não mudaria nada nele. Pareceu que a tatuagem bateu as asas quando ele respirou fundo e se livrou da minha última peça de roupa.

Seus olhos estavam com um tom de roxo azulado, e sua pele morena estava rosada. Alguma coisa passava pela sua cabeça, algo que eu não conseguia decifrar. Mas, adivinhei quando ele subiu na cama, entrou no meio das minhas pernas e me deu uma mordidinha na coxa e a apoiou no seu ombro.

A gente transou muito nos últimos meses. "Muito" é eufemismo. Não fico mais assustada nem surpresa quando o Nash cai de boca em mim. Ele manda bem, sempre me satisfaz, mas aquilo era diferente, tudo estava diferente. Ele não estava só fazendo amor comigo, tentando me excitar ou me fazer gozar. Estava me idolatrando. Estava tentando *me mostrar* de um jeito diferente o quanto me acha bonita e perfeita.

– Nash...

Falei seu nome. Quer dizer, quase engasguei, porque estava fazendo coisas com a boca e as mãos que me deixaram a ponto de gozar. Agarrei firme os lençóis quando ele espalmou a língua em um ponto nervoso particularmente sensível.

– Hmmm?

Ele soltou esse ruído, e soltei um grito porque, quando o Nash fez isso, prendeu meu clitóris entre os dentes, e a vibração que senti me fez revirar os olhos.

O gato segurava meus quadris com as duas mãos, estava com minhas duas pernas apoiadas nos seus ombros largos, e sua cabeça de cabelos pretos estava enfiada bem no coração do meu corpo. Me senti uma mulher liberada e cheia de luxúria com a intensidade que ele estava usando para reforçar seus argumentos. Fiquei tensa, senti leves tremores começarem a surgir na base da minha coluna e, quando o Nash trocou a boca por dedos ávidos, gozei com o mais leve dos toques. Senti vagamente ele beijar minha barriga, que se contorcia, seus dedos se mexendo, brincando comigo para aumentar a sensação, mas foram seus olhos, tão escuros, tão fixos em mim, que fizeram meu coração se render, e todas as vozes da minha cabeça finalmente pararam de falar.

Ele soltou minhas pernas, que escorregaram ao lado do seu corpo e passou a mão na pele macia logo abaixo dos meus seios.

– Você é tão doce. Por dentro e por fora – disse, com a voz rouca.

Estiquei o braço e o puxei para cima de mim.

O Nash sempre me fala esse tipo de coisa. Diz que sou bonita, que sou divertida, que gosta de estar comigo. E com frequência diz que sou a melhor mulher com quem já transou. Nunca respondo, mas não tinha como ignorar o que ele acabara de fazer comigo.

– Obrigada.

Até eu achei minha resposta deslocada e sem jeito. Não deveria ser tão difícil aceitar um elogio. O jeito como o Nash me vê, meu reflexo naqueles olhos de um violeta infinito, é a coisa mais linda do mundo, e é muito mais difícil fingir que não enxergo exatamente o que esse ele vê em mim.

Minha palavra simples trouxe brilho e sombras aos seus belos olhos. Ele se levantou, numa espécie de flexão dura, para se livrar da cueca, que apertava sua ereção pulsante. Seu membro se libertou, grosso e pronto para meter, com um enfeite novo. Pisquei e, em seguida, olhei para ele, curiosa.

– Por que tem um anel no seu pênis?

NASH

O Nash deu risada, mais por causa do termo técnico que usei pra falar da parte do seu corpo em questão do que por causa da minha pergunta.

– Eu troquei o *barbell*.

Por trás da cabeça da seu pênis ereto e grosso, tinha uma argola fininha que abraçava toda a circunferência do seu pau. O tal anelzinho de prata era fascinante. Não sou nenhuma especialista em *piercings*, mas nunca tinha visto nada parecido, ainda mais combinado com o *piercing* que o Nash tem na ponta do pau, que ele aproveita ao máximo, e tenho que admitir que sou fã.

– Seu pau está usando joias.

Depois dessa, o Nash deu risada pra valer, passou o braço pelo meu ombro e nos rolou. Fiquei montada em cima dele. Aí pôs as mãos atrás da minha cabeça e sorriu pra mim.

– Gosto de mudar de vez em quando. Vai ser gostoso, pode acreditar.

Eu não tinha dúvidas. E, pela primeira vez desde que a gente começou a transar, realmente quis não ser tão traumatizada, não ter tanto medo de falar para ele o que eu acho que rola entre a gente de verdade. Se for mesmo um relacionamento, um compromisso de parceria, vou começar a tomar pílula para poder sentir aquele músculo quente e duro e o metal frio escorregando dentro de mim sem a interferência do látex. Parece divino, e fiquei brava comigo mesma por colocar obstáculos na minha própria vida, por me impedir de entender o que estava fazendo com aquele homem maravilhoso e cativante.

Me inclinei para trás e procurei a caixa de camisinhas que sempre fica no seu criado-mudo. Enquanto eu estava lá, toda esticada, o Nash ficou acariciando minhas costelas com a ponta dos dedos. Ele é sempre tão reverente, tão tátil, quando me toca. Até uma carícia simples como aquela faz meu coração bater mais rápido e meu sangue ferver de desejo.

Antes de pôr a camisinha, fiquei alguns minutos brincando com o enfeite novo. A saliência que cria, o calor do metal em contato com a sua pele, eram uma promessa de diversão. Queria pôr seu pau na boca, mas o Nash me impediu, segurando meus cabelos.

– Hoje não.

Fiz cara de espanto, e ele pegou a camisinha da minha mão e pôs no pau. O Nash me fez ficar de joelhos, mais para cima, e me colocou bem na ponta da sua ereção pulsante. Entendi que ele estava querendo me provar alguma coisa. Que estava tentando me mostrar algo que meus ouvidos não aceitavam. Só que aquilo era entre nós dois, e fiz questão de demonstrar tudo o que sinto por ele. Estou apenas confusa, tentando ser realista, deixar as coisas dentro de um limite que eu me sinta à vontade.

Não tive oportunidade de retribuir seus sentimentos ou emoções, porque o Nash me puxou para cima dele, e perdi a capacidade de elaborar pensamentos. Aquele homem é grande, em todos os sentidos. Seu pau já estava duro e grosso. Depois da penetração inicial, aquele anel que me abria ainda mais, subindo e descendo pelos meus músculos internos sensíveis com um deslizar quente e suave... me deixou incapaz de fazer qualquer coisa que não fosse sentir. A pressão era maior do que das outras vezes, a fricção entre nossas partes mais íntimas, mais sensual. Achei que ia gozar antes mesmo de o Nash conseguir meter o pau todo em mim.

– Ai, meu Deus... – falei.

Tenho certeza de que revirei completamente os olhos também.

O Nash deu uma risadinha, que só deixou meus sentidos ainda mais aguçados. Abri os olhos para vê-lo quando seu pau chegou até o fundo. Acho que o Nash prefere quando estou em cima porque não tenho escolha: sou obrigada a olhar pra ele. Naquele momento, ele parecia convencido e satisfeito consigo mesmo.

– Fica melhor ainda. Você só precisa se mexer, Saint.

Aí levantou as mãos e segurou meus peitos.

Joguei a cabeça para trás e gemi. Segui seu conselho e fiz o que tinha me pedido. Comecei a cavalgá-lo. O sobe-e-desce, o estica-e-puxa daquela argola, mais o outro *piercing* dentro de mim estava tão bom que cravei as mãos no seu peito e fiquei observando ele me olhar. Seus olhos ficaram ainda mais escuros, se é que isso era possível, à medida que fui chegando mais perto do orgasmo. Mudei o peso de lado, me agarrei nele,

NASH

ouvi sua respiração ficar cada vez mais rápida, fiquei me divertindo com o subir e descer do seu peito. Eu estava quase lá, e sabia que, se pedisse para o Nash me tocar mais um tantinho ou pusesse minhas mãos entre as pernas, tudo estaria resolvido. Abri a boca para pedir isso a ele, mas antes que eu conseguisse falar, ele levantou, nos deixando sentados, e rolou para cima de mim.

Ele ficou por cima, segurando meu rosto com as duas mãos. Estava com uma expressão meio enlouquecida e, quando fui perguntar o que estava acontecendo, atacou minha boca e começou a meter, enfiando tudo, pulsando dentro do meu corpo como se estivesse possuído. Eu só pude me segurar, porque estava quase chegando ao orgasmo. Enfiei as unhas no seus ombros e senti sua pele rasgar. Quando sua língua tocou a minha, quando ele mordeu meus lábios, gozei debaixo dele, um orgasmo que me virou do avesso. Só me segurei nele, deixei ele entrar e sair de dentro de mim até enfiar o nariz no lado do meu pescoço e gemer quando se satisfez. Isso não foi só sexo: foi o Nash me dando uma parte dele, para eu guardar para sempre.

Ele tirou as mãos do meu rosto, mas não se mexeu. Podia escutar sua respiração descompassada perto dos meus ouvidos, seu coração batendo rápido e forte junto do meu. Passei a mão na coluna do dragão, e o corpo do Nash tremeu um pouco quando o toquei.

– Você acaba comigo, Saint.

– Desculpe.

O Nash soltou um suspiro, rolou na cama e me puxou para cima dele.

– É só prometer que vai me consertar quando se cansar de mim, OK?

Fiquei sem saber o que dizer, sem saber se podia prometer isso para ele. Pus as mãos debaixo dos seus braços e fiquei passando o queixo no seu músculo peitoral. Era muito duro pra servir de travesseiro, mas eu não queria me mexer.

– Posso dormir aqui, Nash?

Não podia dar tudo o que ele queria, mas isso eu podia fazer.

Ele soltou um suspiro que fez o cabelo na minha testa voar.

– Em algum momento, quero que a gente tenha um relacionamento em que essa pergunta não seja necessária.

Não sei se esse momento iria acontecer. Mas, se acontecesse, seria naquele exato momento, em que nós dois estávamos separados, mas entrelaçados um no outro.

NA MANHÃ SEGUINTE, o Nash se atrasou, e pode ter sido porque acordei mais cedo e não resisti à tentação de pôr a boca em volta daquele círculo de aço inoxidável. Tenho certeza de que ele gostou do despertador, mas depois saiu correndo, resmungando alguma coisa sobre ter que ligar para uma menina que o Phil indicou para ajudar no estúdio e que tinha ainda que passar no estúdio novo para falar com o empreiteiro. Ele estava fazendo tantas coisas ao mesmo tempo que não sei como conseguia dar conta de tudo e ainda encontrar tempo para ficar comigo e aguentar minhas encanações.

Ele me deu um beijo bem dado, falou pra eu tomar café ou fazer o que quisesse e bateu a porta como se fosse um tornado tatuado. O Nash já tinha passado muitas manhãs na minha casa, quando eu tinha que sair pra trabalhar. Foi estranho estar no seu lugar. Estava fazendo café, usando uma camiseta dele, que era muito grande e muito comprida pra mim, quando bateram na porta. Eu ia ignorar porque não me senti à vontade pra atender, já que estava na casa do Nash, mas ouvi chamarem meu nome.

– Saint? É a Royal. Você pode conversar comigo um minutinho? Sei que está aqui, vi seu carro parado lá fora.

Argh. Não queria olhar para aquela menina depois do que aconteceu na noite anterior. Não queria que visse o quanto tinha ficado com ciúmes por ela ter passado uma noite normal com o Nash, mas abri a porta mesmo assim.

Tive que olhar duas vezes, e meu queixo caiu quando a vi. Aquele cabelo acobreado fantástico dela estava preso em um coque, a menina estava sem maquiagem, usando o uniforme preto azulado que todos os

NASH

guardas de Denver usam. Estava com um quepe debaixo do braço e tinha um coldre com uma arma preso à cintura. Não dava para acreditar que era a mesma garota que vi de salto *pink* e jeans *skinny* na noite anterior.

– Você é da polícia?

A Royal passou por mim e foi até a cozinha. O café estava pronto. Ela ficou bem à vontade, mexeu nos armários do Nash até encontrar uma caneca. Eu devia ter reclamado, mas ainda estava em estado de choque por tê-la visto armada.

– Sou sim – disse, sibilando os "ss" e servindo uma caneca de café pra mim.

– Olha, queria te explicar uma coisa sobre o garoto com quem você está saindo.

Já ia dizer que o Nash não era nada meu, mas a Royal fez careta e falou:

– Estou armada e de mau humor. Nem começa, garota. Ontem à noite consegui me trancar pra fora de casa. Tinha esquecido o celular no carro, me fodi. O Nash me ajudou, me deu comida e ficou falando de você. Tem noção de quantos imbecis usariam essa situação para dar em cima de mim? Ou quantos tentariam fazer algo ruim só porque eu não tinha como me comunicar com ninguém nem para onde ir?

A vizinha do Nash estava coberta de razão. Só pude concordar com ela, balançando a cabeça.

– A maioria dos homens são uns cuzões. Sério, Saint. O Nash não é assim. Sei que rolou alguma coisa no passado entre vocês dois, sei lá o quê, mas abre os olhos, querida. Esse rapaz está caidinho por você, e é um garoto legal. E supergato e *sexy*. Você tem noção do quanto isso é raro? O homem é um maldito de um unicórnio!

Peguei minha caneca de café e continuei observando a Royal como se ela fosse um animal selvagem no zoológico.

– Além do mais, minha mãe foi a outra. Eu sou a filha do padeiro... Bom, do corretor de ações, para falar a verdade, mas isso não vem ao caso. Jamais faria isso com alguém, me enfiar no meio de um relacio-namento, porque vi como foi difícil para minha mãe ficar esperando o imbecil largar da mulher. Não tenho culpa se meus peitos são lindos, e meu cabelo, maravilhoso. Mas não sou nenhuma mulher fatal que quer roubar o homem das outras.

Pelo jeito, esse era o calo da Royal. Limpei a garganta e tentei dar alguma explicação:

– O fato de você ser linda e morar do outro lado do corredor não alivia, mas poderia ser qualquer outra mulher bonita, Royal. Os homens se distraem fácil.

Ela soltou um monte de palavrões, e dei um passo para trás. Aquela garota realmente era uma contradição. Uma mulher linda com um distintivo e a boca suja.

– Isso é loucura. Nenhuma garota vai aparecer e conseguir distrair esse garoto. Ele está completamente focado em você. Não somos objetos de troca, peças de Lego que se juntam só porque se encaixam. Se ele está te dizendo que quer ficar com *você*, ninguém mais vai servir pra ele. Se você não consegue acreditar por causa de sei lá o quê que rolou no passado, presta atenção no que ele está mostrando agora. Atitudes sempre falam mais alto do que palavras.

Aí a Royal pegou o quepe e pôs na cabeça, por cima do coque. Inclinei a cabeça para o lado e fiquei pensando um bom tempo no que ela havia dito.

– E por que você se importa com isso, posso saber?

Ela colocou a caneca na pia e a lavou.

– Porque o Nash é legal, e você parece ser legal. Tem pouca gente bacana nesse mundo, e é raro elas se encontrarem. E porque quero que seja minha amiga.

Por essa eu não esperava.

– Quê? Por quê?

– Porque as mulheres não gostam de mim. Acham que quero roubar o macho delas ou ficam com medo quando descobrem que sou policial. Tenho 23 anos, Saint, e não sei quando foi a última vez que tive um amigo que não fosse homem. Meu melhor amigo é o meu parceiro, o Dominic. A gente estudou juntos no Ensino Médio e enfrentamos a academia de

NASH

polícia juntos. Se não fosse por ele, eu seria muito, mas muito sozinha, e não quero isso para mim.

Fiquei só encarando a Royal, tentando decidir o que queria dizer para ela.

– Quando um homem como o Nash te oferece o mundo, não corra o risco de perdê-lo pelo que aconteceu ou poderia ter acontecido. Agora preciso ir prender bandidos.

Depois que a Royal fechou a porta, peguei meu café e me joguei no sofá. Queria ir no mercado para deixar alguma comida de verdade na geladeira do Nash. O coitado não pode viver à base de cerveja e pizza congelada, não com tudo o que está passando neste momento. No fundo, sinto uma necessidade imensa de cuidar dele e não ia questionar isso naquele momento.

Os últimos dias foram intensos, e minhas emoções estavam à flor da pele. A Royal tem razão: o Nash passou a noite inteira tentando me mostrar coisas que não quero ouvir e estava ficando impossível eu continuar com a cabeça enterrada em um buraco. Não tenho só um homem, o único de quem já gostei de verdade, exigindo que eu me entregue mais do que imaginei ser possível; mas também uma policial sem a menor classe, bocuda e durona, que mais parece uma estrela de cinema, querendo ser minha amiga. Não sei em que espécie de universo paralelo eu tinha ido parar, de quem era a vida que eu estava vivendo, mas com certeza não era a minha. Não consigo decidir se isso é a melhor ou a pior coisa que já me aconteceu.

CAPÍTULO 15

Nash

O ESTÚDIO NOVO ESTAVA FICANDO MUITO MELHOR do que eu podia imaginar. O Zeb é um visionário, super-honesto, e faz mágica. Ele criou um conceito de parque de diversões antigo. Como minha vida ultimamente parece um circo, combinou perfeitamente. É retrô e meio *kitsch*, mas a ideia é genial, e todo mundo gostou, por ser diferente do jeitão meio agressivo do Marcados original. Cada uma das seis estações de trabalho tinha como tema, pintado na parede, uma atração do circo dos horrores dos anos 1930: o fortão, a mulher barbada, a mulher tatuada, claro, a vidente, o domador de leões, o engolidor de espadas e, por último, uma mulher lobisomem bem esquisita. O Zeb quer instalar uma daquelas máquinas antigas que mediam a força das pessoas, uma cabine de fotos retrô e uma daquelas de fortuna assustadoras, também das antigas. Na minha opinião, com essas coisas, o estúdio vai ficar demais. Nossos portifólios e as fotos de *tattoos* que temos aparecem numa tela de LED de última geração, que muda constantemente e é *touch screen*, para os clientes em potencial poderem interagir com ela.

Ficou uma mistura fantástica de novo e antigo. Ainda vai levar umas três semanas para o novo estúdio poder funcionar, só que o Zeb ainda nem mexeu no andar de cima. A ideia é fazer um espaço moderno, com jeito de butique. Até agora, não encontramos algo que ligue o estúdio e a loja, até porque nenhum de nós conhece muito essa área e temos medo de estragar tudo, transformar o lugar em uma piada, depois de termos dado tão duro para construir nossa reputação como tatuadores em Denver. É um admirável mundo novo, e tudo está mudando muito rápido para todos nós, que encarávamos o Homens Marcados como nosso segundo lar.

Liguei para a garota que o Phil insistiu pra que eu desse uma chance. Foi uma conversa esquisita. Seu bom-humor e jeito irônico são inegáveis. Quando perguntei se já tinha trabalhado em algum estúdio de tatuagem, ela deu risada e disse que não existe nada neste mundo que não consiga fazer. Não pareceu muito interessada na oportunidade de fazer a entrevista, até que falei que o estúdio fica em Denver. Falei o que o Phil pediu: para ela dar uma olhada no nosso *site* e voltar a falar comigo. A garota desligou o telefone dando risada, e achei que ia acabar dispensando a amiga do Phil, por ser só uma modelo cabeça oca.

Atravessava a cidade, queria fazer mais uma parada antes de ir para o Marcados trabalhar. Precisava de alguns conselhos sobre como lidar com os laços que mantêm uma pessoa presa ao passado, e a única pessoa em quem consegui pensar que pudesse me dar algum tipo de explicação com propriedade foi o Asa. É um garoto que teve uma vida terrível, se envolveu com drogas e explorou muita gente, ao ponto de quase perder a própria vida e a da irmã. Foi forçado a reavaliar o que estava fazendo, quem era. Agora anda se esforçando, tentando consertar seus erros. Seu relacionamento com a Ayden ainda é complicado, os dois às vezes nem se falam. Mas não há um dia em que ele não tente reconquistar a amizade da irmã. O Asa é um sujeito que está se esforçando para não ser definido pelo seu passado.

Parei o carro no estacionamento, e meu celular tocou. Era o número de Las Vegas para o qual eu tinha acabado de ligar. Fiquei curioso e atendi.

– Oi?

– As informações do seu estúdio estão atualizadas no *site*?

Antes, a garota pareceu entediada e levemente debochada. Agora, parecia intrigada e quase sem fôlego. Dava pra sentir a sua expectativa, como se fosse um ser vivo que andasse pelos sinais telefônicos.

– Está.

– Todos aqueles tatuadores trabalham no mesmo estúdio?

Puxa, a menina era insistente. Fiz careta e respondi:

– Trabalham. Continuamos todos no mesmo barco e vamos contratar uma equipe nova daqui a alguns meses.

– O Phil é louco. Ele simplesmente adora bagunçar a vida dos outros.

Aí deu risada, e fiquei me perguntando no que o Phil pensou quando me indicou essa menina. Achei a garota meio descompensada, mas o velho não resiste a um rostinho bonito. Nunca resistiu.

– Olha, Salem. Tenho que contratar alguém logo. O estúdio novo inaugura em maio, e o antigo está atolado de trabalho. Você tem ou não tem interesse? Não posso perder tempo com conversa mole, se não está interessada. Foi o Phil que teve essa ideia maravilhosa, não eu.

E não ia contar para a garota que faço qualquer coisa só para ver o Phil feliz e vê-lo sorrir enquanto ainda está vivo.

– Ah, estou bem mais interessada agora. Olha, estou com a agenda lotada até o final de abril. Tenho que fazer o festival Viva Las Vegas no fim de semana da Páscoa, e umas fotos em Nova York para uma revista de tatuagem no fim de semana seguinte. Ainda tenho que cumprir o aviso prévio na loja onde trabalho. Aí no Colorado neva, não é?

Estava difícil de acompanhar aquela mudança tão brusca de assunto. Eu ainda estava processando a história do festival. Como curto carros antigos, sei que é um encontro que dura o fim de semana inteiro e atrai bandas e colecionadores do mundo todo. Começava a achar que o Phil não tinha me informado sobre todas as qualificações da garota.

– É, fica bem frio aqui quando a estação muda.

– Bom, então também vou ter que fazer compras. Vamos deixar combinado para a primeira semana de maio. Vou chegar com tudo.

A menina falava como se o emprego já fosse dela.

– Você tem que passar por uma entrevista. Precisa falar com o meu sócio e com a minha gerente antes de a vaga ser sua.

A Salem deu uma risada meio rouca e empolgada. Mesmo pelo telefone, dava pra perceber que a dona era especial.

NASH

– Sou perfeita para essa vaga e não conheço o Colorado. Vai ser uma aventura.

– Por que esse interesse tão repentino? Achei que estava meio desisteressada da primeira vez que liguei.

Fiquei curioso e tive que perguntar.

– Estúdio de tatuagem é o que não falta. Mas vocês têm um trabalho incrível, e gostei da ideia de trabalhar em um lugar que tem uma reputação sólida e vai expandir os negócios. E meu interesse... – sua voz mudou de tom, mas não consegui entender o que isso significava – ...é tudo menos repentino. Nos vemos em maio, Nash Donovan.

A garota desligou, e fiquei olhando para o celular, tentando entender o que diabos tinha acabado de acontecer. Não falei brincando quando disse que ela tinha que passar por uma entrevista, e conseguia imaginar ela e a Cora se desafiando. Ia ser, no mínimo, divertido.

Guardei o celular no bolso de trás da calça, abri as portas do Bar e esperei meus olhos se acostumarem com a luz pálida lá de dentro. Como não eram nem onze da manhã, o lugar estava tranquilo, e os únicos clientes sentados no balcão eram os veteranos de guerra grisalhos que chamavam o Bar de lar muito antes de o Rome e o Asa terem entrado no negócio. Ninguém olhou pra mim, mas o Asa me viu quando dava a volta no balcão, carregado de caixas de cerveja.

Levantou uma daquelas sobrancelhas cor de areia quando me aproximei e peguei algumas das caixas que ele estava carregando. O Asa não combina muito com o resto da turma. Suas motivações são meio suspeitas, a personalidade um tanto malandra demais, ele é do tipo que se acha, um pouco demais para se enturmar com a gente, mas a Ayden o ama, e o Rome criou um apego estranho pelo conquistador sulista. Então, apesar de ele ser meio duvidoso e suspeito, estava se integrando bem ao nosso bando de desajustados. O Jet não tira os olhos dele, mas eu acho o Asa legal, pelo menos até provarem o contrário.

Além do mais, ele arruma mulher como eu nunca vi. Não sei se é o sotaque arrastado, os olhos dourados ou aquele jeitão "que se foda"

233

que o garotão manda muito bem... O fato é que o Asa é um encantador de garotas e, antes de a Saint se tornar meu único foco de atenção, eu admirava muito os seus talentos com o sexo oposto.

– O que você veio fazer aqui tão cedo?

Ajudei o Asa a colocar as cervejas no fim do balcão. Ele deu a volta na superfície comprida de madeira que o Rome tinha acabado de restaurar e me encarou do outro lado do móvel. O Rome até pode ser o dono do bar, tecnicamente falando, mas com o filho e o lugar abrindo todos os dias e todas as noites, é o Asa que cuida da administração no dia a dia. E também é muito mais simpático do que o ex-soldado. Os dois formam uma dupla muito boa.

– Queria te perguntar umas coisas antes de ir para o estúdio. Você tem um minutinho?

O Asa inclinou a cabeça e me observou em silêncio por alguns instantes. Não é nenhum segredo que as escolhas que ele fez no passado quase o mataram. E a sua irmã quase cortou relações com ele. Não estava ali pra pedir palavras de sabedoria para ele.

– Ah, tenho tempo, sim. Essas eram as últimas caixas de bebida que eu precisava guardar, e estou só esperando o Brite aparecer. Ele ligou dizendo que vai passar aqui e tem um grande favor pra me pedir. Quer que eu peça para Darcy te fazer um almoço?

Sacudi a cabeça e respondi:

– Talvez na saída. Posso levar comida para o pessoal do estúdio.

Ele concordou e fez sinal para o fundo do bar, onde ficam as mesas de sinuca.

– Deixa eu só passar na cozinha e dar um toque para Darcy ficar de olho aqui na frente.

Fui até os fundos do bar e sentei em cima de uma das mesas de sinuca. Cruzei as mãos e fiquei observando o Asa vir na minha direção, secando as mãos em uma toalha de bar.

– Ela vai fazer uns sanduíches pra você levar.

Concordei. A Darcy é ex-mulher do Brite – bom, uma delas – e cuida da cozinha do bar. É uma senhora bacana, e seu sanduíche de bacon, tomate e alface, na minha opinião, é dos deuses.

– E aí, Nash?

Soltei um suspiro, me encolhi um pouco e falei:

– Isso pode soar meio estranho, mas acho que você é a única pessoa para quem posso perguntar.

O Asa levantou me olhou surpreso e cruzou aqueles braços largos. Ele parece um daqueles sujeitos que passa o dia domando cavalos chucros e mexendo em fardos de feno. Não que faça esse tipo de coisa, mas não tem como não pensar que foi criado numa fazenda pelo estilo e pelo jeitão dele.

– Perguntar o quê?

– Sobre mudanças e como você vê as coisas – passei a mão na nuca e continuei: – Estou saindo com uma garota, e rolaram umas coisas entre nós no passado, coisas que não foram exatamente boas, e não sei como fazer pra gente superar isso.

Ele arqueou uma das sobrancelhas e me senti uma mulherzinha de discutir esse tipo de assunto com ele. Homem que é homem não fica de papinho mole sobre sentimentos, mas eu estava perdido.

– A Saint sofreu muito na época do colégio. Era tímida e desajeitada, pegavam muito no pé dela, foi bem zoada. Acho que gostava de mim, e dei o fora nela sem ter a intenção. Isso faz séculos, mas a marcou muito. E, para piorar, estava falando mal de alguém que nem um imbecil, e ela achou que era dela. Isso, mais o fato de o seu pai ser um traidor e também teve um namorado na faculdade que a largou só porque não fazia o que ele estava a fim na cama; está muito difícil de conquistar o coração dela. Sei que minha estupidez e minha boca grande não ajudaram em nada essa merda de autoestima, mas não consigo achar um jeito dessa mulher acreditar que não sou mais assim. Que sou um homem decente que um dia foi um adolescente otário que cometeu muitos erros. Como é que você fez? Como convenceu a Ayden de que está diferente depois de tudo o que aconteceu entre vocês dois? Como fez para ela esquecer do passado e como provou pra sua irmã que não vai decepcioná-la de novo?

O Asa ficou só me olhando por um tempo, e achei que tinha ofendido ele de verdade. Então suspirou, sacudiu aquela cabeça de cabelos dourados de um jeito meio triste e passou os dedões nos prendedores de cinto da calça jeans.

– Não convenci. A Ayden me ama, quer acreditar em mim, e isso a torna a melhor pessoa do mundo, porque eu usei e abusei do nosso relacionamento até poucos anos atrás. Eu não era só ruim, Nash. Era um criminoso, um estelionatário, e não parei pra pensar que o que eu fazia poderia afetar a Ayden. Minha irmã era só um meio para eu atingir um fim, e só percebi isso quando era tarde demais. Sinceramente, a Ayd tem todo o direito de me odiar, e não poderia culpá-la se tivesse me largado sozinho lá naquele hospital. Agora... – O Asa engoliu em seco, depois completou: – Nunca consegui convencer totalmente minha irmã e o Jet de que eu mudei. Quando o bar foi assaltado, há alguns meses, ela achou que tinha sido eu, apesar de eu gostar do Rome, gostar do meu emprego. A Ayden concluiu que estava metido na encrenca e sempre vai achar isso, só que não posso culpá-la. Nunca fui confiável nem tive consideração por ela. Só me importava comigo mesmo e não vou conseguir nunca apagar essa memória. Nunca.

Não sei direito qual é a história dos dois irmãos, mas agora faz muito mais sentido o Jet desconfiar tanto dele e ainda rolar tanta tensão entre o Asa e a Ayden. Aquele poço era fundo demais para alguém conseguir chegar ao fim.

Joguei as mãos para o alto, as baixei em seguida e falei:

– Então não tem nada que eu possa fazer? Essa mulher vai sempre me comparar com aquela lembrança e nunca vai confiar em mim? Que saco!

– Nash... – disse o Asa, com o sotaque um pouco mais arrastado. – Você é uma pessoa legal. Pelo jeito, o que não falta aqui nas montanhas Rochosas são caras legais. Não tem que fazer nada, só ser você mesmo. A menina vai acabar percebendo que não é teatro, é quem você é, e o que rolou no passado foi só um momento infeliz. Você é humano. Tem direito a cometer erros, no passado e no presente. Eu não estaria vivo se o mundo não tivesse me dado uma segunda chance.

NASH

— Gosto dela, mais do que já gostei de qualquer uma. Só que sinto que a Saint nunca vai superar isso, e nosso lance nunca terá um futuro.

— Não vou te contar todos os detalhes sórdidos da minha história escabrosa, mas pode acreditar: se a minha irmã é capaz de olhar na minha cara e de gostar de mim, você consegue conquistar o coração dessa mulher.

Puxa, acho que eu não devia ter concluído tão depressa que o Asa é legal. Quanto mais ele falava, mais me dava vontade de quebrar seus dentes perfeitos em nome da Ayden.

— E você? Não era legal, mas agora é? – perguntei, em tom de inquisição. – Como convenceu todo mundo de que realmente mudou?

O Asa sorriu, cheio de malícia e de segredos que eu não queria saber.

— Não mudei. Não sou uma pessoa diferente. Ainda tenho que convencer a mim mesmo, todos os dias, a não ir pelo caminho mais simples, não escorregar e retomar os velhos hábitos. Sou quem sou, e nem sempre é fácil ser assim. A diferença é que agora gosto da vida que tenho. Quero ter um relacionamento com a minha irmã. Quero que chegue um dia em que o Jet olhe pra mim sem tentar descobrir qual vai ser meu próximo esquema. Quero ajudar o Rome a fazer desse bar um sucesso, para ele poder sustentar sua família. Gosto daqui, valorizo essa vida que nunca tive quando morava no Kentucky, e vou lutar comigo mesmo até meu último sopro de vida para mantê-la. Posso não merecer, mas a vida é minha e quero continuar vivendo.

Uau. Não imaginei que o Asa ia ser tão direto ao contar a própria história, mas suas palavras mexeram comigo. Tento convencer a Saint de que não sou mais aquele moleque que ela conheceu no colégio. Só que isso não é cem por cento verdade. Tenho menos ódio no coração, preciso menos do reconhecimento da minha mãe, mas nunca fui ruim. Me preocupei tanto em mostrar para ela o valor da pessoa que sou hoje que esqueci que sempre tive valor, mesmo que ela tenha me pegado falando mal de alguém como qualquer adolescente imbecil faria. Talvez eu tenha que começar a perguntar por que a Saint não consegue enxergar o próprio valor.

Ela é incrível. Inteligente e divertida. É gentil e encantadora, por dentro e por fora. Acaba comigo na cama e, se eu conseguir fazê-la se soltar, parar de se apegar às coisas que nunca vão mudar, tenho quase certeza de que vou cair de quatro por ela. Já estou à beira do precipício. Acho que preciso parar de tentar fazê-la enxergar o quanto sou legal e começar a fazê-la enxergar o quanto ela é sensacional.

Saí de cima da mesa, e meus pés fizeram um estrondo quando tocaram o chão de madeira.

– Valeu, Asa.

Ele deu risada, e fomos até o balcão.

– Cometi tantos erros que todos vocês podem aprender comigo. Alguma coisa de bom tem que sair de todas as bostas que fiz.

– Espero mesmo que você não volte a ser quem era. Vai ser uma merda pra todo mundo, não só pra Ayden.

O Asa sorriu de novo. Só que, dessa vez, tinha um ar triste.

– Tem muita coisa boa acontecendo na minha vida, sei disso. Não tenho planos de foder com tudo, só que nem sempre meus planos dão certo.

Peguei as embalagens de comida que a Darcy tinha separado para mim, e ela me deu um beijo no rosto. Já estava saindo quando ouvi a Darcy perguntar para o Asa se tinha visto a filha dela. Tive o pressentimento de que o favor que o Brite ia pedir para o *playboy* sulista tinha a ver com família. Credo, isso podia acabar mal, porque o Rome me contou que a filha do Brite e da Darcy é rebelde, que dá muito trabalho.

Não vi a Saint o resto da semana. Era início da primavera, e o estúdio estava atolado de trabalho. O Rowdy ficou resfriado, tive que ficar uns dias fora, e a saúde do Phil não parava de piorar. Ficou tão ruim que, no fim da semana, quis que voltasse para o hospital, mas ele se recusou. Vomitava tudo o que comia, e a enfermeira falou de alimentá-lo via intravenosa. É estressante. Sinto como se estivesse andando sobre um lago congelado que, a qualquer momento, vai ceder com o meu peso. Dormi na casa dele o fim de semana inteiro, ou seja: não vi mais ninguém. Em algum momento, no meio da semana, vendo ele ficar cada vez pior na frente dos meus olhos, parei de chamá-lo de "Phil" e comecei a chamá-lo de "pai" dentro da minha cabeça. Meu pai estava morrendo, meu pai tentava se fazer de valente, meu pai me observava com uma expressão triste naqueles olhos cor de violeta porque sabia que o tempo que tínhamos para ficar juntos diminuía dia a dia.

Eu não queria que ninguém o visse naquele estado. Todo mundo da turma tentou fazer uma visita, mas o Phil não estava a fim. Tive que dar o cano na Saint no sábado à noite, o que me deixou chateado, mas eu estava onde deveria estar. Algumas horas depois, ouvi alguém batendo na porta e quase caí de costas quando abri e dei de cara com ela. A Saint não pediu para entrar, só me entregou um *shake* de proteína e disse pra ver se o Phil conseguia engolir sem vomitar. Disse que tinha perguntado para o pessoal da oncologia o que poderia ser feito para retardar um pouco mais o soro.

Só consegui ficar olhando para ela. Fui invadido por um sentimento de gratidão e por outro, muito mais forte. A Saint me deu um abraço que fez eu me sentir melhor por um milésimo de segundo. Me deu um beijinho rápido na boca e disse para não esquecer de me cuidar enquanto cuido do Phil. Eu estava exausto, emocionalmente arrasado, mas aquela visitinha de cinco minutos, a facilidade que ela tem de entender o que os outros estão passando, me tocou profundamente e ficou comigo.

Talvez seja porque a minha mãe sempre foi muito fria e descontente comigo, talvez seja porque busquei tanto reconhecimento e nunca recebi que, quando olho para os lindos olhos da Saint e vejo a sua empatia e compaixão, tenho certeza de que ela é a mulher da minha vida. Ela é tudo o que eu sempre quis, sempre precisei. Quando me olha assim, qualquer dúvida que eu tenha sobre se a amo ou não vai para o espaço. É mais tipo "como posso não amar essa mulher"? É impossível não se apaixonar por ela.

Dei um beijo cem vezes mais intenso do que pretendia nela, mas queria que sentisse tudo aquilo que, se eu tentasse dizer, a faria surtar, com certeza. Ela disse para eu ligar no fim de semana se arranjasse um tempinho e foi embora, levando meu coração.

Quando voltei para dentro de casa e ofereci a bebida que a Saint trouxe para o Phil, ele só olhou pra mim com um brilho malicioso nos olhos, por cima da máscara de oxigênio, que cobria quase todo seu rosto. Fiz um gesto obsceno e me larguei na poltrona que tinha posto perto da sua cama. Ainda não estava preparado para falar desse assunto. Até porque tenho certeza de que a Saint vai sair correndo se eu inventar de falar dos meus sentimentos. Não retribuírem meu amor é algo que assombrou toda a minha infância. Não sei se consigo dar conta se ela fizer isso comigo.

Fiquei com o Phil todo o fim de semana. O *shake* que a Saint trouxe foi mágico. Ela me mandou a lista de ingredientes, e comprei um estoque, para poder preparar para o Phil sempre que precisasse. Ele passou quase todo o sábado dormindo, e eu estava pensando em ir trabalhar, dar um adianto no atraso enquanto ele dormia, quando a Cora apareceu.

Não queria que a minha amiga o visse naquele estado, sentisse pena dele, mas a Cora simplesmente passou por mim com aquele corpinho minúsculo e me mandou à merda. O Phil é tão importante para ela quanto é pra mim, e o Rome ia ficar em casa com a bebê até a noite. Minha amiga me disse, na cara dura, que eu ainda tinha uma vida para tocar e me expulsou, sem a menor cerimônia, do apartamento do meu pai. Queria ficar irritado com ela, mas não consegui. Uma pessoa tão pequena não devia ser tão mandona e difícil de se livrar, mas tive que admitir que precisava tirar um tempo para respirar.

Fui para o estúdio e fiquei mexendo na papelada que estava uma semana atrasada. remarquei os clientes que tinham cancelado nas semanas anteriores. Na hora de fechar, o Rule me convidou para jantar com ele no bar onde a Shaw e a Ayden trabalham. Nós dois não temos tido tempo pra conversar fora do estúdio, e fiquei tentado a aceitar. Mas, por mais que eu goste do Rule, estava com saudade da Saint. Prometi para o meu amigo que ficava pra uma próxima vez e liguei para ela.

– Alô!

A Saint estava gritando, para eu conseguir ouvi-la no meio de uma confusão de gritos e de risadas de criança.

NASH

– Oi. A Cora está cuidando do Phil, tenho a noite livre. Fiquei torcendo pra você estar de folga e a gente poder ficar juntos.

– Só um segundo – ela resmungou alguma coisa, ouvi mais gritos e deu pra perceber que foi para um ambiente mais sossegado falar comigo. – Desculpa. A Faith começou a sentir umas contrações, ficou preocupada e foi para o hospital. Pediu pra eu cuidar das crianças. Não sei o quanto ela vai demorar.

Que decepção. Queria muito ficar com ela e não sabia quando ia rolar de novo.

– Espero que sua irmã esteja bem.

– Ela vai ficar. Quer vir aqui? Vou fazer um queijo quente para as crianças e pôr o DVD do *Procurando Nemo* pra ver se elas sossegam.

Nunca convivi muito com crianças. Agora que o Rome e a Cora têm a bebê, estou me acostumando. Mas, para falar a verdade, eu andaria descalço sobre um rio de lava quente pra estar com a Saint. Então, por que não?

– Claro. Me passa o endereço.

Ela me passou o endereço, no subúrbio de Littleton, na região metropolitana de Denver, e me mandei pra lá. Não perdi tempo me preocupando com o fato de que a irmã dela não gosta de mim ou de que não faço a menor ideia do que fazer com um bando de crianças correndo de um lado para o outro. Só pensei que a Saint estaria lá, e era lá que eu queria estar.

Bati na porta, e a Saint abriu toda amassada e descabelada, de um jeito encantador. Uma garotinha estava grudada no seu quadril, e uma menina um pouco mais velha me espiava por trás dos seus joelhos. A Saint sorriu para mim e soprou um cacho ruivo que estava na frente do seu rosto.

– Fico feliz de te ver!

Ai, meu Deus. Essa era a melhor notícia que recebi nos últimos dias.

– Essa é a Zoe – disse, dando um beijo no rosto da menina. – A Brea está escondida atrás de mim, e os meninos, o Owen e o Kyle, estão na sala, jogando videogame.

Entrei com a Saint na casa e dei uma piscadinha para a menina, que me observava de olhos arregalados.

– Sua irmã não parece ter idade para ter todos esses filhos.

A Saint suspirou e me levou até a cozinha. O aroma de sopa de tomate me deu água na boca.

– A Faith teve filhos muito cedo e não pretende parar. Ela e o marido, o Justin, sempre quiseram uma família grande.

Então olhou para o fogão, depois para mim e, sem a menor cerimônia, pôs a menina mais nova nos meus braços. A gente se encarou um tempão, a bebê tentava resolver se ia gritar ou não, e eu procurava encontrar um jeito de segurar a criança sem esmagá-la. Acho que a bebê acabou decidindo que sou legal e tentou enfiar os dedinhos rechonchudos no meu *piercing* do nariz, o que virou uma brincadeira ridícula de "não põe a mão". A Saint só ria, perto do fogão, enquanto fazia os sanduíches.

A outra menina, que só devia ter uns quatro ou cinco anos, apareceu, ficou perto dos meus joelhos, me olhando. A Saint sorriu pra ela e disse:

– Esse é o Nash, amigo da tia. Diz "oi".

A garotinha não disse nada. Sorri pra ela e me segurei para não soltar um palavrão quando a outra pôs a mão no meu *piercing* e deu um puxão. Meus olhos se encheram de lágrimas, mas ela riu tanto que não consegui ficar bravo.

– Fogo.

Deu para notar que a irmã era tímida, deve ter puxado a Saint. Olhei para ela, que apontou para mim e repetiu:

– Fogo.

Ela falava das chamas tatuadas na minha cabeça e do fogo que saía pela gola da minha camiseta, que a bebê puxava.

A Saint se virou e me olhou com faíscas prateadas brilhando naqueles olhos cinzentos. Chegou perto da menina, se abaixou, pôs o dedo no seu nariz e disse:

– Você tem razão, Brea. Ele é fogo.

As três caíram na gargalhada, e só fiquei, ali, sentado, observando a Saint. Ela levantou e beijou o rosto da bebê e a minha boca. Depois chamou os meninos para comer aquele jantar simples. Os garotos, que

NASH

são mais velhos, fizeram várias perguntas interessantes sobre as minhas _tattoos_, os alargadores que tenho nas orelhas, o que eu faço da vida e como conheço a Saint. Tinham tanta energia que dava medo, mas eram divertidos, crianças legais.

Jantamos e, quando todo mundo terminou, falei pra Saint pôr o DVD para as crianças enquanto eu limpava a cozinha da casa da sua irmã. Ela sorriu para mim e não consegui decifrar a expressão dos seus olhos, mas era algo quente, meloso, e adorei a noite, apesar de ter sido o encontro mais família que eu já tive na vida.

Os meninos deitaram no chão, e eu e a Saint sentamos no sofá, com as duas meninas entre a gente. Não tinha nenhuma intenção de ficar, queria ir embora antes que a irmã dela voltasse. Só que, depois de cinco minutos de filme, a Brea pegou no sono em cima do meu braço. A Zoe tinha se aconchegado no meu colo, enrolada como um gato, e apagou. Como não queria incomodar nenhuma das duas, me acomodei e fiquei assistindo o peixinho tentar encontrar o caminho de volta para casa. O pai do Nemo nunca desiste, nunca perde a esperança. Fiquei traçando paralelos entre o filme e a minha vida e comecei a pensar no Phil.

Quando olhei para a Saint, ela me observava de olhos arregalados e as bochechas vermelhas.

– Que foi?

A garota só sacudiu a cabeça de leve, virou para a TV e falou:

– É que você sempre me surpreende.

Soltei um suspiro que estava preso na última revelação que tive sobre ela e aquele relacionamento.

– Você é que é surpreendente, Saint. Pode acreditar, é uma pessoa incrível e excepcional. Se você se der ao trabalho de conhecer essa pessoa, sua vida vai mudar.

A Saint me olhou com um jeito de quem não fazia ideia do que eu estava falando, mas me senti melhor por ter dito isso a ela. Vou amar essa mulher incondicionalmente se ela permitir. Mas, para isso, preciso fazê-la primeiro amar a si mesma.

CAPÍTULO 16

Já está difícil de controlar todos os sentimentos que o Nash desperta em mim. Mas como é que vou proteger meu coração vendo esse garoto grande, todo tatuado, segurando uma menininha como se fosse algo frágil e precioso?

Quando a Faith e o Justin voltaram para casa, as crianças já estavam na cama, e o Nash se preparava para sair. Não pude deixar de perceber o olhar feio que minha irmã lançou quando ele disse "tchau". Ela estava cansada e não pode se estressar, e tenho certeza de que foi só por isso que eu escapei de levar um sermão. Na manhã seguinte, enquanto trabalhava, ela deixou uma mensagem de voz de mais de vinte minutos, falando que os dois filhos não param de pedir para fazer tatuagem de caveira quando tiverem idade pra isso. Não devia achar engraçado, mas achei. Queria levar a preocupação da Faith em consideração. Sei que minha irmã só está preocupada comigo, preocupada com o que pode acontecer se o Nash me magoar de novo. Mas as palavras que ele me disse naquela noite mexeram comigo.

Tem um lado meu que jamais vai conseguir acreditar que o Nash me vê desse jeito. Nunca me achei uma criatura bonita e atraente, por isso nunca levei a sério quando ele me diz essas coisas. Sou confiante no meu trabalho, sei o que estou fazendo, que nasci para isso. Apesar de o Nash me olhar como se eu fosse o princípio e o fim de tudo, não consigo acreditar nem um pouco que o Nash Donovan sente isso por *mim*. Ainda não tenho confiança

NASH

suficiente para me sentir segura nas outras áreas da minha vida. Não é justo com o Nash eu ficar com o pé atrás, esperando ele me provar que não passa de um homem como qualquer outro que, mais cedo ou mais tarde, vai apelar para o menor denominador comum. Não quando só estou usando meu medo e minha fraqueza para controlar o meu lado que nunca deixou de amá-lo e não permitindo que o que rola entre nós cresça e dê frutos.

Eu nunca me queixei do trabalho ou da minha agenda ocupada no Pronto-Socorro. Sempre sou a pessoa mais feliz, segura e centrada quando estou cuidando dos outros. Só que, ultimamente, quero ter tempo para ficar com o Nash. Sei que a saúde do Phil está piorando, que seu fim está próximo, e o Nash está quase o tempo todo ao lado do pai. Está tentando dar conta do trabalho e de tudo o mais, mas tem perdido peso e, toda vez que consigo vê-lo, as olheiras competem com o roxo dos seus olhos, e seu maxilar forte quase sempre está com a barba por fazer.

Nunca mais dormimos juntos, nem saímos e nos divertimos, nunca mais ri com ele. Só conseguimos dar uma rapidinha de vez em quando na hora do almoço, o que é gostoso, mata a vontade, mas não tem a intensidade e a emoção que fazer sexo com ele costumava ter. Eu era alguém que odiava ficar pelada e tudo o mais que estava relacionado a isso, agora mal posso esperar pra ficar horas e horas sem roupa embaixo ou em cima dele.

Estava terminando meu turno quando a Sunny me pediu para passar na sala dela. Nós duas temos estado muito ocupadas para conseguir conversar. Sinto falta do seu alto-astral e de como ela sempre me provoca. Sorri e sentei na frente da sua mesa entulhada de coisas.

– Você vai tentar me arranjar outro médico?

Desde aquele encontro desastroso, a fofoca correu solta entre os funcionários do hospital. Disseram que sou lésbica, que tive uma convulsão e precisei ir embora, que sou casada em segredo e tenho cinco filhos... Ninguém está interessado em saber a verdade. Para minha surpresa, virar assunto, ser alvo de fofoca, por mais boba que seja, não me incomoda tanto assim. Estou ocupada demais com o Nash, tentando descobrir o que é realmente importante, para dar bola para esse tipo de coisa.

A Sunny revirou aqueles olhos pretos e sorriu pra mim de orelha a orelha.

– Não. Acho que você gosta de homens um pouco mais coloridos do que os médicos que passam pelos corredores deste hospital.

É verdade. Quer dizer, tem uns médicos com tatuagens escondidas debaixo dos jalecos ou dos aventais do laboratório, mas nada que se compare com aquele dragão que faz de tudo para proteger o Nash.

– Você deve ter razão. E aí? Quais são as novas? Você nunca me chamou pra conversar na sua sala. Normalmente, só me pega de jeito no corredor.

A Sunny se recostou na cadeira, ainda sorrindo, e respondeu:

– Bom, essa é uma conversa um pouco mais formal do que eu te incomodar sobre sua vida amorosa.

Franzi a testa e, na mesma hora, comecei a pensar no que poderia ter feito de errado nas últimas semanas. Ando distraída pelas idas e vindas da minha vida pessoal e não sou disso.

– O que foi que eu fiz?

Ela sacudiu a cabeça e estalou a língua.

– Por que sempre pensa o pior? Você é uma enfermeira incrível, te digo isso o tempo todo. Como é que pode achar que eu ia te arrastar até aqui para te repreender por ter feito algo errado? Acho que isso é insultante para nós duas.

Engoli em seco, e as palavras que o Nash tinha me dito na noite anterior voltaram à minha mente.

– Desculpa. Força do hábito.

– Um hábito que você precisa abandonar. Olha, Saint, a Heidi vai ser transferida para um hospital na Flórida porque seu marido vai mudar de emprego. Quero que você assuma como supervisora de escala. Sei que está pensando em voltar a estudar, mas é uma ótima oportunidade para progredir no departamento em que você já trabalha. Diz que sim, Saint. É seu destino.

– Você está falando sério?

NASH

Fiquei maravilhada. Era isso que eu sempre quis. Reconhecimento, respeito, que o mundo visse que sou ótima naquilo que amo. Não poderia pedir mais. Só que, por algum motivo, por mais que a oferta tenha me deixado feliz, foi o fato de poder contar essa notícia para Faith e pra minha mãe e, mais do que tudo, para o Nash, que me trouxe mais alegria.

– Bom, vai ter que passar por uma entrevista com a diretora de enfermagem, mas ela já sabe que quero você para este cargo.

Meu coração estava acelerado, e me deu vontade de fazer uma dancinha da vitória ali mesmo, sentada na cadeira.

– Isso é tão incrível. Muito, muito obrigada.

– Ninguém merece mais do que você.

Levantei, a Sunny saiu de trás da mesa, e me abaixei para lhe dar um abraço. Eu realmente mereço, assim como, de repente, posso merecer uma chance de transformar meu lance com o Nash em um relacionamento que dure para sempre.

Ele foi a primeira pessoa para quem liguei para dar a notícia quando saí do hospital.

Chovia. Torrencialmente. E, pela água acumulada nas ruas, devia estar chovendo há um bom tempo. Fui correndo até o carro, desviando das poças, enquanto o telefone fazia a ligação. O Nash não atendeu, a ligação caiu direto na caixa postal, e minha animação diminuiu, mas só um pouquinho. Tive que me sacudir igual a um cachorro molhado para tirar meu cabelo ensopado do rosto quando entrei no carro e resolvi que não tinha mal nenhum se eu passasse no Victorian pra ver se ele estava em casa. Queria que o Nash me pegasse em seus braços, me desse um beijo ardente e molhado e me dissesse o quanto estava feliz por mim. Fiquei surpresa ao perceber o quanto queria que isso acontecesse.

Liguei o rádio e fiquei ouvindo o sonzinho *indie* do Her Space Holiday enquanto costurava no trânsito da avenida Colfax, em direção ao prédio do Nash. O tempo tinha melhorado, mas quando cheguei na porta do edifício, depois de passar pelo seu carro, que estava parado no lugar de sempre, estava ensopada, e meus dentes batiam. Ainda não tinha esquentado o bastante para aliviar o frio de estar molhada e pingando. Parei na frente da porta do apartamento e bati.

Eu estava desfazendo a minha trança e tentando pentear meu cabelo molhado e emaranhado com os dedos quando a porta se abriu e... meu mundo veio abaixo. Meu coração parou de bater. Meu sangue gelou, e fui jogada de encontro a uma realidade onde todos os meus sonhos e esperanças se despedaçaram, pela segunda vez na minha vida, pelas mãos daquele homem lindo.

A Royal estava dentro do apartamento, me olhando com a mesma expressão de choque que, com certeza, estava estampada na minha cara. Acho que teria levado numa boa o fato de ela estar na casa do Nash. Afinal de contas, a menina tinha deixado muito claro que não estava interessada nele. O que eu não conseguia levar numa boa, de jeito nenhum, o que despedaçou meu coração em milhares de pedaços afiados que me esfaquearam, foi o fato de a garota estar só de toalha.

– Saint...

Levantei a mão e fiquei sem ar quando o Nash saiu do quarto, usando só uma toalha vermelha em volta da sua cintura malhada e disse:

– Alguém bateu na porta?

Ele estava passando outra toalha no cabelo, e a cena era tão íntima, tão devastadora, que achei que fosse desmaiar. Tive que segurar no batente da porta para minhas pernas não desabarem. Quando tirou a toalha do cabelo preto, o Nash fixou os olhos em mim. Esperava uma expressão de culpa, ou vergonha, mas aqueles olhos cor de violeta só brilharam pra mim.

– Ãhn...

A Royal estava com cara de quem ia me segurar, e fui para trás antes que ela conseguisse encostar em mim.

– É isso que você faz com as suas *amigas*?

Toda a minha mágoa, minha descrença, minha raiva embrulharam meu estômago, e disparei, com amargura, as palavras mais duras que consegui pensar:

– Tal mãe, tal filha.

NASH

Minha vontade era de dar um soco na garganta da garota, mas o que eu mais queria era voltar no tempo para nunca, jamais, ter deixado o Nash Donovan entrar de novo na minha vida. Eu achava que ele tinha me magoado quando o vi beijando a Ashley Maxwell. Mas isso não era nada comparado ao que senti quando pensei nele se agarrando com a Royal, toda perfeita e *sexy*. Não foi um tapa na cara nem uma facada pelas costas. Ele me provou que eu tinha razão, garotos nunca são confiáveis perto de uma garota bonita. Era a prova incontestável que, desde o início, eu estava certa. Sempre vou sair perdendo enquanto houver uma alternativa mais fácil, melhor, mais disponível emocionalmente. Pelo jeito, sempre iam jogar esse fato na minha cara e não tinha como negar que aquela ceninha me estraçalhou por dentro, deixando caquinhos afiados de dor e mágoa.

Dei meia-volta e corri para a chuva. Já estava no meu carro quando senti uma mão me segurando e virando meu corpo. O Nash ainda estava só de toalha, a chuva corria pela sua cabeça raspada, pelas linhas de expressão da sua testa franzida. Ele me sacudiu de leve, e meus dentes bateram.

– Caralho! A menina ficou trancada para fora de casa de novo. Quando voltou da academia, estava ensopada por causa da porra da chuva. Emprestei uma toalha pra ela e a deixei usar minha secadora. Se eu soubesse que você vinha, teria te ligado para explicar, pra falar que a Royal estava na minha casa.

Minha respiração estava pesada, minha pele queimava onde sua mão me tocava. Estava com o coração partindo, morrendo por dentro, e o Nash teve a coragem de agir como se ele é que estivesse sofrendo.

– Se soubesse que eu vinha, provavelmente não teria te pegado no flagra. Sabia que isso era bom demais para ser verdade. Essa mulher é bonita e conveniente. Por que se dar ao trabalho de ficar com alguém que pode nunca dar certo? Não é mesmo? Sempre soube que, quando alguém menos complicado aparecesse, você me trocaria. Você simplesmente não consegue resistir a partir meu coração, não é, Nash?

A água escorria pelo seu peito, corria pelos músculos definidos do seu abdômen. Ele respirava e tremia de um jeito que parecia que o dragão ia sair da sua pele e levá-lo voando para longe das minhas palavras duras. Então deu um passo para trás e segurou o nó da toalha. Sacudiu a cabeça e contraiu a boca. Não era apenas seu corpo que estava ali, exposto para mim. Era tudo o mais. Sua alma brilhava naqueles olhos lindos, mas eu me fechei e me recusei a enxergar.

– Aí é que está. Eu teria me dado a esse trabalho até a morte, mesmo que não desse certo, só para ficar com você. E não poderia ter partido seu coração dessa vez, Saint, porque não permitiu que eu entrasse nele. Já te disse que não tenho olhos para ninguém além de você, que é a mulher da minha vida, complicada ou não, que ninguém chega aos seus pés. O que viu parece ruim? É claro que parece. Não sou cego nem imbecil, mas se você soubesse... – aí deu um suspiro profundo e olhou para o céu, como se todas as respostas estivessem nas nuvens – ...o quanto eu te amo, de verdade, não teria dúvidas, jamais acharia que ficar com outra mulher passaria pela minha cabeça. Você é a mulher da minha vida, Saint. Jamais faria nada para te magoar, porque magoaria a mim mesmo também – então sacudiu a cabeça, jogando gotas de chuva para todos os lados. – Não sou seu pai. Jamais faria você passar por isso de novo.

Fiquei sem ar e tive vontade de dar um soco na sua cara.

– Você não tem o direito de me dizer isso. Se está com uma mulher pelada na sua casa, não pode me amar. Para mim, você é igualzinho a ele, Nash.

– Não, não tenho o direito de dizer que te amo porque jamais vou conseguir te amar o suficiente para compensar o fato de que não se ama. Você ama o seu trabalho. Ama a sua família. Pode até me amar, porra, mas enquanto não acordar para vida e se der conta do quanto é incomparável, do quanto é maravilhosa, esse lance entre a gente não tem futuro. Achei que estava competindo (e perdendo) com uma versão imaginária de mim mesmo quando era mais novo, tentando lutar com todos os homens que te decepcionaram ao longo da vida. Mas agora sei que estou lutando contra você. Eu te amo, Saint, amo cada coisa em você, mas se não acredita, não sei o que mais pode rolar entre a gente.

NASH

Chorava. Soluçava, para falar a verdade. Caíam tantas lágrimas que a imagem do Nash começou a ficar borrada, e só pude esperar que a chuva disfarçasse um pouco delas, para ele não ver.

– Eu vou embora. É isso que vai rolar. Acho que você não entende nada de amor, Nash.

Ele estremeceu quando falei essas palavras, e seus olhos ficaram daquele tom de roxo azulado que sempre ficam quando está chateado.

– Antes, podia até ser. Mas depois de você, depois de tudo o que aconteceu com o Phil, com o meu pai, nesses últimos meses, entendo, sim. Sei que merece ser amada mais do que qualquer um na face da Terra pelo que faz pelos outros. Também sei que sou decente, Saint. Mereço que meu amor seja retribuído e, se você não é a pessoa que vai fazer isso, fico feliz que nosso lance tenha terminado. Teria te dado o mundo.

Depois de me falar isso, me deu as costas, e posso jurar que aquele dragão tão bem tatuado, aquela armadura que o Nash tem para se proteger, ficou me olhando com uma expressão sinistra, de acusação e algo mais, me julgando.

Sentei no banco do motorista e continuei chorando, enquanto procurava desesperadamente pelo meu celular. Por um lado, queria voltar para o apartamento do Nash e confrontar os dois, despejar toda a minha raiva e a minha tristeza em cima deles. Mas, por outro, que falou mais alto, só queria fugir e fingir que nada daquilo tinha acontecido, porque voltei a ser aquela adolescente insegura e perdida.

Liguei primeiro para a Sunny, que percebeu que eu estava chateada porque ficou fazendo um milhão de perguntas. Só consegui falar que precisava de uns dias de folga. Tinha um monte de dias de férias acumulados, então não seria problema, mas ia deixá-la na mão, e ainda tinha o lance da entrevista para a minha promoção. Nada disso me importava. Nada me importava. Parecia que eu tinha virado pedra.

Em seguida, liguei para a minha mãe. Devia ter ligado pra Faith, que ia ficar furiosa quando soubesse que eu ia jogar tudo pra cima de novo por causa do Nash. Não sei se minha mãe conseguiu entender uma palavra do que eu disse, porque eu estava chorando e tremendo muito, mas ela garantiu que tinha um lugar para mim em Phoenix.

Lá pela meia-noite, já tinha atravessado metade do estado do Novo México, que fica logo depois do Colorado e ao lado do Arizona, onde fica Phoenix. Quando o sol nasceu, estava quase chegando em Phoenix. Dirigi a noite toda. Desliguei o celular depois que liguei pra Faith e avisei que ia ficar fora de Denver por uns dias. Minha irmã ficou furiosa, queria mandar o marido bater no Nash até ele virar geleia, mas isso jamais daria certo porque o Justin é metade do tamanho do Nash e, apesar de não querer admitir isso para Faith, eu sabia que o Nash também estava sofrendo.

Em algum momento, no meio daquela estrada interminável, meu coração parou de doer, parei de sentir o gosto amargo da traição. Ainda estava chateada, muito brava, mas tinha mudado o foco porque a imagem da Royal e do Nash só de toalha tinha saído da minha cabeça. Estava brava comigo mesma, com medo de ter cometido mais um erro e ter tirado conclusões horríveis e precipitadas só para me preservar. Saí correndo sem pensar. Mas, naquele momento, sozinha na estrada, com meus pensamentos descontrolados e o sonzinho *folk* do Sea Wolf tocando no rádio, as partes mais importantes da discussão baixavam sobre mim como se fossem neblina.

Só conseguia ouvir, só conseguia sentir as palavras "eu te amo" me abraçando. O pior de tudo não foi largar o Nash, não foi me sentir mal porque a Royal é mais bonita e charmosa do que eu. Não... O pior é que quero desesperadamente acreditar nele. Quero confiar nele, quero aceitar tudo o que tem para me oferecer. Mas estou tão obcecada com a crença de que vai tirar tudo isso de mim, vai me decepcionar como tantos homens já me decepcionaram, que tirei a conclusão mais simples que poderia existir. Quero tanto acreditar de verdade que o Nash pode me amar, que se imagina ficando comigo. Mesmo depois do que aconteceu, quero esse homem só para mim, e isso está acabando comigo porque o quero com todas as forças, e é assustador.

Não posso ficar com ele quando eu mesma me saboto e preciso de um tempo para pensar, longe dele. O Nash disse que me daria o mundo.

NASH

Espero que isso inclua o tempo que preciso para pôr minha cabeça no lugar e resolver o quanto estou disposta a arriscar para ficar com ele.

Quando cheguei na casa luxuosa da minha mãe, às seis e meia do dia seguinte, ela me deu uma olhada, um abraço, e me pôs na cama. Eu estava morta, um caco emocional. Passei quase o dia todo dormindo e só levantei à noite para comer um sanduíche de pasta de amendoim e geleia que ela tinha feito pra mim. Na manhã seguinte, consegui tomar banho e reunir coragem para conferir meu celular. Não tinha nenhuma chamada perdida, nenhum torpedo do Nash, e não sei se isso fez eu me sentir melhor ou pior em relação à minha atitude.

Desci até a cozinha e peguei um bolinho que minha mãe tinha deixado para mim no balcão. Vi que ela estava sentada na varanda com vista para o campo de golfe nos fundos da casa. Peguei uma xícara de café e fui sentar com ela, que me olhou de cima a baixo por cima dos óculos e sorriu.

— Você está com uma cara péssima.

Soltei um suspiro profundo e me afundei na cadeira na frente da minha mãe.

— Acabo de ter o coração partido. Minha cara deve estar expressando exatamente o que sinto.

— Eu nem sabia que estava saindo com alguém.

Tirei o cabelo do rosto, olhei para aquela paisagem deserta e respondi:

— Não sei direito o que estava rolando, mas sabia que ia acabar assim.

— Como?

— Como o quê, mãe?

— Como você sabia que ia acabar mal?

Olhei para ela, olhei de verdade, e fiquei surpresa quando percebi que quem me olhava era minha antiga mãe. Ir embora de Brookside foi maravilhoso para ela. Parecia saudável de corpo e de espírito, e podia apostar que sua caneca de café matinal não tinha mais uma boa dose de uísque.

– Porque ele já tinha partido meu coração antes. Olha o que aconteceu com você e com o papai. Olha para mim... Sou tão zoada, como é que poderia ter terminado de outro jeito?

– O que foi que aconteceu, Saint?

Não queria ter que reviver aquilo tudo. Mas, quando percebi, estava pondo tudo para fora, a história inteira, começando com a noite em que o Rome foi esfaqueado. As palavras saíam pela minha boca numa correnteza incontrolável. Quando cheguei na parte da cena do dia anterior, minha mãe franzia o cenho, mas na hora em que contei que o Nash tinha dito que me ama, balançou a cabeça e sorriu. Achei aquela reação completamente descabida, até ela me dar um tapinha no joelho e falar:

– Querida, você precisa permitir que esse garoto te ame, se ele é o homem da sua vida.

Fiz cara feia para ela, pus minha xícara na mesa com um estrondo e disparei:

– Você não ouviu a parte onde ele estava com uma mulher linda e pelada no seu apartamento? Como é que eu posso passar por cima disso?

Minha mãe fez cara de intrigada e respondeu:

– Você realmente acha, no fundo do seu coração, que ele te trairia? Faria algo que pusesse em risco todo o esforço que fez para te conquistar?

– Por que não?

– Saint, você não percebe que deveria perguntar por que sim? Por que esse garoto te trairia quando, pelo jeito, você é tudo o que ele quer? Por que teria se esforçado tanto para te conquistar, aturado suas inseguranças e esquisitices, aberto espaço para você na vida ocupadíssima que leva, se fosse para fazer merda na primeira oportunidade? Por acaso ele é imbecil?

– Não, ele é superinteligente. Mas o papai também é e te traiu.

Ela se encolheu, numa reação involuntária, e abri a boca para pedir desculpas. Só que ela me impediu, fazendo um gesto para eu parar.

– Seu pai me traiu porque não me amava mais e ficou entediado. Levei esse tempo todo para entender. Ele foi covarde, em vez de me contar que não sentia mais nada por mim, teve um caso. O seu garoto não me parece covarde, Saint. Me parece um homem disposto a se entregar de corpo e alma a você.

Bufei de irritação, me joguei na cadeira e cruzei os braços.

– Por que você está ficando do lado dele, mãe?

– Porque eu te amo e me dei conta de que posso ser um pouco responsável por algumas dessas inseguranças que estão te impedindo de ser feliz de verdade. Fui muito dura com você, peguei no seu pé por ser tão reservada, impliquei com a sua aparência e com sua falta de vida social quando você era mais nova porque achei que te fazia um bem. Acreditava que, se fosse um pouco mais parecida com a Faith, andasse mais ajeitada, sua vida seria mais fácil. As crianças são muito cruéis, e não queria isso para a minha filha. Deveria ter reconhecido a filha maravilhosa que eu tinha, não ter tentado te transformar em outra pessoa.

– Ai, meu Deus, mãe.

Então tirou os óculos de sol, olhou bem nos meus olhos e disse:

– Olha, querida, amei seu pai a vida inteira. Ele era tudo para mim e, sim, perdi a cabeça quando me largou. Achei que minha vida tinha acabado quando seu pai me abandonou. Só que, agora que parei para pensar, não mudaria nada. Houve um momento em que nosso amor era a coisa mais linda do mundo, trouxe você e a sua irmã ao mundo, para mim, era a razão do meu viver. Pode ter terminado mal, pode ter me machucado mais do que eu imaginava ser possível quando acabou, mas não trocaria os melhores momentos que tive por causa disso. Jamais abriria mão da família que nosso amor criou só para não sofrer, Saint.

Meus olhos se encheram de lágrimas, e tive que piscar para controlá-las e conseguir responder.

– Você acha que algum dia vai conseguir perdoar o papai?

Minha mãe murmurou alguma coisa que não entendi, inclinou a cabeça para o lado, olhou para mim e disse:

– Por ter abandonado a nossa família, por ter magoado vocês... não. Não vou perdoar. O que posso fazer por enquanto é reconhecer que todos somos seres humanos, capazes de cometer erros, tomando decisões sem pensar nas consequências a longo prazo. Saint, você teve que me tirar da cadeia porque tentei esmagar a cabeça de uma mulher com uma garrafa de xarope de bordo. Todos cometemos erros, alguns piores do que outros.

– Não quero sofrer desse jeito por causa dos erros de outra pessoa, mãe.

Não falava apenas do Nash, e acho que só uma mãe e uma mulher que foi ferida pelo homem que ama poderia entender. Minha mãe entendeu o que eu quis dizer sem colocar em palavras.

– Saint, sofrer significa que suas emoções são reais. Se você não ligasse para esse menino, se ele fosse só mais um homem qualquer, mesmo na época do colégio, isso não teria durado tanto. Não pode fugir dos sentimentos, mesmo que alguns deles sejam horríveis, porque o amor te faz experimentar emoções que você nunca experimentou.

– O Nash é o único que me fez sentir esse tipo de coisa.

Também é o único que me faz sentir desejo, esperança e também uma dor nas entranhas quando o vejo lutando para saber a verdade sobre seu pai e a doença do Phil.

– O que você acha que merece, querida? Se não for esse menino e o que ele tem para te oferecer, o que é?

– Tenho um emprego incrível, que eu amo, dou duro. Me preocupo muito com o bem-estar dos outros e mereço alguém que valorize isso.

– E esse menino tatuado não valoriza?

Fiz beicinho que nem uma criança e respondi:

– Valoriza, sim. Muito, para falar a verdade. Essas são as minhas qualidades que ele mais admira. Falou que mereço o melhor por causa do quanto me esforço pra ajudar os outros.

– Que mais?

– Como assim, "que mais"?

Minha mãe me lançou um olhar sério, se inclinou para frente e segurou meu rosto. Apertou tanto o meu beicinho que devo ter ficado com cara de pato.

– Você é extremamente bonita, atraente e cheia de vida. Sempre foi. Merece alguém que te idolatre, que te olhe e saiba que ninguém é mais perfeito do que você.

Depois dessa, não consegui conter as lágrimas. Eu e minha mãe não temos exatamente a mesma opinião, mas ouvi-la dizer essas palavras libertou algo que esteve preso no meu subconsciente durante minha vida inteira. Passei as mãos no rosto e pisquei para me livrar da umidade dos meus cílios.

– O Nash fala que sou perfeita o tempo todo.

– Você está apaixonada por esse menino?

Balancei a cabeça, triste, e respondi:

– Não queria, mas não consegui impedir que isso acontecesse.

– Porque vocês dois foram feitos um para o outro.

Quase engasguei de rir, peguei minha caneca de café e falei:

– Quem é você? O que fez com a minha mãe?

Ela estendeu a mão e pôs uma mecha do meu cabelo atrás da orelha.

– Você foi na minha casa e tentou me arrancar da minha tristeza. Jamais desistiu de mim, mesmo quando fui horrível com você e sua irmã. Me tirou da cadeia e nunca deixou de me amar. Mesmo com toda a confusão que seu pai causou na nossa família, jamais deixou de gostar dele. Quero o melhor pra você e, por mais que prefira um médico a um tatuador, qualquer homem que te dê uma sacudida, te tire dessa bolha chata e segura na qual sempre viveu, é bem-vindo entre os meus amigos. Agora vai se vestir e vamos fazer compras como qualquer pessoa normal que está sofrendo.

Não queria fazer compras nem almoçar no clube. Não queria ir a uma degustação de vinhos à noite nem a um restaurante espanhol com a minha mãe e suas amigas na noite seguinte. No final do terceiro dia, já estava arrancando os cabelos. Estava entediada, com saudade da minha irmã e do meu trabalho, e tinha ficado sabendo mais do que devia sobre a nova vida sexual da minha mãe. Mas, mais do que tudo, só queria voltar para as montanhas e, sendo bem sincera, voltar para o Nash.

No quarto dia, não aguentei e mandei um torpedo para ele. Tudo o que consegui escrever foi:

Sinto muito, muito mesmo. Precisamos conversar.

Como o Nash não tinha respondido até o fim do dia, decidi que já bastava. Se eu mesma sou o obstáculo que preciso superar para ficar com ele, então o único jeito de fazer isso é simplesmente superar. Ainda tenho medo, ainda acho que não sou boa o bastante, me preocupo se vou conseguir retribuir tudo o que ele parecia tão disposto a me dar, mas voltar para casa e confrontá-lo, confrontar a pessoa que ele enxerga quando me vê, é o primeiro passo. Todo mundo merece amor e compaixão. Ver aquela menina acabar com a própria vida me fez ver isso mais do que qualquer outra coisa. Preciso valorizar tudo o que o Nash sempre me dizia. Ninguém vai me amar tanto quanto ele.

A viagem de volta demora doze horas. Só tinha passado umas duas quando recebi uma chamada de um número desconhecido, com o prefixo de Denver. Achei que era do trabalho e atendi.

– Alô?

– Saint?

Levei um segundo para reconhecer a voz da Royal.

– Onde você está?

– Acabei de sair de Phoenix, estou indo para casa. Por quê? Como é que conseguiu o meu número?

– Sei que sou a última pessoa que você quer ouvir neste momento, mas quanto mais rápido chegar aqui, melhor. Sou policial, como é que você acha que consegui seu número?

Ela estava falando rápido, e um arrepio estranho percorreu minha espinha.

– O que está acontecendo?

Ela suspirou e disse:

– Você foi mesmo uma vaca, sabia? Não fico contando minha vida para os outros, a história da minha mãe com aquele homem, mas achei que, como você odeia ser julgada, ia entender. O que me falou foi muito cruel.

NASH

Toma. Levei uma lição de vida na cara. Praticamente chamei a garota de vagabunda, falei que era igual à mãe. Não foi mesmo minha intenção, não a conhecia direito pra julgá-la dessa maneira. Só estava descontando nela que nem uma imbecil, porque estava magoada e com raiva. Qualquer direito que eu achava que tinha de usar aquelas coisas que o Nash disse na época do colégio contra ele virou cinza. Não podia mais culpá-lo, porque eu tinha feito exatamente a mesma coisa. Por sorte, ao contrário de mim, a Royal parecia disposta a perdoar.

– Eu sei. Desculpa. Foi difícil dar de cara com aquela cena. Tirei conclusões precipitadas sem ouvir a explicação de vocês.

– Bom, realmente a cena não era nada boa. Fiz um monte de chaves de reserva, e agora posso ligar para meia Denver quando me trancar pra fora de casa de novo. Bom, mudando de assunto, você precisa vir logo pra cá, gracinha. O Phil piorou drasticamente. A loira baixinha e bocuda que tem um bebê está levando um monte de coisa para o Nash porque, desde que você foi embora, o garoto não sai do lado dele. Não vai fazer seu homem passar por isso sozinho, vai? Ele precisa de você.

Acho que a lição que eu preciso tirar de todo esse pesadelo é não prestar atenção às palavras, por piores que sejam, nem no que eu exergo, por pior que seja. Preciso confiar nas pessoas que fazem parte da minha vida. Em mim mesma, inclusive. Todo mundo erra, mas isso não significa que eu tenha que deixar minha vida ou minha felicidade pra trás por causa desses erros. Ainda mais quando o Nash me provou, milhares de vezes, que vale a pena enfrentar a dor e a confusão por causa dele.

– Só chego em Denver tarde da noite.

A Royal fez um barulho estranho e falou:

– Só espero que o pai do Nash dure até lá.

Eu também.

– Obrigada por me avisar.

– Falei que quero ser sua amiga.

– Acho que finalmente estou preparada para acreditar em você. Mas sou uma louca neurótica. Não sei se sirvo pra ser sua amiga.

Ela deu risada, apesar de ainda parecer meio triste.

– Todos temos nossas loucuras, Saint. Nossas inseguranças, coisas que dificultam que a gente se enxergue da mesma maneira que os outros nos veem. Falar sobre essas coisas é o único jeito de superá-las.

Não contei pra Royal que tinha acabado de me dar conta disso. Se eu não chegasse em Denver a tempo, ia ser mais uma *coisa* para eu ter que superar. Nunca vou me perdoar se o Nash tiver de enfrentar a morte do Phil sem mim. Tudo bem, ele tem um monte de amigos, pessoas que o amam incondicionalmente. Mas, como bem disse a Royal, ele precisa *de mim*. Ninguém pode me substituir. E foi assim que eu descobri que retribuir seu amor, dar a esse homem tudo o que ele me dá, não ia ser um problema. Porque preciso *dele* e só dele, com a mesma intensidade.

CAPÍTULO 17

Nash

A Royal não parava de me pedir desculpas quando voltei para o apartamento. Ignorei e fui me vestir. Como falei, sei que aquela cena parecia uma merda, mas o fato de a Saint nem parar para respirar, não querer falar comigo, doeu mais do que um chute no saco. Ela simplesmente pensou o pior, da situação e de mim, e isso era uma droga. Eu a amo de verdade, quero que nosso relacionamento seja para valer, um relacionamento que me fazia bem quando tudo mais à minha volta está desmoronando. Ela partiu meu coração ao tirar isso de mim, mas, acima de tudo, me decepcionou demais.

Me vesti, esperei o chaveiro chegar e abrir a porta do apartamento da minha vizinha – de novo – e voltei para casa do Phil. Parecia que sua vida era nada mais do que grãos de areia passando por uma ampulheta que, de uma hora para outra, começaram a cair muito mais rápido, diante dos meus olhos. Além de achar que a Saint tinha me dado o fora, sinto que o Phil também está me abandonando. Sei que não faz sentido, mas é assim que me sinto.

Sentado ao lado da sua cama, fiquei tentando resistir à necessidade de mandar um torpedo para Saint, de dar mil explicações, implorar por uma chance, pra ela não desistir do nosso lance, falar o quanto preciso dela, que não ia conseguir fazer isso, ver o Phil se esvair, sem ela. Mas não mandei. Não consegui. Amo essa garota, mas me amo também, e

261

não posso ficar com alguém que não valoriza isso porque não valoriza a si mesma. Dói, mas é assim que eu vejo as coisas.

Uns dois dias depois daquela cena, qual não foi minha surpresa quando ela me mandou uma mensagem muito simples. Fiquei sem saber pelo quê a Saint estava se desculpando. Será que por ter despedaçado meu coração quando fez pouco caso dos meus sentimentos? Por tirar conclusões precipitadas? Por ter fugido de mim pela segunda vez desde que começamos a ficar juntos sem deixar que eu me explicasse? Por não acreditar em mim, no nosso relacionamento? Por tudo? Fiquei sem saber o que responder, e o Phil perdia e recobrava a consciência. Não tive vontade de perder tempo consertando a situação com ela. Não depois de a menina ter estragado tudo.

Às vezes, o Phil sabia que estava em Denver e quem eu era. No minuto seguinte, achava que estava na Marinha ou na Costa Leste, no seu tempo de festeiro. Tentei mantê-lo confortável, tinha enfermeiras 24 horas por dia na sua casa, mas era óbvio que o câncer estava progredindo, tomando conta dos seus órgãos vitais. O tempo estava escorregando pelos meus dedos. Não fui trabalhar a semana inteira. Por sorte, não tenho apenas os melhores amigos do mundo, mas também os melhores colegas de trabalho, que estavam me ajudando e atendendo os clientes que tive que desmarcar. Sei que todo mundo está preocupado comigo, triste pelo que está acontecendo com o Phil. Mas, neste momento, preciso desse tempo a sós com ele, e acho que todos os meus amigos respeitam isso.

Eu estava sentado na poltrona de sempre, assistindo a um canal de esportes sem prestar atenção quando o Phil pôs a mão trêmula no meu braço. Tirei o som da TV e virei o rosto para ele. Seus olhos – meus olhos – estavam cheios de secreção e meio amarelados, mas ficaram fixos nos meus.

– Faz um favor para mim, filho.

Fiquei sem ar, e meus pulmões se fecharam, causando muita dor. Essa é a coisa mais difícil que fiz na vida, mais do que quando tive que enterrar um dos meus melhores amigos antes da hora.

– Claro, Phil. O que você quiser.

NASH

Ele apertou os dedos no músculo do meu braço e se esforçou para sorrir por baixo da máscara de oxigênio.

– Minha vida foi boa, sabe? – mexeu a cabeça, acho que tentando balançá-la. – Viajei pelo mundo, vi coisas incríveis. Abri meu próprio negócio, de acordo com os meus princípios, e tive sucesso. Nunca tive patrão. Me apaixonei e me desapaixonei umas cem vezes. Ajudei um bando de jovens maravilhosos a se transformarem em uma família e tive você. Tenho zero arrependimentos, e minha maior esperança é que viva a sua vida do mesmo jeito.

O Phil parecia sem jeito. Dava para ouvir como era difícil para ele falar. Suspirei e dei um sorriso forçado.

– Bom, só me apaixonei uma vez, e não deu muito certo. Mas garanto que vou fazer de tudo para honrar o resto.

– Pela enfermeira?

– Pela enfermeira – confirmei.

– Não desista ainda. Se a moça é importante, se você quer que ela seja sua, não desista.

– E se foi ela que desistiu de mim?

– Aí você a ama muito, tanto que ela não vai ter alternativa se não voltar. Sempre me pergunto se não desisti fácil demais da sua mãe.

Argh. Essa era a última pessoa que eu queria naquele quarto. Minha mãe não tinha nada que fazer ali.

– Bom, vai saber... Então é isso que você quer que eu faça? Viver sem arrependimentos?

O Phil fechou os olhos e soltou um pouco meu braço. Meu coração começou a bater mais forte. Toda vez que ele fecha os olhos, fico pensando se vai abri-los de novo ou não.

– Quero que me chame de "pai". Você nunca me chamou, nunca tive coragem de pedir, mas quero que você pense em mim como pai. É só isso que quero.

Caralho. Eu não conseguia pensar, não conseguia controlar as batidas descompassadas do meu coração. Precisava de um pacote de cigarros e de algumas garrafas de tequila barata para enfrentar aquilo. Tive vontade de levantar e sair por alguns minutos para me recompor, mas não ia ter como recuperar esse tempo com ele.

– Phil... pai. Deus, foi você quem me criou. Minha mãe e aquele bundão só me detonavam, só tentavam me enfiar num modelo que não me servia. Você é o único pai que eu tive, não importa como te chamei até hoje.

– Mas ouvir você me chamar de "pai" é legal. É só isso que sempre quis de você.

Sua respiração entrecortada ficou um pouco mais normal, e deu para ver, por baixo da máscara de oxigênio, que sua boca ficou um pouco mais relaxada. Seu peito ainda subia e descia, então concluí que o Phil só tinha pegado no sono e me joguei na poltrona. Essa situação é brutal. Não sei como vou conseguir passar por ela sem mudar completamente.

Levantei e fui até a cozinha para ver se achava uma cerveja ou até algo mais forte. Estava encostado no balcão, de cabeça baixa, sem saber se queria chorar ou quebrar tudo que visse pela frente. Era emoção demais, sentimentos demais para uma pessoa só tentar processar. E todos estavam se emaranhando, tomando conta de mim, parecia que eu ia sufocar.

Não sei quanto tempo fiquei assim, por quanto tempo tive que me concentrar só pra conseguir continuar respirando. Em algum momento, alguém bateu à porta, e me dei conta de que era bem tarde e que eu devia ter ficado um tempão viajando.

Era quase meia-noite, ninguém devia aparecer por ali, só que meus amigos não seguem as regras comuns, e o Rule tem um sexto sentido que sempre adivinha quando tem alguma coisa acontecendo comigo. Não seria nenhuma surpresa se ele aparecesse para ver como estou. Girei o pescoço para aliviar a tensão dos meus ombros até ouvir um *créc* bem feio e fui até a porta. Abri sem pensar e quase caí de bunda quando um corpo macio se jogou contra o meu assim que teve espaço suficiente.

Meus braços se fecharam por reflexo em torno da sua cintura fininha, e ela pôs os seus em volta do meu pescoço. Enfiou o nariz na altura da minha garganta, e seus cachos ruivos intermináveis se enroscaram nos

NASH

meus braços e nas minhas mãos. Senti que seu rosto estava úmido quando passou no meu maxilar áspero. Não disse nada, só me abraçou bem forte e chorou, por mim, por ela, por nós, e só fiquei lá parado, em choque e inseguro. Só sei de uma coisa: se essa mulher tentar fugir de mim de novo, não vou permitir. Vou amá-la muito, segurá-la bem firme... exatamente como o Phil falou.

– Saint?

Ela apertou ainda mais os braços em volta do meu pescoço e se afastou um pouco, me olhando nos olhos. O cinza brilhava claro, com reflexos prateados, através das lágrimas. Ela era a coisa mais linda e atraente que eu já tinha visto.

– Nash... – falou, então mordeu o lábio e segurou meu rosto. – Sinto tanto, tanto mesmo.

Olhei bem para ela e segurei seus pulsos delicados.

– Eu sei, recebi seu torpedo. Só não sei por que você está se desculpando.

A Saint piscou, e deu para perceber que estava tentando organizar os pensamentos. Fica linda assim, toda constrangida.

– Por não acreditar em você, principalmente. E em mim também. Eu me amo, Nash, amo mesmo. Acho que precisei viver um tempo sozinha e com medo para me dar conta disso. Acho que foi porque você se abriu comigo, e não consegui mais me esconder dos seus sentimentos. Tenho muita coisa para te oferecer e mereço o melhor amor do mundo. Mereço o seu amor.

Todos os pedacinhos do meu coração que achei que a Saint tinha levado embora com ela se juntaram de novo, de um jeito melhor e mais resistente.

– Você merece ter tudo o que sempre quis, Saint.

Ela deu um sorriso, tímido e meio nervoso.

– O que sempre quis, além de ser enfermeira... é você. Estou perdidamente apaixonada por você, Nash Donovan.

Depois dessa, eu a levantei e dei um abraço que quase esmagou suas costelas, e a Saint soltou um gritinho. Beijei aquela mulher com tanta força que fiquei surpreso por a gente não ter saído machucado. Depois a coloquei no chão, a arrastei para dentro de casa e fechei a porta.

– O que você veio fazer aqui? – perguntei.

Não sabia por que a Saint tinha passado na casa do meu pai tão tarde. Não que não tivesse ficado aliviado de vê-la. Só por ser quem é, essa mulher torna todas essas coisas que estão me matando menos opressoras.

– Fui para Phoenix visitar minha mãe. Estava magoada, agindo que nem uma colegial em pânico. Não estava conseguindo pensar nem escutar, e achei que dar um tempo me ajudaria. Eu e a minha mãe tivemos uma conversa sincera, e me dei conta de que não posso continuar me vendo com os olhos dos outros, só com os meus. Todo mundo erra, fala sem pensar coisas que magoam os outros, mas isso não nos define. Voltava para Denver quando a Royal me ligou. Ela encontrou a Cora e soube que o Phil não está muito bem. Ultrapassei todos os limites de velocidade do Novo México até aqui. Jamais me perdoaria se você tivesse que passar por isso sozinho.

Meu Deus, como amo essa mulher.

– Preciso de você – falei, quase sem voz.

Os sentimentos que eu tentava ignorar, só para conseguir manter a cabeça no lugar, vieram à tona.

– Sei que precisa, e eu preciso estar aqui com você. É assim que o amor funciona – disse ela, alcançando minha mão e a apertando. – Como é que ele está?

Balancei a cabeça, e a soltei em seguida. A Saint tocou minha nuca, depois beijou minha bochecha, que estava com barba por fazer.

– Piorando a cada dia. Não saí muito do lado dele. Meu pai pega no sono, acorda, esquece onde está, em que ponto da vida está. As enfermeiras acham que é só uma questão de dias, se não horas.

A Saint me puxou mais pra perto, e me entreguei ao seu abraço. Seu cabelo é tão macio, e ela tem cheiro de primavera e raios de sol, mesmo no meio da noite.

– Sinto muito. Isso deve ser horrível. O que eu posso fazer por você?

NASH

Dei um beijo atrás da sua orelha, e ela tremeu junto de mim.

– Só isso. A menos que queira ceder e ir buscar cigarros e bebida pra mim.

Ela se afastou e fez cara feia para mim. Sorri para a Saint.

– Estou brincando. Só de estar ao meu lado, as coisas se tornam menos difíceis. Estou tão feliz por você finalmente ter enxergado o quanto é maravilhosa.

– Bom, talvez ainda tenha meus momentos de dúvida uma hora ou outra, então tenha paciência comigo. Mas me dei conta de que, se alguém tão sensacional, talentoso e carinhoso como você pode me amar, devo ser muito especial mesmo.

A única resposta que eu podia dar a ela era mais um beijo. Em outro momento, outro lugar, iria para o cantinho mais próximo e me perderia dentro dela. Só que, por mais feliz que eu estivesse por a Saint estar comigo, ser oficialmente minha, ainda tinha preocupações mais urgentes. Dei um suspiro com a boca colada na sua, fechei os olhos e disse:

– Preciso ficar com o Phil. Não posso estar em outro lugar se ele partir.

A Saint também suspirou e ficamos só sentindo a respiração um do outro.

– Não vou a lugar nenhum, Nash. Se você vai ficar aqui, eu também vou.

Eu queria argumentar com ela. Não estava muito a fim de que ela me visse tão mal e vulnerável, mas tive que admitir que tê-la por perto para me apoiar ia ser legal. Engoli em seco e a levei até o quarto do Phil. Quando entrou, pôs a mão na boca, e seus dedos tremeram. Uma camada de lágrimas surgiu naqueles olhos de partir o coração, mas ela se controlou, se soltou de mim e foi até a cama. Observou o Phil atentamente e tocou seu pulso com aqueles dedos delicados. Só depois, quando me sentei na poltrona, percebi que estava bancando a enfermeira. A Saint ficou lá parada um tempão, depois se virou com uma expressão arrasada. Levantei para buscar outra cadeira, mas ela sentou no meu colo e se enroscou em mim, apoiada no meu peito.

– A pulsação do Phil está muito fraca, inconstante. A respiração também está fraca, ofegante.

– Está mesmo.

Ela sacudiu a cabeça e falou:

– Sinto muito, muito mesmo.

Dei um beijo na sua testa e respondi:

– Você não para de falar isso.

– É porque eu sinto muito mesmo.

Puxei essa mulher o mais perto de mim que pude e fiquei observando o meu pai com uma sensação de vazio nas minhas entranhas.

– Sei o que sente. O Phil me falou hoje que era para eu viver sem arrependimentos. Também disse para te amar tanto que você não ia conseguir escapar, depois me pediu para chamá-lo de "pai".

Minha voz falhou e, pela primeira vez desde que tudo isso começou, meus sentimentos começaram a vazar. Por sorte, estava escuro, e só a Saint reparou. As lágrimas escorreram por um olho e se perderam no seu cabelo vibrante.

A Saint pôs a mão espalmada em cima do meu coração e tamborilou os dedos no peito, no ritmo das minhas batidas aceleradas.

– Você pode fazer tudo isso por ele – disse, com a voz tão baixa e suave que parecia que estava com medo de me assustar.

– Agora que você está aqui, posso, sim.

Depois disso, ficamos em silêncio, abraçados no escuro, esperando o que o próximo dia nos traria. Tive certeza de que, por pior que fosse, nós enfrentaríamos juntos, e isso fez o inevitável se tornar um pouco mais suportável.

No dia seguinte, o Phil acordava e dormia. Às vezes, sabia quem eu era e sorria para mim e olhava pra a Saint. Falei para ela ir pra casa, que não precisava ficar, porque já tinha faltado no trabalho, mas ela não quis saber. Perambulava pela casa, bancando a enfermeira, a namorada, e fiquei muito agradecido por tudo. Quando estava acordado e lúcido, o Phil fez a Saint dar muita risada. Contou histórias da minha juventude transviada com o Jet e os gêmeos Archer, o que levou a exibir todas as tatuagens horríveis, que cobri com outros desenhos. Não durou muito, e a Saint foi incrível com ele, mesmo quando me senti inútil e sem saber o que fazer.

Era muito difícil para mim quando ele perdia a lucidez, achava que estava em outro lugar, outra época. Minha vontade era de quebrar tudo quando ele murmurava coisas sobre a minha mãe e o relacionamento desastroso que teve com ela. Fez todo o desprezo que sinto por ela vir à tona, e essa mágoa antiga, o sentimento de inferioridade, ferveram dentro de mim. A Saint me lembrou que a opinião da minha mãe não tem mais a menor importância, e que as pessoas que são realmente importantes na minha vida adoram quem eu sou e não mudariam nada em mim. Que ela não mudaria nada em mim.

Na manhã seguinte, bem cedo, antes de o sol nascer, alguma coisa mudou. Eu cochilava e acordava na poltrona, a Saint dormia no sofá, no outro quarto. Senti algo no ar que me fez abrir os olhos de repente. Levantei, fui até a cama do meu pai e olhei para ele. Seus olhos estavam entreabertos e pude ver, literalmente ver, que ele estava lutando, se esforçando para inspirar cada vez que respirava. Meu coração bateu descompassado e tive certeza, um pressentimento, que tinha acabado. O último grão de areia da ampulheta caía.

– Oi – consegui sussurrar, e os olhos do Phil se voltaram na minha direção.

Não sei se ele conseguia me ver, se sabia quem eu era àquela altura, mas levantou a mão frágil, e eu a segurei. A emoção fechou minha garganta ao ver seu peito esquelético demorando cada vez mais pra subir e descer. Seus dedos ossudos se curvaram em cima dos meus. Não sei se o Phil disse, ou se fui eu que quis que ele dissesse, mas posso jurar que as palavras "sempre com você" flutuaram no ar à nossa volta antes de ele fechar os olhos pela última vez.

Não sei quanto tempo essa cena durou, não sei se fiz algum ruído ou não, mas o Phil parou de respirar, e eu fiquei ali, anestesiado, segurando sua mão e olhando para ele. Ouvi um barulho engasgado e, quando olhei pra cima, a Saint estava de pé perto da porta, com as mãos sobre a boca e os olhos arregalados. Ela sabia e sentia a minha dor.

Então chegou mais perto e me abraçou por trás, na altura da cintura, e ficamos ali em silêncio, tristes, de luto e um tanto perdidos.

– Acho que o Phil me disse que vai estar sempre comigo, logo antes de falecer – falei, com a voz rouca e em tom de insegurança.

– Ele sempre estará ao seu lado, Nash. Faz parte de você, de tudo o que faz. Sempre estará lá, olhando por você.

Depois de dizer isso, a Saint acariciou minha coluna, onde meu dragão dorme, descansado.

– Sim, mas não vai ser a mesma coisa sem ele.

Senti sua respiração na minha nuca e pus minha mão sobre a dela, que estava na minha barriga.

– Não, não vai. Mas você vai fazer de tudo para honrar e perpetuar a sua memória.

Vou sim. É o mínimo que posso fazer depois de tudo o que o Phil fez não só por mim, mas para todas as almas perdidas que considero minha família.

OS PRÓXIMOS DIAS FORAM UM VERDADEIRO CAOS. Me senti no olho do furacão. A Saint começou a tomar providências antes mesmo de o sol nascer. Cuidou para que o corpo do Phil fosse levado aonde precisava e tratado de acordo com seus últimos desejos. Em questão de horas, o apartamento dele ficou cheio de gente. As meninas se juntaram para fazer a homenagem que seria exibida no funeral. Como o Phil ia ser cremado, a cerimônia foi marcada para alguns dias depois do falecimento. Perdi a capacidade de falar, de interagir, e só respondia quando falavam comigo. A Saint é que teve que dar conta de tudo. Minha namorada, que é tímida, insegura e nervosa, assumiu o comando do mesmo jeito que faz no Pronto-Socorro. Não tenho como amá-la mais mesmo que eu quisesse. Deu para notar que meus amigos perceberam como ela cuidava de mim, tentava me dar ânimo, e todos também se apaixonaram um pouquinho pela minha namorada. Não teria conseguido passar por isso sem a Saint.

Meus amigos se encarregaram de avisar todo mundo que o Phil tinha falecido. Os telefones não paravam de tocar, perguntas e respostas sem fim. Um dia emendava no outro, e eu estava no centro de tudo, praticamente anestesiado e sem reação. Acho que, em algum momento, o Rule percebeu meu estado de coma e, apesar de termos um monte de detalhes e questões do estúdio para resolver, celebrar a vida do Phil e a pessoa maravilhosa que ele foi era a prioridade da agenda. Por isso, meu amigo pediu para o Rome organizar uma homenagem para o Phil no Bar. Afinal de contas, somos Donovans. O cenário combina.

Na *jukebox*, tocaram músicas melancólicas, de luto e de luta, como "Waltzing Matilda" e "If I Should fall from Grace with God", da banda de *punk* celta Pogues. Contávamos histórias melosas e tristes de como o Phil teve impacto em suas vidas. Lá pelas tantas, depois de uns três uísques com Coca-Cola, e a Saint do meu lado, meu pavor e minha falta de reação começaram a diminuir. Eu estava triste, me sentindo solitário, com medo. Mas, mais do que tudo isso, estava determinado a deixar meu pai com orgulho de mim, e é nisso que ele ia querer que eu me concentrasse.

Puxei a Saint mais para perto, dei um beijo na ponta do seu nariz sardento e falei:

– Obrigado.

Ela franziu a testa e respondeu:

– Pelo quê?

Por tudo, mas essas palavras não eram o bastante.

– Por ser você.

Seus olhos brilharam, com um reflexo prateado, como costuma acontecer quando falo algo que toca seu coração, e me abraçou tão forte que não conseguia respirar. Me soltei, disse "tchau" para o Phil em silêncio e fiz um brinde que deixou todo mundo gritando a plenos pulmões. Foi uma despedida ruidosa, um jeito apropriado de dizer adeus. Todas as pessoas que foram tocadas pelo Phil, a família que ele ajudou a construir, honraram sua memória e uns aos outros ficando devidamente bêbados e vivendo sem ressentimentos.

O funeral foi no dia seguinte. As meninas encontraram uma igrejinha legal perto do centro, que quase lotou. O Phil tinha uma legião de amigos, com quem andava de moto, os antigos companheiros da Marinha – incluindo o pai da Cora, que ficou com a Remy no colo –, um monte de clientes que tatuaram com ele a vida inteira, e tantas ex-namoradas e amantes que só pude sacudir a cabeça e fazer um "toca aqui" imaginário com o velho.

Minha turma inteira ficou do lado de fora, cumprimentando as pessoas que chegavam. Foi uma cena esquisita. Normalmente, a gente é tão colorido, mas estávamos vestindo roupas pretas ou cinzas. Até o cabelo do Rule estava sombrio, pintado de preto especialmente para a ocasião. Adorei ver que todos os meus amigos ao meu lado, um monte de braços estavam a postos para me segurar se eu caísse, mas me senti muito seguro, desde que a Saint não se afastasse muito de mim. Essa mulher é o pilar que eu preciso para continuar com os pés firmes no presente.

Dentro da igreja, começou a tocar "Danny Boy", uma música folclórica irlandesa que fala de morte. Escolhemos a versão matadora do astro country Johnny Cash, e fui atacado pelos meus amigos, que me deram uns abraços que quase quebraram minhas costas. As meninas também me abraçaram e beijaram, de coração partido. A Cora se debulhava em lágrimas. Só a vi fazer isso quando estava grávida e quando o Rome foi baleado. Os olhos invernais do Rule também ficaram um pouco marejados, mas ele escondeu o rosto na cabeça da Shaw quando os dois entraram na igreja.

Apertei firme a mão da Saint e beijei seus dedos.

– Preparada?

A Saint abriu a boca para dizer alguma coisa, mas logo fechou e fez cara feia. Fomos interrompidos pelo som de saltos altos batendo no cimento. Não pude acreditar que ela estava ali nem que tinha tido a coragem de trazer aquele safado. Olhei feio para os dois.

NASH

– O que você está fazendo aqui? – disparei, sem conseguir disfarçar o tom de reprovação.

– Ora, Nashville. O que os outros iriam dizer se não estivéssemos?

Fala sério. Cerrei os dentes e falei:

– Não ligo para o que os outros vão dizer. Esta é uma ocasião para reunir a família do Phil, as pessoas que o amaram. Você fez a sua escolha, e não foi ele nem eu. Pode ir embora.

A Saint apertou meu cotovelo.

– Você está sendo ridículo – disse minha mãe.

Para ela, sempre sou ridículo.

Cheguei a abrir a boca para responder, mas o Grant resolveu se meter na conversa.

– Você sempre foi um moleque egoísta. Agora sai da frente antes que alguém veja essa cena. Pare de se humilhar... se é que consegue.

Fervi de raiva. Eu já ia arrancar a garganta dele. Ia quebrar seu nariz. Eu ia... segurar minha namorada, que estava possessa, tinha se colocado na minha frente e enfiava o dedo bem no meio da gravata do Grant. É raro vê-la tão esquentada. Dei um passo para trás e pus a mão no seu ombro só para ajudá-la a se equilibrar.

– Como é que você tem coragem?

A Saint ficou furiosa por minha causa, soltando fogo pelas ventas, dando um piti mesmo. Foi incrível. O Grant espremeu os olhos, deu um passo pra a frente, e ela continuou:

– Você não passa de um valentão elitista. Teve a sorte de ter a oportunidade de criar uma criança feliz e saudável, mas jogou fora. O Nash é um milhão de vezes mais homem do que você – ela parou de falar por um instante, ficou olhando para minha mãe e para o Grant, faiscando, e completou: – Vocês são egoístas, duas pessoas terríveis que se merecem. Não têm o direito de ter o Nash como filho porque não o merecem.

O Grant meio que engasgou e deu mais um passo para a frente. Desviei o braço da Saint, pus a mão bem no meio do peito dele e o empurrei para trás. Fiz questão de fazê-lo entender, pelo tom da minha voz, que eu falava sério.

– Se você ao menos olhar torto para a Saint, vou quebrar todos os ossos do seu corpo e, depois que sarar, vou quebrar tudo de novo. Quando eu era criança, você era um filha da mãe, mas eu não podia fazer nada. Não sou mais criança, é melhor tomar cuidado.

– Você está me ameaçando? – disse, com um tom indignado e mordido.

– Não, estou só te explicando como é que funcionam as coisas. Não quero você aqui, não quero nenhum dos dois. Agora, se me dão licença, preciso ler a homenagem que escrevi para o meu pai.

Minha mãe parecia querer dizer mais alguma coisa. Só que, como sempre, foi atrás do Grant de bom grado. Olhei pra a Saint e dei um sorriso sem graça.

– Vamos lá.

Ela segurou minha mão, arqueou uma das sobrancelhas cor de ferrugem para mim e perguntou:

– Seu nome verdadeiro é Nashville?

Fiz algo que jamais imaginei que faria em um dia tão difícil: dei risada.

– É, mas não toca mais nesse assunto – respondi.

Entrei na igreja, deixei a Saint sentada ao lado da Cora, que imediatamente deu um abraço na minha namorada. Caminhei até o púlpito que tinha sido montado ao lado da urna e do painel que as meninas criaram. Tinha fotos do Phil de várias épocas, sua primeira máquina de tatuagem, sua jaqueta de couro, as insígnias do seu uniforme da Marinha... Era uma homenagem que combinava com ele, muito bem pensada. Olhei para aquela coleção de objetos, limpei a garganta e deixei meu olhar vagar pelas pessoas ali reunidas.

Vi o Rule balançar a cabeça pra mim, o Jet inclinar a cabeça bem de leve, o Rowdy dando um sorrisinho triste, e a Cora, que não parava de chorar, encostada no ombro do Rome. Mas foi naqueles olhos cinza e gentis que fixei os meus. A Saint só me observava, tão serena e preciosa. Ignorei todo mundo e falei o que tinha para dizer focado nela.

– Chamei o Phil Donovan de muitas coisas ao longo da minha vida com ele. De amigo, chefe, mentor, tio e, mais para o fim da sua vida... de pai. Ele foi tudo isso e muito mais, não só para mim, mas para muitas pessoas. O Phil acolhia qualquer um que estivesse perdido na vida e tentava guiá-lo no caminho certo, até essa pessoa se encontrar. Com isso, reuniu um bando de almas revoltadas, frustradas e sem direção, e agora temos uns aos outros. Devemos nossa família ao Phil.

Ouvi pessoas limpando a garganta e vi outras se mexendo nos bancos.

– Quando eu era mais novo, queria ser igualzinho ao Phil quando crescesse. Achava ele tão descolado... Para mim, ele tinha a melhor profissão do mundo, e sempre admirei o fato de viver de acordo com suas próprias regras e fazer de tudo para cuidar de mim, esse tempo todo. O Phil era sensacional e, se algum tempo atrás alguém me perguntasse pelo que ele gostaria de ser lembrado, responderia que pela sua arte, pela dedicação que teve para criar um lugar onde a criatividade e a individualidade pudescem florescer.

Tive que dar um tempinho para limpar a garganta. Cerrei os punhos, apoiei-os no púlpito e continuei:

– Hoje, acho que responderia que ele gostaria de ser lembrado por mim. Sou um homem que deixou seu pai orgulhoso. Vou manter seu sonho e seu legado vivos, e farei isso com a sua memória acesa dentro de mim a cada passo. Acho que teria orgulho de todos nós. Apesar das provações, das lutas e dos obstáculos que a vida pôs na nossa frente, estamos nos apaixonando, casando, tendo filhos, abrindo negócios e fazendo o que nos deixa felizes. Acho que é isso que o Phil sempre quis para nós. O Phil Donovan fará muita falta, meu pai fará muita falta. Mas continuará vivo dentro de cada um de nós, que tivemos a vida tocada por ele, cuja vida ele ajudou a moldar.

Não tinha mais nada para dizer, então falei "obrigado". Quase todo mundo estava chorando em silêncio. Convidei quem quisesse dizer alguma coisa a subir no púlpito e fui sentar ao lado da minha namorada.

A Saint tinha lágrimas escorrendo pelo seu rosto branquinho e se encolheu do meu lado, com a cabeça do meu ombro.

– Obrigada – murmurou, com a voz rouca.

— Pelo quê?

— Por ser você.

E foi isso. Passei o braço pelos seus ombros e fiquei ouvindo as pessoas contarem histórias sobre o quanto meu pai era maravilhoso, sobre o impacto que causou nas suas vidas. Quando tudo acabou, pensei em levar as cinzas do Phil para algum lugar das montanhas, entrar no meu carro, dirigir a toda velocidade deixá-lo ir definitivamente. Acho que ele aprovaria esse final.

CAPÍTULO 18

Depois do funeral, parecia que o Nash ia cair duro de tanto estresse e falta de sono. Sua amiga Cora e o pai, que foi amigo do Phil desde os tempos da Marinha, receberam todo mundo na casa dela. Sabia que o Nash ia tentar se manter em pé e ir, mas precisava dormir um pouco para recarregar as baterias. Não queria falar nada, sabia que não tinha o direito. Mas, quando comentei o quanto ele estava acabado, o Rule e o Rome concordaram e falaram que eu devia levá-lo pra casa e colocá-lo na cama. O Rule falou mais a contragosto e acabou levando um tapa na nuca do irmão. Mas, de qualquer jeito, quando o Nash se afastou das pessoas que tinham ido conversar com ele e me abraçou, falei:

— Me leva pra casa.

Ele não discutiu, não fez nenhuma pergunta, não parou para explicar pra todo mundo o que ia fazer, só me levou até seu carro e foi para o Vitorian. Assim que entramos no apartamento, começou a tirar as roupas pretas, o que com certeza foi uma cena deliciosa. Só que, depois que tomou banho e engoliu um pouco de comida, estava tão morto que não dava nem para conversar, quanto mais fazer outras coisas.

Tirei o salto alto que tinha usado o dia inteiro, me aninhei no seu corpão tatuado, fiz cafuné na sua cabeça raspada e fiquei acariciando as chamas que descem pelos seus ombros até seu peito começar a subir e a descer em um ritmo constante. Seus cílios roçavam de leve seu rosto moreno, e passei o dedo nas suas sobrancelhas escuras. Ele é lindo, perfeito, mais forte do que qualquer pessoa que já conheci. E é todo meu. Nunca mais vou esquecer disso.

Assim que o Nash pegou no sono, saí devagar debaixo dele e fui arrumar o apartamento, que tinha uma bagunça acumulada há semanas. Liguei para a Sunny, falei que estava de volta e poderia trabalhar assim que ela precisasse de mim. Também disse pra marcar a entrevista com a diretora de enfermagem, para falar sobre a promoção. Tive que fazer um resumo rápido dos acontecimentos, e meu coração se encheu de ternura com a sua compreensão e gentileza. Preciso muito me dedicar a essa amizade fora do trabalho, porque minha chefe é uma mulher incrível, que está sempre ao meu lado. Também liguei para Fatih pra dar as notícias e tive que escutar o maior sermão por ter ido pra Phoenix sem avisar.

Acho que, no geral, minha irmã estava feliz por mim, ficou superanimada por minha mãe estar bem melhor, mas deixou claro que preferia que eu namorasse outra pessoa e não o Nash. Em outro momento, sua opinião e sua intuição sobre esse assunto me deixariam com o pé atrás, teriam me convencido de que ele não era o melhor para mim, mas agora tenho segurança nas minhas opiniões. Como falei para Nash, preciso olhar pra mim e para minha vida com meus próprios olhos, de mais ninguém. E tudo o que enxergo é esse homem, e a pessoa que ele vê em mim com aqueles seus olhos brilhantes.

Estava lavando um milhão de xícaras de café e me preparando para encher a máquina de lavar louças quando ouvi uma batidinha na porta. Como todos os amigos do Nash estavam na casa da Cora e do Rome, imaginei que devia ser a Royal. Sequei as mãos em um pano de prato e fui abrir a porta. Quando a vi, tive que arregalar os olhos.

Seu cabelo ruivo escuro estava todo bagunçado. Estava com um olho roxo, com um machucado verde-amarelado em volta, e o lábio inferior cortado. Usava a calça da farda de policial e uma camiseta branca lisa, com sangue na gola e uma das mangas arrancadas.

– Você está bem? – perguntei.

NASH

A Royal respirou fundo, e seu lábio cortado tremeu só um pouquinho.

– Riscos do trabalho. Me meti com um drogado bem maior e mais malvado do que eu. Só queria saber como vocês dois estão.

Ela é realmente legal e quero dar uma oportunidade para essa amizade florescer.

– Estamos bem. Teve um período bem difícil. A mãe dele é uma bruxa, e o padrasto, um bosta. Mas o funeral foi bonito, e o Nash fez todo mundo chorar com o seu discurso. Chegou em casa e apagou, e acho que é disso que ele mais precisa neste momento. Obrigada por ter me ligado.

Minha nova amiga segurou o cabelo bagunçado com a mão, balançou a cabeça e disse:

– Você já estava voltando para casa mesmo. É isso que importa. Tive um dia de merda, também vou descansar.

A Royal se virou, segurei seu braço e percebi que seus olhos pretos estavam cheios de lágrimas.

– Fica mais fácil com o tempo, sabia?

– O quê?

– Ter um trabalho como o seu. Na primeira noite que trabalhei no Pronto-Socorro, houve um tiroteio entre gangues. Chegaram cinco pessoas baleadas ao mesmo tempo. Eu tinha sido treinada para aquilo, sabia o que precisava fazer. Mas, depois que tudo acabou, fui pra casa, chorei três horas seguidas e vomitei o que tinha comido no almoço. Você se acostuma, acaba virando rotina.

Ela balançou a cabeça, passou a língua no machucado feio que tinha na boca e falou:

– É por essas e outras que preciso que você seja minha amiga, Saint.

A Royal já estava do outro lado do corredor, na frente da sua porta, quando gritei:

– Você tem meu telefone. É só ligar.

Aí se virou, acenou pra mim e entrou no seu apartamento.

Continuei com a faxina e, quando terminei, decidi que estava na minha hora de tomar banho. O Nash ainda estava apagado quando entrei de fininho no quarto para roubar uma camiseta dele e tive que me segurar pra não beijar cada curva do seu rosto até o gato acordar.

Voltei para sala, passando uma toalha no cabelo molhado, para assistir TV até o Nash acordar e tomei um susto. Ele estava bem acordado, encostado na parte de trás do sofá, me observando com aqueles olhos violetas e sonolentos. Dessa vez, usava uma boxer azul-marinho, com os braços cruzados sobre aquele peito delicioso, realçando seus músculos de um jeito provocante. Como sempre, meus olhos percorreram aquelas asas que somem na cintura da sua cueca.

– Oi – falei, sem conseguir disfarçar a rouquidão.

O Nash me olhou, deu um sorriso tímido e disse:

– Obrigado por cuidar de mim, Saint.

Dei mais uns passos em direção à sala, e ele pegou a ponta da minha toalha, que estava pendurada na minha mão, e a usou para me puxar até ficarmos a poucos centímetros de distância.

– Sempre às ordens, Nash.

Ele passou a mão por trás do meu cabelo molhado, ao redor do meu pescoço. Chegou ainda mais perto, até não haver distância nenhuma entre nós e eu ficar grudada no seu peito. Esse é o melhor lugar do mundo.

– Que tal me deixar cuidar de você um pouquinho?

Bom, quem seria a boba capaz de recusar uma oferta dessas? Só que, da última vez que ficamos naquele sofá de um jeito íntimo, eu o deixei em um estado bem injusto e queria me redimir. Quero cuidar desse homem de todas as maneiras possíveis e imagináveis daqui para frente.

– Que tal a gente cuidar um do outro?

O Nash fez uma cara maliciosa e, finalmente, depois de tanto tempo, um sorriso de verdade apareceu no seu rosto lindo.

– Parece uma boa – respondeu.

Em seguida, abaixou a cabeça e me beijou como se fosse a primeira e a última coisa que quisesse fazer pelo resto dos seus dias.

Nossas línguas se enroscaram, as mãos corriam ávidas pela pele nua um do outro, e todas as partes interessantes se alinharam perfeitamente.

NASH

O Nash pôs a mão embaixo da camiseta dele que eu estava usando, segurou minha bunda, e fiquei quase sem ar, com a boca grudada na sua. Depois me puxou mais para perto, nossas pélvis ficaram bem encostadas, e senti sua ereção pulsante entre minhas pernas. Tirou logo minha camiseta e passou a mão espalmada da minha nuca até o começo da minha bunda. Soltou um suspiro de satisfação, e engoli seu ar, porque nossas bocas continuavam grudadas.

Me afastei um pouco e o beijei na garganta. O Nash subiu a mão pelas minhas costelas e agarrou um dos meus peitos, me fazendo tremer. Parece mentira que houve um tempo em que eu não gostava de ser tocada desse jeito. Acho que só precisava daquelas mãos, daquele toque habilidoso, para ser toda dele. Ele girou o polegar em cima do meu mamilo, e meu corpo inteiro se encolheu. Se continuasse assim, teria que recompensá-lo pela última cena romântica que vivemos naquela sala. Me afastei mais um pouco e beijei-o bem no meio do peito. Adoro sentir seu corpo forte, definido e musculoso com a minha boca. Dei um chupão que deixou uma marca bem em cima do seu coração, que batia forte, e enrosquei a língua no seu mamilo. Quando vi que ficou durinho, soltei uma risadinha.

Fiz cócegas na sua barriga com a ponta dos dedos e espalmei as duas mãos sobre as asas que cobrem os lados do seu corpo. Achava que a cueca branca era minha preferida, pelo contraste com sua pele morena, mas descobri naquele instante que prefiro o Nash sem cueca nenhuma. Sua ereção pulsava, quase vibrava na minha mão. A argola e o *piercing* ainda estavam lá na pontinha, e seu pau tremeu um pouco quando apertei a base de leve.

O Nash ainda estava encostado no sofá e fez um barulhinho quando me abaixei na sua frente. Seus olhos estavam com um tom azulado, quase preto, e suas bochechas, vermelhas. O poder, o orgulho que sinto quando esse homem reage ao meu toque me faz sentir a mulher mais linda do mundo.

Bati os dentes na argola de metal e me deu vontade de dar risada, só que o Nash gemeu. Segurou meu cabelo com as duas mãos, e comecei a lamber, chupar e lambuzar seu membro de um jeito que fez seus músculos do abdômen se contraírem e suas pernas tremerem. Tive que usar as mãos, porque seu pau nunca vai caber inteiro na minha boca, e preciso admitir que é muito mais divertido fazer isso quando o homem tem coisinhas para eu brincar com a língua. Ele urrou meu nome, o que foi muito excitante, e puxou meu cabelo, dando a entender que estava quase gozando. Eu não estava prestando atenção no que o Nash falava, a sensação era tão inebriante, era tão delicioso fazê-lo reagir às minhas carícias... É claro que ele estava tendo mais prazer do que eu, mas seu gosto, sua pele, eram suficientes pra me excitar completamente.

Fiquei com as mãos na base do seu pau, apertando enquanto chupava, girando a boca em torno do membro. Qual não foi minha surpresa quando o Nash literalmente me arrancou dele. Acabei raspando os dentes e apertando seu pênis mais forte do que deveria. Ele soltou um palavrão, e eu já ia perguntar o que estava fazendo, só que o Nash tirou minha calcinha sem a menor cerimônia, me deixando nua e toda exposta. Então me virou, ofegante, e posicionou minhas mãos na parte de trás do sofá. Segurou minhas costas entre as escápulas e dobrou meu corpo um pouquinho, abrindo minhas pernas com o joelho, só o suficiente para entrar onde precisava.

Em seguida, beijou minha nuca com força e segurou meus peitos. Não falou nada, só meteu em mim, e achei que eu ia morrer. Naquela posição, entrava mais fundo, podia senti-lo mais intensamente, e o vaivém daqueles centímetros a mais me fez ver estrelas. Tive que me agarrar nas almofadas do sofá e morder o lábio – com força – para não gritar toda vez que entrava e saía de mim. Transamos muitas vezes nos últimos meses, mas nada tinha sido assim tão selvagem, tão louco e poderoso.

Parecia que Nash queria deixar uma marca inegável em mim. À medida que o prazer foi aumentando, e seu ritmo foi ficando mais intenso, começou a descer a mão pela minha barriga, em direção ao ponto que, ao mais simples toque, me faria gozar. Eu estava quase lá, pronta para me acabar de prazer. A respiração dele ficou mais lenta, seus quadris pararam por um segundo, e sua mão ficou parada na minha barriga.

– Caralho!

Estávamos tão perto, o orgasmo estava logo ali, e não fazia a menor ideia do que ele estava fazendo, mas ia esganá-lo se não começasse a se

NASH

mexer de novo. Estava ofegando como um corredor depois de uma maratona, e quando olhei para ele com um olhar inquisidor, fez uma careta, me beijou na boca com vontade enquanto saía de mim tão devagar quanto era possível. Nós dois gememos e soltamos um palavrão ao mesmo tempo.

– Você quer conversar sobre o sexo sem proteção que estávamos fazendo ou quer ir para o quarto terminar com isso?

Soltei um gritinho, afundei o rosto no seu peito e falei:

– Nossa, é por isso que estava tão bom.

O Nash deu risada, e eu gritei quando ele me pegou nos braços e me levou até o quarto.

– Você não quer começar a tomar pílula logo mais?

Passei a língua na sua orelha, acariciei as chamas tatuadas nos seus ombros e dei um sorriso. Se ele não estivesse com a boca grudada no meu pescoço, chupando e passando a língua nos pontos sensíveis que existem ali, teria contado que já tinha cuidado desse detalhe logo depois daquela noite em que dormi na casa dele, só pra garantir. Se eu soubesse que essa falta de informação interrromperia todas as coisas deliciosas que estava fazendo com meu corpo na sala, teria avisado.

O Nash me jogou com cuidado no meio da cama, e meu corpo caiu com um estrondo. Me apoiei nos ombros e fiquei observando ele se preparar. Com os olhos arregalados, pisquei para ele, que subiu por cima de mim e se acomodou no meio das minhas pernas.

– Você é tão lindo – falei.

E o Nash é mesmo, por dentro e por fora.

Ele fez uma cara curiosa, me deu um beijinho carinhoso na ponta do nariz e respondeu:

– Você também é linda.

Antes eu ignorava seus elogios, pensava que estava falando da boca para fora, porque achava que precisava. Agora entendo que é sincero e que não importa minha aparência de hoje ou da época do colégio. O Nash me acha linda como pessoa.

– Obrigada.

Então ele entrou em mim e, como meu corpo já estava preparado, quase chegando ao orgasmo, não demorou muito para eu gritar seu nome e enfiar as unhas nas suas costas. O Nash pôs minhas pernas dobradas ao lado do seu corpo, levantou um pouco apoiado no joelho, e meteu fundo no meu corpo dócil até gozar, depois caiu em cima de mim com todo o seu peso.

O *piercing* do seu nariz era um estímulo a mais, que roçava meu ombro. O Nash beijou minha clavícula e murmurou, com a boca seca:

– Desisto de transar naquele sofá. Nunca dá certo para mim.

Tive que dar risada. Passei os braços nos seus ombros largos e falei:

– Acho que deu supercerto.

– Eu te amo, Saint.

– Eu também te amo, Nash.

Esse homem quer viver sem arrependimentos, eu quero ter uma vida plena de realizações. Precisamos um do outro pra atingir esse objetivo. Agora que estamos juntos, não existe mais passado e presente, só nossa vida em comum.

Fui promovida. Foi incrível, e realmente fiquei orgulhosa de mim mesma. Mas tudo pareceu ainda melhor, porque o Nash estava muito orgulhoso de mim. Meu trabalho não precisava ser importante para ele, mas como agora é uma parte tão grande de mim, o fato de saber o quanto isso era maravilhoso me fez amá-lo ainda mais.

Nossos horários continuam malucos, agora mais ainda, porque preciso aprender minhas novas funções. Só que isso não tem a menor importância, porque nunca passamos uma noite longe um do outro. Na minha casa, na casa dele, um dos dois está sempre na cama do outro. Enquanto estiver acordando ao seu lado, não ligo para onde durmo.

Também estou melhorando minhas habilidades sociais. Saí com a Sunny; tento ir, às quintas-feiras, na noite em que só sai as meninas amigas do Nash, quando meu trabalho permite; e tomo um café com a Royal, de manhã, todas as vezes que durmo na casa do meu namorado. Gosto da companhia de todas elas, mas é a Royal que mais me atrai. Acho que tem a ver com o fato de ela também ser uma mulher jovem que batalha num emprego altruísta, com uma grande carga emocional. Não preciso mais me esforçar para ser sua amiga. Simplesmente sou sua amiga. E ponto final.

Eu estava atrasada. O Nash tinha me ligado na hora do almoço, me convidado para encontrá-lo no estúdio novo quando saísse do hospital. Alguns pacientes chegaram quase no fim do meu turno, e tive que esperar meia hora até o médico conseguir atendê-los. Sabia que o empreiteiro tinha acabado a reforma no espaço novo, e só faltava contratar os últimos funcionários para o estúdio abrir, em poucas semanas. Foi um trabalho cheio de amor, que saiu bem caro, mas toda a família do Homens Marcados estava superanimada para dar início àquela aventura. Achei que meu namorado só queria se exibir e, como estava me sentindo mal por tê-lo deixado esperando, precisava lembrar de fazer "oooooh" e "aaaaah" com bastante entusiasmo. Estou muito orgulhosa dele.

Tive que parar na esquina e desviar da multidão que costuma ir para o Ba-Tro depois do trabalho. O ponto é de arrasar. O Nash nem vai saber o que fazer quando o lugar bombar, e tenho certeza de que vai ser um sucesso. Quando cheguei, encontrei meu namorado encostado na fachada de vidro do estúdio novo, falando ao celular. Ele piscou para mim quando me viu. Não consegue ficar parado esperando sem ocupar as mãos. Acho que é o jeito que encontrou para não pegar um cigarro. Está indo muito bem no projeto de parar de fumar e, toda vez que se sente tentado a voltar, lembro que passou por todo o drama do Phil sem acender um cigarrinho, então não precisa de um agora, de jeito nenhum.

Cheguei mais perto, ele me deu um abraço que quase quebrou minhas costelas e me beijou como se a gente não tivesse, naquela mesma manhã, transado loucamente no chuveiro. Se ficar feliz desse jeito toda vez que me vir, sou a mulher mais sortuda do mundo.

— Você recebeu meu torpedo, avisando que eu ia me atrasar?

— Ãhn-hãn. Deu tempo de te preparar uma surpresa.

Olhei feio para ele e só então percebi que o vidro imenso da fachada do estúdio estava coberto com papel pardo.

– Achei que você só ia me mostrar o estúdio novo.

O Nash deu risada e puxou uma das tranças que eu tinha feito para ir trabalhar.

– E vou. Ficou incrível. Mas, antes, quero te mostrar outra coisa. A gente ficou pensando, teve um monte de ideias para o nome do estúdio novo...

Já estava ficando ansiosa. Mordi o lábio, levantei a cabeça e o olhei por baixo dos meus cílios clarinhos.

– O que foi que você fez, Nash?

– Este estúdio é o futuro do Marcados, mas *você* é o meu futuro. Quis juntar as duas coisas, porque são a minha vida – explicou.

Em seguida, pôs o braço para trás e puxou o papel. Tive que cobrir a boca com as mãos de surpresa. Só consegui ficar olhando para o Nash e para o vidro pintado, completamente maravilhada, sem acreditar.

Em letras estilo retrô, como aquelas das farmácias antigas, estava escrito o nome do estúdio novo: SAINTS OF DENVER TATTOO. Fiquei pasma e me deu vontade de chorar.

– A Cora e os rapazes adoraram. É bem diferente e combina com o estilo retrô que a gente escolheu.

– Nash...

Não consegui nem pensar no que dizer. Era uma honra mas, mais do que isso, era uma prova do quão importante serei na sua vida.

– Espero que você goste.

O Nash estava exultante. Me deu vontade de beijá-lo e, ao mesmo tempo, lhe dar um chute. Só inclinei a cabeça para o lado e o olhei com cara de quem achava que ele tinha ficado maluco. Depois perguntei:

– Você é incrível, sabia?

O gato me pegou no colo e ficou me girando até eu rir tanto que saíram lágrimas dos meus olhos. Aí limpou a garganta, fez carinho na minha nuca e disse:

NASH

— Não quero que você se arrependa jamais de ter me dado outra chance, Saint.

— Você também me deu outra chance, Nash. Acho que, quando se ama, é isso que a gente faz: dá outra chance, se arrisca. Agora vamos entrar. Quero que me mostre seu filho.

O Nash abriu a porta do estúdio, que tem o nome inspirado no meu, e fui atrás dele em direção ao nosso futuro. Não preciso mais olhar para trás, me apegar a lembranças doloridas e nefastas. Tenho o Nash para me ajudar a seguir sempre em frente e o mais importante de tudo: agora tenho a mim mesma e todas as coisas que me fazem ser quem sou pra me apegar. Amo um homem bom, gentil. Mas, mais do que tudo, me amo. E isso faz com que eu me sinta completamente realizada, porque sei que mereço o melhor, e o Nash Donovan é o melhor... para o resto da minha vida.

EPÍLOGO

Nash

—E ENTÃO, QUAL É O VEREDITO?
A Cora ficou olhando para mim e para o Rule e fez cara de quem me achava um imbecil por ter perguntado isso.

– Acho que, se não a contratarem, vou matar os dois, seus idiotas.

Soltei uma risadinha abafada, e o Rule levantou a cabeça fazendo careta. Ela estava segurando um bolinho humano cor-de-rosa com aquelas mãos tatuadas e falou:

– Sou o tio preferido dela. Você não pode me matar.

A bebê fez um barulhinho, como se concordasse plenamente com essa afirmação, apesar de o meu amigo ser seu *único* tio.

Não contei para os dois que ia contratar a menina de qualquer jeito, sem me importar com suas qualificações, só porque o Phil tinha me pedido. Ele tinha algum plano em mente, e só fazia algumas semanas que tinha falecido. Eu ainda sentia a dor dessa perda, e honrar seu plano maluco me parecia necessário.

A menina em questão, para ser bem sincero, tinha deixado nós três abismados. Eu já sabia que ia ser bonita, porque é uma modelo *pin-up* e tudo o mais, mas pessoalmente, era algo de outro mundo.

A Salem Cruz era, sem dúvida, a gata do rock mais linda que já vi na vida, e deu para perceber que o Rule concordava comigo. Tem o braço fechado com umas imagens clássicas de santos católicos, misturadas com tatuagens do Dia dos Mortos mexicano e umas mais *old-school*, estilo marinheiro. Tem cabelos longos, cor de caramelo, com uma mecha vermelho-sangue bem na frente. Pra completar, seu cabelo é cacheado até o meio das costas. Seus olhos são tão negros quanto o céu da meia-noite, e gosto de como brilham: parece que ela sabe alguma coisa que nós não sabemos. É mais ou menos alta, mas suas curvas não são nada mais ou menos, e seu glamour retrô é coroado com um rosto daqueles que os homens da literatura clássica seriam capazes de começar uma guerra só para olhar. É a mistura perfeita de *pin-up* dos anos 1950, com aquele jeito *rockabilly* descolado, e deusa do sexo latina. Simplesmente impressionante.

Como se sua aparência não bastasse para me convencer de que é a pessoa certa para atrair clientes, seu currículo era incrível. Sua experiência e seu jeito atrevido, de quem não leva desaforo pra casa, conquistaram a Cora. A Salem não é só um rostinho bonito, já trabalhou nos estúdios de tatuagem mais importantes da Costa Oeste dos Estados Unidos, e seu último emprego em Las Vegas não era pouca coisa, não. Foi num daqueles lugares famosos, que tem franquias por todo lado, dentro de um cassino, capitaneado por um desses atletas de esportes radicais famosos. Para falar a verdade, o estúdio que montamos em Denver era pequeno em comparação aos que ela tinha trabalhado, e acho que o Phil sabia disso. A Salem também tem sua própria grife, é estilista e entende de marketing. Não tinha como não dar o emprego para ela.

Nós três saímos do escritório da Cora, e o Rule devolveu a pequena R.J. para a mãe. A bebê olhou em volta do espaço da loja, que ainda está em construção, e fez um barulhinho. Concordei completamente com ela. Expandir os negócios é muito mais difícil do que eu havia imaginado, e mal posso esperar para estar tudo pronto.

A morena estava do lado de fora, observando tudo, medindo o lugar, e fiquei imaginando se estaria disposta a vir morar em um lugar tão diferente, trabalhar num estúdio que estava apenas começando, quando poderia conseguir o emprego que quisesse no mundo da tatuagem. Aí se virou e ficou observando a gente se aproximar, com os olhos vidrados.

– E aí, o que decidiram? – perguntou.

A Cora deu risada, beijou a Remy na testa e respondeu:

– A essa altura, estou prestes a contratar o primeiro que passar na rua. Estamos atolados, precisamos de ajuda e, como você deixou os outros candidatos no chinelo, foi fácil tomar uma decisão. Além do mais, este lugar está mesmo precisando de mais uma mulher.

Os lábios vermelhos-vivos da Salem se transformaram em um sorriso.

– Acho que vai ser divertido. O estúdio é lindo. E com mais um ou outro detalhe, podem transformar esse andar de cima em uma mina de ouro. Tem um monte de oportunidades bem na frente do nariz de vocês.

A Cora revirou os olhos e embalou a bebê, que tinha começado a chorar, só um pouquinho. Essa menina vai dar de dez a zero na mãe no quesito ser bocuda e mandona.

– Pode acreditar: o tema do estúdio, de parque de diversões antigo, combina muito com a equipe. Esses meninos são todos uns palhaços e, na maior parte do tempo, parece que a gente é assistente de palco.

Olhei feio pra a Cora, mas não discordei do seu comentário.

Balancei a cabeça para a Salem e reforcei a oferta:

– Se concorda com o salário e acha que consegue trabalhar com a gente, o emprego é seu. Acho que vai ser legal tê-la na equipe, e o Phil achava que você era perfeita para essa vaga, é isso que mais importa pra mim. Só que nós somos uma família. Pode se preparar para a confusão que isso significa.

O Rule rosnou e apertou a mão da garota:

– Bem-vinda a bordo. Esse trem maluco está sempre procurando novos passageiros – falou. Aí se abaixou e deu um beijo na bebê, igualzinho à Cora, se levantou de novo e completou: – Tenho que ir pra casa. A Shaw não passou muito bem esses dias, preciso ver como ela está. Quando saí de casa, estava verde.

A Cora olhou para ele, levantou a sobrancelha que tem o *piercing* de cristal cor-de-rosa e disse:

NASH

– Acho que não tem nada a ver com o estômago. Fico ligada agora, por causa da bebê.

Meu amigo encolheu os ombros e respondeu:

– Sei lá. Só sei que ela está péssima.

A Cora ficou olhando para ele com cara de quem queria saber mais, mas fomos interrompidos pelo som de botas pesadas subindo a escada. O Rowdy é o único além de nós três que tem a chave. Não foi nenhuma surpresa quando vi aquele topete loiro surgindo no andar de cima.

– Oi. O Zeb me ligou e teve uma ideia incrível, de pôr aqueles espelhos antigos que distorcem o reflexo aqui em cima quando a gente conseguir abrir a loja. Sabe assim, para amarrar com...

Aí perdeu a fala, seus olhos azuis da cor do mar ficaram tão arregalados que quase tomaram todo o seu rosto. Seu queixo caiu, e ele ficou de boca aberta, olhando pra beleza latina que estava ali conosco. Fiquei olhando para os dois. A Salem estava sorrindo, com cara de quem tinha acabado de descobrir um grande segredo, e o Rowdy, de quem tinha visto um fantasma.

A Salem foi até a escada batendo os saltos em um ritmo sensual. O Rowdy congelou, parecia que tinha sido grudado no chão com supercola. A Cora deu uma olhadinha intrigada para o Rule, os dois viraram pra mim, e só consegui encolher os ombros. Também não fazia a menor ideia do que estava acontecendo.

– Oi, Rowland. Quanto tempo, hein? – falou a Salem. Depois passou a ponta do dedo, cuja unha estava pintada de vermelho-sangue, no nariz do meu amigo e disse: – Você ficou gato depois que cresceu.

O Rowdy engoliu em seco tão alto que deu para gente ouvir, e continuou grudado no chão.

– Quem é esse tal de Rowland?

A pergunta do Rule foi pertinente, mas ninguém respondeu.

A Salem ficou parada na frente do Rowdy, olhando bem nos olhos dele, mas alcançou só porque estava de salto alto, e ainda faltava um degrau para o meu amigo subir a escada toda. A menina deu um tapinha de leve na bochecha dele, que foi para trás e ficou piscando que nem uma coruja.

291

– Salem? – perguntou, quase sem voz.

Nunca vi o Rowdy ficar tão impressionado. Ele é o galã, o piadista. Sempre tem algo a dizer. O que será que estava acontecendo, caramba? E por que eu estava desconfiando que era exatamente isso que meu pai tinha planejado?

A morena olhou para trás, e seu cabelo se mexeu de um jeito que parecia o de uma estrela de um clássico de Hollywood. Depois piscou, na cara dura, para nós e foi descendo a escada.

– Podem apostar. Vai ser muito divertido. Vejo vocês na segunda. Mandem a documentação que tenho que preencher por e-mail.

Seus saltos foram fazendo barulho escada abaixo, e a gente ficou ali, em silêncio. Depois de um tempão, o Rowdy sacudiu a cabeça, como se tivesse saindo de um transe, e terminou de subir a escada.

– Rowland? – perguntei.

Ele olhou feio para mim e retrucou:

– Até parece que você pode falar alguma coisa, *Nashville*.

Meu amigo tem razão mas, mesmo assim, vou zoar com o nome dele sempre que tiver oportunidade.

Os olhos de cores diferentes da Cora estavam vidrados. Ela mudou a bebê de braço, segurou o Rowdy pela camiseta e disparou:

– É ela? *Aquela* mulher?

Não sei o que "*aquela* mulher" significa. O Rowdy sacudiu a cabeça, e a Cora ficou superdecepcionada com a resposta negativa.

– Não é ela, não. É a irmã dela.

A Cora ficou sem ar, e eu e o Rule só nos olhamos, completamente confusos.

– Alguém quer explicar o que está acontecendo?

O Rowdy soltou um suspiro, passou a mão na nuca e começou a falar:

– Quando eu morava com uma família adotiva no Texas, a Salem e a sua irmã mais nova, a Poppy, eram minhas vizinhas de porta. O pai delas era pastor na cidade, super, mas super-rigoroso com as duas. Eram bem diferentes, opostas mesmo. A Salem foi embora de lá na primeira

NASH

oportunidade. Tentei dar meu coração para a Poppy, mas ela o quebrou. O que ela está fazendo aqui?

Olhei de canto de olho para o Rule, que só mordeu o *piercing* da boca.

– É a gerente do estúdio novo. Acabei de contratar – respondi.

O grandão loiro estava com cara de quem ia desmaiar ou vomitar.

– Está falando sério? – perguntou.

A Cora balançou a cabeça, com ar solene, deu um tapinha no ombro do Rowdy e explicou:

– O Nash já passou a papelada para ela. Não tem como voltar atrás. Tudo bem por você?

Ele passou a mão nas costeletas, olhou para a gente com cara de perdido e respondeu:

– E eu tenho escolha?

– Na verdade, não – falei.

Odiei ter que dar essa notícia para ele.

– Acho que só preciso de um tempinho para me recuperar do choque. Não vejo essa menina desde que eu era criança. Não acredito que ela veio parar aqui.

– A Salem é muito linda – disse a Cora, num tom conciliador.

O Rowdy levantou as duas sobrancelhas loiras e debochou:

– Não percebi.

O Rule caiu na gargalhada.

– Você deve estar cego – comentou.

Limpei a garganta, e todo mundo olhou pra mim.

– O Phil queria que a Salem viesse trabalhar aqui. Foi ele que planejou tudo. Quanto quer apostar que sabia que você a conhecia? Ele não tirou o nome dela do chapéu, assim, sem mais nem menos.

O Rowdy soltou um palavrão e falou:

– Mas por que ele faria uma coisa dessas comigo?

– Deve ter tido seus motivos.

Com o amor, a gente não negocia. Vou lembrar disso para sempre.

Meu amigo fez careta pra mim e retrucou:

– E o que você quer dizer com isso?

Só consegui sorrir. O Rowdy vai descobrir logo, logo.

– Você vai ver. Agora quero voltar para casa, ficar com a minha namorada e enchê-la de amor.

Nada nunca me deixou tão feliz quanto poder dizer isso quando quiser. Afinal de contas, a Saint é a pessoa com quem quero estar para sempre. Tenho certeza.

A Cora levantou a R.J., que ergueu os braços como se quisesse pegar meu *piercing* do nariz. Essa coisinha atrai mãos de crianças!

– Cuidado, é assim que essas coisas acabam – disse, olhando para o Rule, que não entendeu a indireta.

– Mudando de assunto, fala que o Zeb pode fazer os tais espelhos. Esse moço é um gênio, caramba!

Estou mesmo abismado com o imenso talento do empreiteiro.

O Rowdy resmungou, confirmando que ia avisar o amigo, e a gente foi embora do estúdio.

Queria me sentir mal por ele, falar que ia dar tudo certo. Mas, como aconteceu com a gente, meu amigo ia ter que chegar lá sozinho. A viagem que te leva até a pessoa da sua vida nem sempre é fácil. A bagagem do passado pode ser pesada e totalmente incômoda. As curvas e paradas do caminho podem dar vontade de sair da estrada a todo momento. Mas, no fim das contas, não existe destino melhor, ponto final mais incrível, do que o amor e a mulher que nos aguarda para oferecê-lo.

A história do Rowdy e da Salem continua...

Playlist da Saint e do Nash

Blood or Whiskey: "Never be me"
Band of Skulls: "Fires" e "Navigate"
Deadstring Brothers: "Silver mountain"
The Drive-By Truckers: "Everybody needs love" e "Lookout mountain"
The Dropkick Murphys: "Echoes on 'A' street"
The Kills: "Heart is a beating drum"
The Pixies: "Holiday Song"
The Vines: "Outtathatway"
The Tossers: "Alone"
Flatfoot 56: "Son of shame"
Her Space Holiday: "No more good ideas"
Sea Wolf: "The cold, the dark and the silence" e "Song for the dead"
The Pogues: "If I should fall from grace" e "(And the band played) Waltzing Matilda"
Johnny Cash: "Danny Boy"

Agradecimentos

ANTES DE MAIS NADA, preciso mandar todo o meu amor para as duas loiras pequenininhas que governam meu mundo da escrita: Stacey Donaghy, do Donaghy Literary Group, minha agente intrépida; e Amanda Bergeron, minha editora brilhante da Harper Collins. As duas são igualmente importantes na apresentação destes Homens Marcados para o mundo. Para ser sincera, não sei como seria minha vida sem elas. Adoro o fato de Stacey e Amanda me deixarem fazer o que quero (só com a orientação necessária), e que o resultado é sempre muito melhor do que eu imaginava. Sou abençoada por poder trabalhar com mulheres que respeito, gosto e admiro de verdade.

Outra pessoa-chave no meu mundo da escrita é minha melhor amiga. Ah, podem chamá-la do que quiserem. Sempre digo que ela é uma mulher de muitos talentos e muitos nomes. É minha ouvinte, amiga, amante de livros como eu, e não foi apenas a inspiração para uma das personagens da história do Nash, mas também minha guru médica, minha Enfermeira-Guerreira. Obrigada, Mel, por sempre estar ao meu lado, por me oferecer seu conhecimento e seu apoio e por dar, de forma generosa, pontuação e comentários a cada rascunho que escrevo. Obrigada por ser minha parceira, crítica e amiga incrível em todos os sentidos. Amo tanto você e o seu cérebro gigante...

Nunca reclamei de ser gerente de bar. É um trabalho muito divertido. Dá para brincar com bebidas o dia inteiro. Os rapazes que entregam cerveja são bem bonitinhos e musculosos, sempre dá para ficar até tarde, e nunca precisa acordar cedo. Dito isso, esse meu trabalho novo dá de dez a zero no bar. Neste último ano, tive a sorte de conhecer tantas pessoas... Bom, nem dá para falar o quanto tem sido interessante e excitante... Outros autores, profissionais de editoras, blogueiros, leitores, organizadores de eventos, pessoas que fiz amizade na internet... As pessoas do mundo dos livros são as melhores. E ponto final. Obrigada por terem feito o ano passado ser demais. Preciso agradecer Sophie Jordan, Jennifer Armentrout, Cora Carmack e Lisa Desrochers por terem mostrado a essa marinheira de primeira viagem como o barco funciona e por terem me feito sentir bem-vinda. Adoro sair com essas mulheres e, quando a gente se encontra, é sempre muito divertido.

É claro que preciso mandar um alô para os meus pais, porque eles são incríveis, os melhores do mundo. Vocês sabiam que o meu pai vai me acompanhar nas minhas sessões de autógrafos na Europa? Se virem um sujeito de bigode de caubói, usando alguma coisa com o logo da Dodge, podem apostar que é ele. Paguem uma cerveja para o velho, ou uma dose de uísque, e o agradeçam por servir de inspiração para todos esses homens gostosos que vivem na minha cabeça. Minha mãe é maravilhosa. Não é só minha maior fã, mas também minha confidente. Simplesmente a amo do fundo do meu coração e sou tão grata por poder compartilhar com ela muitas das oportunidades que têm aparecido na minha vida. Minha mãe é loira, tem cabelo bem comprido e volumoso. Se quiserem pagar uma bebida para ela, paguem um vinho tinto.

Não poderia ter escrito essa história sobre amar a nós mesmos, sobre descobrir que somos maravilhosos exatamente do jeito que somos, sem agradecer à minha outra melhor amiga. Ela é incrível nesse aspecto. Compreende de verdade a importância disso, e o caminho que teve que percorrer para descobrir o quanto é incrível e maravilhosa é de partir o coração. Mas ela conseguiu, e não posso estar mais orgulhosa e animada. Sempre foi a pessoa mais forte e linda que conheço, por dentro e por fora. Simplesmente AMO a Settie Philips com todas as minhas forças. Tenho tanta sorte de ela ser minha melhor amiga. É uma honra.

E sempre, o agradecimento mais importante, mais sincero e infinito é para meus leitores. Ai, meu Deus, onde é que eu estaria sem vocês? Sempre fico surpresa, espantada e completamente agradecida quando recebo um e-mail dizendo que algo que escrevi é o livro preferido de alguém, que alguém se identifica com o que as personagens passam ou gosta do quanto meu jeito de contar histórias é "real". Nunca pensei que ia publicar algo além de *Na sua pele*. Agora que já saíram quatro livros, não tenho palavras para dizer o quanto vocês tornam minha vida maravilhosa e valiosa. Acredito que cada um dos meus leitores é uma dádiva, um compatriota, uma alma gêmea amante dos livros e um amigo. Muito, muito obrigada, do fundo do meu coração tatuado.

O maior agradecimento vai para todos os blogueiros incríveis que me apoiam. Obrigada pelo apoio. Obrigada por se dedicarem a este mundo que criei. Obrigada por divulgarem minhas obras e por dedicarem tempo e trabalho para escrever resenhas e dar, para mim e os meus meninos, esse espaço valioso nos seus blogs. Obrigada por tudo o que fazem por mim!

Por fim, preciso dizer o quanto amo as meninas da http//literatiaauthorservices.com. A Karen, a Michelle e a Rosette deixam minha vida, que agora ficou agitada e corrida, muito mais fácil. São organizadas e eficientes, mas, mais do que tudo, são mulheres maravilhosas e divertidas. Entendem de tudo: de negócios, de blogs, de leitores e de marketing. Não deixaria meus meninos nas mãos de mais ninguém e falo para elas o tempo todo que trabalhar com a sua agência foi a melhor decisão que já tomei! Se alguém precisar de serviços de marketing ou divulgação, é só dar uma olhada no site delas. Vocês não vão se arrepender.

Amo meus cachorros. Isso é tudo.

facebook.com/AuthorJayCrownover
@JayCrownover

Não deixe de ler os livros anteriores da série!

Na sua pele - Rule
Vol. 1

Notas quentes - Jet
Vol. 2

Armas da sedução - Rome
Vol. 3

SUA OPINIÃO É MUITO IMPORTANTE

Mande um e-mail para **opiniao@vreditoras.com.br**
com o título deste livro no campo "Assunto".

1ª edição, maio 2016

FONTE Dante MT Std Regular 11,5/16pt; Corbert Regular 9/16pt; Dragon is Coming Regular 65/40pt
PAPEL Pólen Soft 70 g/m²
IMPRESSÃO RR Donnelley
LOTE D234666